# 彩雲国物語

## 十六、蒼き迷宮の巫女

雪乃紗衣

角川文庫
23578

# 目次

## 『彩雲国物語』　主な登場人物

**紅秀麗**　名門だが貧しい紅家の娘。女性初の監察御史となる。

**紫劉輝**　彩雲国国王。秀麗に想いを寄せている。

**李絳攸**　文官。黎深の養い子。秀才だが方向音痴。

**藍楸瑛**　武官。劉輝に忠義を尽くすために羽林軍将軍位を捨てる。

**茈静蘭**　紅家に仕える家人。実は劉輝の兄である清苑公子。

**浪燕青**　茶州で秀麗の副官を務めた有能で頼りがいのある男。

**鄭悠舜**　宰相として王を支える。紅家の天才軍師・「鳳麟」の当代。

**榛蘇芳**　地方を巡る監察御史。秀麗の暴走を止める存在。

**リオウ**　仙洞令君（長官）。縹家の生まれだが、異能を持たない。

**旺　季**　門下省長官。貴族派の重鎮。

**葵皇毅**　御史台の長官。秀麗の上官。名門貴族・葵家の唯一の生き残り。

**凌晏樹**　門下省次官（副官）。旺季の腹心。

**劉志美**（りゅうしび）　紅州州牧。紅黎深たちとは旧知。

**司馬迅**（しばじん）　楸瑛とは昔なじみで、十三姫（じゅうさんひめ）の元許嫁。

**孫陵王**（そんりょうおう）　兵部尚書。旺季の盟友で歴戦の兵。

**欧陽玉**（おうようぎょく）　工部侍郎。碧州の名士の出身。

**紅邵可**（こうしょうか）　秀麗の父親。暗殺集団「風の狼」の頭領「黒狼」だった。紅家の当主となる。

**紅黎深**（こうれいしん）　邵可の弟。兄と姪の秀麗に執心な天つ才を持つ男。

**茶鴛洵**（さえんじゅん）　朝廷三師の一人で、茶家の当主。

**楊　修**（ようしゅう）　李絳攸に代わって吏部侍郎に昇格した切れ者。

**羽　羽**（うう）　仙洞令尹（副官）。高齢だが優れた術者。

**縹璃桜**（ひょうりおう）　縹家の当主でリオウの父。不老体質で秀麗の母・薔薇姫（ばらひめ）を愛していた。

**景柚梨**（けいゆうり）　戸部侍郎。朝廷内では常識人。

**珠　翠**（しゅすい）　元・後宮筆頭女官。縹家の血をひき、異能を顕現させた。

**縹瑠花**（ひょうるか）　強力な異能を持つ縹家の大巫女。

# 序章

夜更けの暗闇に、白い濁りに似たものがぼんやり浮かび上がる。影ははじめモヤモヤとしていたが、やがて形を結び、一人の美しい娘の姿になる。

籐椅子でうたた寝していた彼は、その気配を感じ、物憂げに目覚めた。

娘の姿に気づき、彼は溜息をついた。……懲りないことだ。たった一人で縹家に戻ってきてから、何度も脱獄を図り、ついには『時の牢』に放りこまれた娘。なのにまだ離魂できるほどの力があるとは思わなかった。放っておいてもよかったが、その根性に敬意を表することにした。

「また、脱走したのか、珠翠。わかってるはずだろう、逃げられないことは」

珠翠は璃桜を見つけると、頼りない足取りで傍まで近寄り、弱々しくくずれおちた。まるで本物の珠翠がそこにいるよう。ツンと薬草の臭いが鼻をつく。そんなところまで、現実と同じ。再洗脳のため、薬漬けにされているはずだったから。――それでもなお。

「……お館様……璃桜様……『お母様』に……会わせ…てください……。いずこにおられるのですか」

以前璃桜と会った時、邵可の陰で震えていたとは思えない強い眼差しだった。

璃桜が珠翠を記憶しているのは、彼女が薔薇姫の最後の侍女だったからだ。

囚われの薔薇姫の世話を淡々と務め、薔薇姫を守るのが、珠翠の役目だった。いわれたことしかできない、ただの動く美しい『暗殺傀儡』でしかなかった。

なのに、彼女は糸を断ち切り、傀儡使いから逃げ出した。

逃げて逃げて逃げて、そうして戻ってきた彼女は、服従することを拒絶しつづける。

何度『洗脳』されても、『珠翠』を捨てない。隙あらば脱走する。

逃げられはしない。何をしても無駄なのに、彼女はあきらめない。

「どうして帰ってきた？　珠翠。そんなに嫌なら、死んでいればよかったのだ。こうなることはわかっていただろう。クスリ漬けにされ、洗脳され、また可愛い人形に戻される。君が必死で守ってきた小さな『珠翠』が、紙くずのようにくしゃりと握り潰されてしまうことを。ずっと貴陽で、邵可と霄瑤璇の陰に隠れて、脅えた小鳥のように震えていればよかったのに」

珠翠はびくっとしたあと、いやいやという素振りをした。切れ切れに繰り返す。

「……『お母様』……に、会わせて……」

昔の珠翠は美しい少女人形だった。麗しいかんばせ。命令をよく聞いて、何一つ反抗しない。稀代の彫師が丹精こめてつくったかのように、最高の『置物』だった。

今の珠翠は、無様だった。クスリ漬けにされ、薬草と汗の入り混じった臭い。体中傷だらけで薄汚れ、長い髪は汗まみれの顔にはりつき、見る影もなく痩せくろんでいる。花のようだった面差しは、今は悔しそうに歪んでいる。少しも綺麗ではなかった。

なのに、目を惹かれた。『私』はここにいると、示すような、生きた瞳に……。

ふと、璃桜は思い出した。いつだったか、同じ瞳の娘がいた。

璃桜は白い指先を伸ばし、珠翠の顎を軽くもちあげた。ごくたまに離魂していても触れられることがあるが、今回がそうだった。珠翠の肌は温かくさえあった。

生きている者の温度。生きている者の目。かつての珠翠がもたなかった意志。

「……お前は確かに人間になったのだね、可愛い珠翠。無様だが、今までで一番美しい。よくここまで頑張ったものだ。さあ、もう眠りなさい」

珠翠は歯を食いしばり、抗った。

「……いや……」

「死にはしないよ。それに『珠翠』がいなくなっても、誰も困りはしない」

誰モ困ラナイ――……。

璃桜は残酷に、珠翠の一番痛いところを突く。

誰も困らない。その通りだ。珠翠を慈しみ、必要としてくれた人はいる。けれど消えた珠翠を捜し、何もかも捨てて追い求めてくれるような人はいない。

誰もいない。

それでもいいと珠翠は言おうとした。そんなことは百も承知だ。誰かを好きになれるだけで幸せだった。ここにいていいよといわれるだけでいい。好きな人たちのそばで、何かができるだけで嬉しかった。それは本当。

なのにどうして璃桜様の言葉にこんなに心が痛むの。

（まど……惑わされないで……わたし……私は——）

もう逃げないと決めたはずだ。戦うと決めたはずだ。たった一人でも。

自分の運命と。この縹家と。——『お母様』と。

そのために戻ってきた。のに。

珠翠の涙を、璃桜の指先がすくいあげた。

「憐れな珠翠。ここから逃げて逃げて怯えながら守っていた小さな『珠翠』も、結局、お前以外には誰も必要とはしなかったのだ。人形に戻るがいい。そうすれば泣くこともない。人は誰かに心を許したとき、もう一人では生きられない。だが、お前は一人だ」

璃桜の言葉は、どんな薬より、拷問より、術よりも、珠翠を打ちのめした。

——それが真実であるがゆえに。

「お前は〝外〟で夢を見ていたのだ。幸せな夢を。だが所詮夢でしかない。お前は目覚め、現実に戻ってきた。縹家へ。同じ夢を見ようとしてももはや叶わぬことだ。人形に還り、すべて忘れてしまえばよい。そうすれば楽になれる。何も感じずにすむ。無力さも、絶望も、悲しみも、孤独も、——たとえようもない寂しさも」

誰かに、遠い昔、言ったことがある。誰かを好きになる幸せが私に許されるのかしら、と。

『もし夢なら、醒めたとき、きっともう私は生きていけない』

夢は醒めた。

珠翠ははらはらと泣いた。寂しくて寂しくて、心が痛い。十三姫に後宮入りを願ったのは自分だったのに、彼女が筆頭女官になったと聞いて、寂しかった。決してそうじゃないとわかっているのに、替えがきいたのだと、心のどこかで声がした。

珠翠は、あたたかな心を知ってしまった。もうそれなしでは生きていけない。寂しさが、こんなにも人を弱くするなど、珠翠は知らなかった。幾度もの洗脳をはねのけ、脱走した強靱な精神力さえも、砂のようにもろくしてしまう。

（誰か）

誰かに名を呼んで欲しかった。珠翠が一生懸命に守ってきた『私』の名を。そうすれば、一人でも戦える。ちゃんと戦える。

……けれど、誰もいなかった。

みるみるうちに、魂が体へ引き戻されていく。

……遠い記憶の水底から、誰かの声が聞こえた。

『あなたのためにいつだってここにいるのに』

＊　　＊　　＊

紅州府──。

州府の敷地の片隅で、一人の男が昊を見上げていた。若くないのは確かなものの、顔立ちからは年の頃がいまいちよくわからない。

「──劉州牧!! 州牧室にいないと思ったら、抜け出してこんなところにいたんですか！」

「休憩だよ休憩。ずっと閉じこもってると息が詰まる。ちょっとくらいいいだろ？」

昊を仰ぎ見ていた紅州州牧──劉志美は、慇懃無礼でうるさい自分の小姑副官へ目を向け、にっこり笑った。

「やっだー荀彧、怖い顔しちゃってぇ。笑ってなきゃやってられないこのクソ忙しい時に」

州尹──荀彧は、じろりと上司を睨みつけた。いかなる場合も動じないところが、下っ端兵士あがりの志美と違って育ちのいいところだ。そう、たとえ州牧のオネエ言葉にも。

「その口調、やめてください。気持ち悪いです。下に示しがつきません。ご自分がもう五十過ぎってこと、本当に自覚してください」

「……お前、ほんっとずけずけいうよね。何年も副官やってんだから、誰もいない時っくらい素のアタシでいさせてほしーわぁ」

しぶしぶ志美は『オッサン州牧』に戻した。志美は美容に気をつけているから年より若く見える自信はあるが、荀彧は同じオッサンなくせに、粗大ゴミ系オッサンでなく結構イイ線いってるのが気にくわない。努力をしている志美はむかつく。

「――で？　お前がそんなカオできた理由は？　……想像つくけどな」

「碧州全域で、農作物が蝗害により、ほぼ全滅したとのことです。さらに碧州では地震が頻発し、各地の輸送路が崩落し、ほとんど陸の孤島となっているとのこと。地震による死者千人超。負傷者それ以上。紅州の食糧援助がなければ、冬の死者も数千との試算が出ました」

志美の前髪をかきやる手が、止まった。

「バッタは天山江沿いに北上、群れは風に乗って紅州全域に広がり、現時点で紅州の農作物の三割が壊滅。予想を超える速度で被害が拡大しています。このままだと、ひと月足らずで紅州の穀物地帯もバッタの群れにことごとく食い尽くされるとのこと。よって紅州には碧州にくれてやる食糧はない、と下からの報告です」

報告の内容はおおよそ志美と荀彧の予想の範囲内だ。だが、バッタの速度が速すぎる。榛蘇芳という監察御史から報告を受けてすぐに対処を指示したが、ここ数十年起こっていない蝗害に、州官も戸惑ってうまく動けていない。州官は偉そうに命令するだけの国試派が多く、下との折衝がド下手くそで、地元の郡府に頭からバカにされている。くそ、紅家の経済封鎖で時間を食わなかったら――志美は目も眩むような怒りをのみこんだ。……今さら言っても仕方ない。

　だが、碧州にくれてやる食糧はない、だと？

「……紅家商人どもがタンとためこんでる備蓄があるだろ。先の紅家の経済封鎖で余剰分がまだ全然流通してない。当主も交代した。残らずぶんどって献上させろ。それに藍州は無傷のはずだ。風向きが逆だから、バッタは紅州から藍州へ山越えできないだろ。藍家商人どもが数字を隠してやがるが、あそこの収穫高は紅州に次ぐ。山ほど小麦も農作物も備蓄があるはずだ。姜文仲なら、クソ藍家と交渉して搾り取れる。そのために、先王と霄宰相が藍州州牧にしたんだ」

「……ええ。確かに、バッタは山越えしてません。夏から、なぜか長雨がつづいてるそうで。バッタの羽では降雨の中高く飛べませんしね……」

「……長雨？　おい、まさか」

　水と塩の都とうたわれる、藍州。美しさと同時に、水害と隣り合わせでもある。肯定するように、荀彧は目を伏せた。

「……河川が増水し、藍州各地で氾濫が起こってるとのこと。海側の農作物は塩害で壊滅状態。内陸にある最大の龍牙塩湖を始め、大小の塩湖も氾濫し、塩害と水没で出来高は例年の半分以下とのことです。姜州牧が混乱を最小限におさえて対処してますが、彼でなかったら、とっくに中央に助けを求めていたはずです。……藍州も、他州に配る余剰な食糧はないと思います」

二大穀物庫である片割れも、頼れない、ということだった。

「……紅州の余剰備蓄は他州に輸送せず、残しておくべきだと紅家商人が渋ってます。ついでに州官たちも同意見です。──理由は、来年、再来年と、大飢饉となる予想が高いこと」

蝗害は一度発生したら、ほぼ例外なく数年間は繰り返し起きる。

「……現段階で各州に備蓄を開放したら、来年以降、紅州の民に回す食糧が残らないおそれがある、今から温存しておくべきだ、バッタは群れを維持できなくなったら自然消滅する、それまで数年間耐えればいい、と」

「……耐えりゃあいい、だと？」

煙草がほしい、と志美は思った。柚子茶でもいい。昔は若気の至りで怪しいクスリに走ったこともあったけれど、煙草と柚子茶にかえた。でもないから仕方ない。と思ったら、副官が煙管を差しだしてきた。むかつくができた副官だ。志美は携帯してる刻み煙草を詰めて、火をつけた。

くゆる紫煙を目で追うと、美しい秋の空が広がっていた。

バッタが自然消滅するまでの数年間、耐えろ、だと？

「……耐えてる間の死者数は？　お前のことだ。出してるよな？」

副官はあるかなきかの沈黙のあと、一つ一つ、区切るように、その数字を出した。

「最悪の場合、全土で死者、十万。三年後に人口半減、国の二人に一人が死ぬ試算が出ました。ただし、現段階で紅州の備蓄食糧を隠匿しておけば、紅州だけは人口生存率八割」
温存でなく、隠匿と言った。そう、隠匿だ。温存とかふざけた言葉を使いやがったら、
荀彧を殴り飛ばしていたかも。
「半減か。では碧州をはじめ他州に、紅州の備蓄分を放出した場合は？」
「今年はしのげます。ですが来年の収穫高はすでにゼロ予想です。苗や作物を植えても、
バッタの襲来を防げない以上、来年から不作と飢饉がつづくと思います。その状態でも、
食糧を求めて各州から飢えた民が大量に雪崩れこみ、貧困と争いで多数の死者が出ると思
われます。その場合、紅州の生存率も三割に激減。だから紅家商人も州官も『食糧を隠
せ』と報告してきたんです」
他州を見殺しにしろ、ということだ。志美は天を仰いで煙草を吸った。副官を怒鳴りつ
けはしなかった。この嫌な報告を、下っ端に押しつけずに自分で伝えにきた。胸の内がど
れほどやりきれなくても顔にださないだけで、ちゃんと血の通った、数少ない骨のあるオ
ッサン州尹だ。だから抜擢して、傍に置いた。別に顔が好みだったから副官にしたワケじ
ゃないのヨ。うん。
荀彧は現実を正確に伝えにきた。事実を。
それが事実なら、あとの決断は、州牧である志美の仕事だ。重すぎて、泣けてくる。
生き物のようにゆらゆら動く紫煙は、いつも志美に、少年兵だったころのある光景を蘇
らせる。

死体が折り重なる戦場で、志美は呆然と木の根元に座りこんでいた。すぐ傍で、パチパチと火がはぜたので顔を向けると、男が死体の燃える炎で、煙管に火をつけていた。

『……死体の火で吸う煙草が、一番不味くて泣けてくる。でも、これで俺が殺した奴らも、俺が死なせた配下も、煙草を吸うたび思い出せる。線香代わりになるしなァ』

死体だらけの戦場で変な愚痴をぼやきながら、吸い口を噛む仕草がバカみたいに粋に見えた。志美は男の紫煙を追って、ふっと昊を見上げた。

昊は、抜けるような紺碧で、とても静かで、白い鳥が一羽、円を描いて飛んでいた。

志美の目の端が、滲んだ。ああ、と胸が詰まった。――戦は終わったのだ。

『ああ、戦は終わりだ。――ようこそ、最悪よりはちょっとマシなだけの世の中へ』

男は煙管を嚙みながら、悠然と笑った。

あの頃の自分は、なんと気楽だったことだろう。物事も、善悪も、何もかも真っ平らで単純で、生きるか死ぬか、希望か絶望かの二択しかなくて。生きるために考えたり、悩んだりすることなどなかった。

それは、とても楽だ。考えなくていい。悩まなくていい。動物と同じ。人間じゃない楽さ。今の重さは、人間だから感じる重さみたいだ。捨てたら、終わり。戦がない世のほうが、百倍生き難い。当たり前だ。そこで誰もが踏ん張ってるから、最悪よりマシな世界でいられる。

志美はあれから、外で煙草をのむと、自然と昊を見上げるのが癖になった。そして青い空と、白い鳥をさがす。相変わらず、最悪よりはちょっとマシなだけのこの世界。

まもなくこの紅都・梧桐の青空も、バッタの黒い雲で埋め尽くされる。

一つ一つ、志美は頭の中で情報を組み立てる。手持ちの札と、他の誰かがもっているはずの伏せられた札。

「……ねー荀彧、穴、掘らせたりしてる？　あと、涸れ井戸の個数、調べたりした？」

荀彧の顔色が、サッと変わった。副官は、つとめて冷静に頷いた。

「……指示、しました。私は……紅州を守る州尹ですから。クビにするなら、どうぞ」

志美はついと眼を細めた。ふーっと、紫煙を吐く。手首を返して煙管から灰を落とした。

「君が、国試出身で元下級兵士の僕をバカにしてるのは、知ってる。年食ってからの及第だし、あんましいー成績じゃなかったし。僕じゃ決断できないと思ったか？　だが君に責任はとれん。これは、僕の命令だ。全責任は僕がとろう。——バッタがくる前に、備蓄分の食糧を残らず穴に埋めろ。涸れ井戸に片っ端から食糧放りこんで鉄を打ちつけて、——隠せ」

真っ白な鳥が、虚空を飛び去る。

少年時代に掌にあった大事なものが、飛び去ったように。

志美は白い鳥に背を向けた。そしてもう二度と振り返らなかった。

「——あとは中央次第だ」

# 第一章　降るはずのない雪

『さても、十悪とは、今の王に対する謀反を言う。そなたがわたくしを守った後、十悪になっておるかは、わからぬぞ』


　バチッと、秀麗（しゅうれい）は目を開けた。

　薄青い月光が、古風な細工の施された天井をしらしらと輝かせている。秀麗はしばらく意識が曖昧（あいまい）で、自分が仰向（あおむ）けに寝ていることもわからず、ここがどこで、今までどこで何をしていたかも、よく思い出せなかった。

　ひょいっと、視界に隻眼の男が入ってきた。

「よぉ、起きたか、お嬢ちゃん」

「…………。――――！　ぎゃぁああああああ!!」

　秀麗はとっさに後ずさって逃げようとした。拍子に敷布に足を取られてすってんころりと寝台から転がり落ちたあげく、床に額をもろに打ち付けた。鼻もしたたかに打ち、思わず涙が出た。

「いたー！　くっ……早速やりましたね迅さん!!」

「……いや、何もやってないが。なに、その濡れ衣」

秀麗は鼻をさすりながら、素早く室を見回した。……リオウが自分のために用意してくれた〝静寂の間〟だ。横たわっていたのも見覚えのある寝台で、そこから転げ落ちた、ようだ。まだ記憶が多少混乱していたが、瑠花と白い棺の列する場所にいたことや、交わした会話が、少しずつ蘇ってきた。

なぜ迅がここにいるのか。いや、そもそも本物の迅なのか。これも変な術だったらどうしよう。

（えーっと、えーっと、何か、判別する方法があったはず——あっ、〝莫邪〟!!）

ヘボ術者じゃ、まやかしでも再現できないとリオウ君が言っていた。秀麗はキッと迅を睨んだ。睨み方は堂々としていたが、へっぴり腰で寝台の縁から顔の上だけだして睨んだので、多少威厳に欠ける格好ではあったかもしれない。でも殺されるわけにはいかない。誰にもちょっと情けないとは言わせない。

「迅さん!!　〝莫邪〟見せて下さい、〝莫邪〟！　あっ、ない！　持ってないんでしょ!?」

「……いや、あるけど。ほら」

おかしな人には逆らわない、という基本的な接し方に則り、迅は背にしょっていた〝莫邪〟をとって、見せた。藍将軍が腰に差すのに対し、迅は背にしょっていたのを秀麗は思い出した。どちらでも可能な『やけに中途半端な大きさ』らしい。背に隠れていたので、見えていなかっただけのようだ。差し出された〝莫邪〟は本物に思えた。

(ということは本人かしら⁉)

それでも秀麗は寝台の陰から出ていかなかった。

――朝廷から、誰かが差し向けてくる兇手がいる。

秀麗は真っ向勝負で斬りこんだ。

「迅さん……縹家にきた理由をずっと言いませんでしたね。私を殺すのも、理由に入ってますか？」

月光の中、隻眼で迅が微笑む。

「……今回は、答えた方がよさそうだな。――いや、違う」

嘘でない保証はどこにもないし、あっさり頷く方がどうかしている。だが、迅は秀麗を殺さなかった。やろうと思えば今だってたやすくできるはずだ。少なくとも、秀麗を迅の幻影でおびき出して問答無用に殺そうとした〝暗殺傀儡〟とは違うのは確か。

縹家で、迅はたまにふらりと姿を消したが、せいぜい数刻で帰ってきたし、秀麗のそばで面倒を見る時間の方がよっぽど多かった。秀麗をつけ狙っているというより、どちらかというと――変な言い方だが――秀麗を『拠点』にしている節がある。

「俺に目の前から消えてほしいってなら、すぐ出ていくが？」

「――ちょっとお待ちになって‼」

「口調が変だぞ、お嬢ちゃん。……で？」

「えーと、そう、保証――保証を、ください。今、ここで」

迅は面白そうにニッと笑って腕を組んだ。秀麗の意図などすっかりお見通しらしい。薄々感じてはいたが、迅は藍将軍よりも明敏だ。頭の良さは同じでも、使っているかどうかで差が出ている気がする。十三姫もそうだが、あの兄妹は腕に覚えがあるせいか、事あれば、知略を使うより早く玉砕覚悟の特攻型で切り抜けてしまうのである。

「保証ね。なるほど。いいぜ、言ってみろ。どこまで俺の保証がほしい？」

「――私が、瑠花姫にもう一度会うまで、私を殺さないと約束してください。ついでに、できればそれまで私を守ってください。瑠花姫に会うまで、私の命の保証をください」

迅はまた笑った。ほんの少し苦笑も混じっているのは気のせいではあるまい。

「……お嬢ちゃん、俺がそれを絶対のむってわかってて、出してるな？」

「…………はっきりと、約束してください」

「ああ、わかった。保証してやるよ。お嬢ちゃんが瑠花に会うまで、俺が守ろう。それまでは絶対殺さないし、他の誰にも殺させない。約束する。だから、出てこいよ」

数拍置いて、秀麗は素直に寝台のうしろから出た。

「ふーん、俺の言葉を信じるのか？　疑ってたのに？」

「信じます。藍将軍が、迅さんは口に出したことは絶対破らないって言ってましたし……。それに迅さんは、多分、瑠花姫に会いにここまできた。でも居場所がわからない。私といた方が、早く会えそうだと踏んでる。それで最初から面倒見てくれたんでしょう。私が一番瑠花姫と接触する可能性が高いから。だから、瑠花姫と会うまでは、今の言葉どおり、一緒にいて、ちゃんと守って下さると思ってます」

迅は笑ったまま、否定しなかった。注意深く肯定もしなかったけれど。

「訊かないのか？　どうして俺が瑠花に会いにここまできたのかって」

「……。今のところは訊きませんから、迅さんも訊かないでください」

「あんだけぐずぐず迷ってたのに、どうしてお嬢ちゃんが急に瑠花に会いに行く気になったんだ、って？　『瑠花にもう一度会う』って言ったな。やっぱり瑠花はあんたに会いにきたのか」

秀麗は貝のようにピタッと口を閉じた。瑠花が暗に示唆した『瑠花の口封じに朝廷からくる兇手』がもし迅なら、秀麗は最後は——彼から瑠花を守らなくてはならない。ここで迂闊なことを言おうものなら迅に「へっへっへ、お嬢ちゃん、……知っちまったな？」と、ぐさりとやられかねない。

「……お嬢ちゃん……なんか、変な想像してるだろ」

「してません！　何も知りませんから、何も訊かないでくださいッ!!」

「…………」

「…………」

自分でも自覚しているが、秀麗は口は堅いが隠しごとにはてんでむいてない。なので口を割らぬためには、黙っているのが最善——というか黙っているしかない。『何か知っている』程度ならまだ駆け引きできる。

　迅はあっさり退いてくれた。

「……ふむ、瑠花に何か聞いたな？　それを突っ込まれたくないわけか。まあいい。お互い聞かれたくないことがあるなら、そこらへんはほじくり返さないで協定を結ぶとするか」

　秀麗は寝台にへなへなと腰かけた。ほぅっと溜息をつく。

「よかった……護衛一人、確保ぉ……。これでちょっとはマシかしら……」

「マシ!?　マシだって？　お嬢ちゃん、そりゃないぜ。今のはかなり聞き捨てならないな。自分でいうのもなんだが、『司馬迅』の護衛なんて、藍家当主だって望んでも叶わないぞ。金で買える安い腕じゃないし、もっとありがたがってほしいね」

「……藍門筆頭の『司馬迅』じゃないって言ったじゃないですか」

「はっは。俺も今の、聞かなかったことに。まあまあ。で、もう近づいてもいいか？」

　秀麗が頷くと、それまで律儀に一歩も動かなかった迅が、大股で寝台までやってきた。

「さて、じゃあお互い情報交換といくか。俺がいない間、何があった？　さっきの悲鳴だと、どうやら俺の顔した『誰か』に命狙われたか？」

「……ええ。なんか、〝暗殺傀儡〟とかいうのにまんまとおびき出されて」

　秀麗は手短に、迅の姿をした〝暗殺傀儡〟におびき出されたところから、瑠花に会ったことまでを説明した。話しながら、秀麗の混乱していた記憶もまとまってきた。

「……〝暗殺傀儡〟がお嬢ちゃんを？　思ったよりずっと深く引っかき回してるな……」

　秀麗は迅の精悍な横顔を見上げた。

「……迅さん、前から感じてましたけど、私にぽろりぽろりと情報をくれてますよね。多分、わざと」

「んん？　気づかれたか。はは、まあな」

「……どうしてですか？」

　迅の笑みは、どこか翳りがつきまとう。いつも。この時の迅の微笑みは、寂しげに見えた。

「……どうしてかな。いくつか理由はある。でも、お嬢ちゃんなら、って思ってるのかもな」

「え？」

「もしかしたらお嬢ちゃんなら『何もかもうまくいく方法』を見つけるかもしれないってな」

　秀麗は、迅と初めて貴陽で会った時を思い出した。

「……それ、前にも言ってましたね」

「ああ。そうなったら、いいだろ？」

　気づけば秀麗の唇からこぼれていた。

「私に止めて欲しい人が、いるんですか？」

　不意打ちをくらったみたいに迅は息を呑んだ。

「…………どうかな。実は俺にもわかってないんだ」

迅は長い前髪をかきあげながら隻眼を伏せ、溜息をついた。

「……止めたほうがいいのか、そうでないのか、ずっと考えながら、ここまできちまった。まだ迷ってる。何がいいのか、わからない。だから、お嬢ちゃんにもぽろぽろこぼしてるのかもな。……もし俺がだめだったら、お嬢ちゃんが止めてくれるかもしれないって」

誰を、とは秀麗は訊かなかった。訊いても、きっと今は答えてくれないだろうから。

「それにしても、楸瑛は本当にアホだな……。リオウはともかく、そんな状況でお嬢ちゃんを一人残して行くバカがいるかっての。入れ違いに俺がこなかったら、どうなってたと思うんだ。あいつならやりかねねーとこが悲しいけどな」

「……んん？　入れ違いって、もしかして入れ違いに戻ってきてたんですか？」

「そう。二人が血相変えて〝静寂の間〟から出ていったから、俺はお嬢ちゃんが拐かされたのかと思ったよ。けど、この室からものすごい気配が漂ってきたもんで、少し待って入ったら、床でお嬢ちゃんが気絶してた。んで寝台に運んだわけだ。ま、身繕いしたら、行こうぜ」

秀麗は迷った。瑠花を捜して会いに行かねばならないと思うが、蝗害の件で出ていったリオウと楸瑛が気になる。蝗害の方が緊急だ。

察したように、迅の大きな掌がぽんと秀麗の頭に乗った。

「瑠花のとこじゃない。まずはリオウと楸瑛んとこだ。俺も用がある。仕方ない。切りたくなかったが、俺の札も一枚切ろう。――蝗害の件は、俺も命令を受けてる」

「――え⁉　知ってた、って、ことですか⁉　でも、だって――誰から」

今思えば蘇芳の首をしめあげたくなるが、秀麗と一緒に紅州へ旅をしている間も、蘇芳は蝗害の調査をしていたのだ。道中葵長官に報告を書き送っていたはず。

（待って。迅さんが知ってるってことは、タンタンの報告が――御史台の機密情報が、どっかの『大官』にも漏れてるってこと？　ぎゃー何で気づかなかったの。思えば十三姫暗殺も、清雅と一緒に兇手に襲撃された時も、御史台の情報が漏れてたから先回りされてたんじゃない！）

今の今まで、漏洩しているはずがない、と思いこんでいた。いや、思っていたかったのかもしれない。そこまでの機密を流せるとしたら――葵皇毅か陸清雅しかいない。それか。まったく別の可能性が不意に浮かんだが、あんまり突拍子もない想像だったので、即座に自分で打ち消した。まさかそんなわけがない……はずだ。

「あの……命令を受けてるって」

「さてな？　いいから行こう。瑠花の居場所がわかってない以上、行ったのはオヤジの璃桜の方だろ。危険を承知であんたを一人残して出ていくんだから」

「あ……はい、そう言ってました。父に会わせたくないから、残ってくれって」

「……リオウの努力は認めるが、無駄足だろうな。璃桜が相手じゃ、瑠花より話にならん」

こんなことを迅に訊くのも実に情けなかったが、知らないままより恥をかく方がマシだと思って、訊いた。話についていけないほうが情けない。

「すみません、リオウ君は何も詳しいこと教えてくれないまま、血相変えて行っちゃったんです。どうして蝗害で、リオウ君がスッ飛んでいったんですか？　縹家は神事の家でしょう」

迅はバカにしたりしなかった。これが清雅なら盛大にせせら嗤ったことだろう。

「いや、知らなくても仕方ないさ。今の縹家は神事にしか出てこなくなって久しいからな。……俺が前にした話、覚えてるか？　縹家の仕事はお嬢ちゃんに合ってる云々ってやつ」

「あ、えーと、確か戦や災害の時にいっせいに救援に出る……って、災害。あーっっっ!?」

「そ。縹家はもともと弱者救済を目的に、初代蒼遙姫が興した家だ。先の大業年間の縹家信仰ってのも、もとは戦災に遭った民を、唯一縹家だけが無償で救済してたからで、いつのまにか民間に広まった。先代の『奇跡の子』の、ずば抜けた癒しの力によって、縹家信仰が貴族階級まで浸透してから、だんだん金やら権力を要求するようになったみたいだけどな……。ま、ともかく、医療から災害対策まで、研究と知識の蓄積は縹家が随一と見ていい。『戦わずして民を守る』が理念だから」

「じゃあもしかして、蝗害に関しても……？」

「ああ。朝廷にも〝外〟にもない知識や手立てを持ってる可能性がある。それにこの縹本家は〝外〟と隔絶されてて、戦乱とはずっと無縁だ。つまり、〝外〟と違って、戦やら災害やらで貴重な書物や研究知識が散逸してない。千年以上の蓄積がまるまる残ってるはずだ。もしもこの縹本家を動かすことができたら……被害を最小限に食い止められるかもしれん」

「――それこそ交渉は御史の役目じゃないの!!　すぐ追いかけないと！　ていうか、なんでリオウ君それで私を置いて行くかしら!?　ありえないから！　沓（くつ）、沓！」

秀麗は寝台から飛び降りた。と、床のあまりの冷たさに飛び上がった。

「ぎゃーさむっ！　……あ、あれ？　こ、こ、こんなにこの室寒かったですっけ!?」

床にてんでに飛んでいた沓に片足を突っ込みつつ、秀麗はぶるりと二の腕をさすった。素足でいると、冷気が蛇のようにひんやり足を這（は）い上ってくる。息を吐けば、白く染まった。いきなり秋から真冬が来たみたいだった。

「……そういえば……確かにそうだな。気温がさっきよりずっと下がってる」

秀麗に言われて、迅もようやく気づいたような顔をした。

「冬が近くなったのかしら……。うう、何枚か羽織って行こう……」

「いや……おかしい。前にいったろ。ここは人跡未踏の万里大山脈（ばんりだいさんみゃく）のド真ん中にある隠れ宮だ。もともと人が住めるとこじゃない。周りはとっくに真冬で、俺の背丈以上に雪が積もってる大雪山地帯だぜ。今さらこんなに急激に寒くなるわけない」

秀麗は髪をくくっていた手を止めた。

「……は？　万里大山脈って……万里大山脈の中にあったんですかここ!?　あの、蒼玄（そうげん）王以来いまだに誰も踏破できなくて、標高さえ不明っていう大霊山地帯!?」

「……いってなかったか？　そう。最北限凍土地帯の白州と黒州より、もっと北。だから、ここは朝廷も侵攻してこないんだよ。侵攻したって、なーんもないからな。住めないし」

「なんでわざわざそんなとこに家をたてるんです⁉　超不便じゃないですか！　あっ安さ⁉」

「……いやー、土地代とか利便性は関係ないと思うぜ。確か初代蒼遥姫が兄貴の蒼玄王とかわした契約らしいけどな。俺も詳しくは知らん。ともかく、この気温は確かに変だ。大巫女の力で人が住めるように維持してきたってリオウが言ってたろ？　お嬢ちゃんの体をほしがってるのといい、もしかして、瑠花の力が衰えてるのかもな……。もともと八十過ぎまで大巫女をつとめることに、前例がない。その前に代替わりするからな……」

羽織の紐を胸の前で結わえた秀麗は、迅を見上げた。白く息が凝った。

「……次の、巫女は？」

「いない。縹英姫が後継だったが、〝外〟へトンズラして、ずっと空席だったはずだ」

「英姫さんが後継だったんですか⁉　あ、春姫さんも、異能がありましたけど……」

「……英姫が隠せる程度の異能じゃ、ムリだろうな。大巫女になるには少しくらいの異能じゃ、話にならないって聞いてる。異能だけでもだめらしいし」

何を訊いても、打てば響くように返ってくる。

「…………迅さん、本当に詳しいですね……」

「御史のお前さんがこの程度を知らんほうが、勉強不足なんだぜ。機密情報見放題の御史台にいて。興味もって調べれば、簡単にこんくらいはボロボロ出てくるはずだがね？」

痛いところを突かれ、秀麗はぐうの音も出なかった。

――どんな手段を使っても、生きなくてはならぬ、と言った瑠花。

生きたい、強大な力を維持し続けたいというだけで、巫女の体を使い潰していたわけではないことを、過去を垣間見た秀麗は、もう知っている。

「……瑠花姫がいなくなったら……この縹家は？」

「……さあな。それを決めるのは、縹家だ。俺たちじゃない」

外は白みはじめていた。

＊　＊　＊

気温が急激に下がり、雪がこんこんと降りはじめた。

美しく整えられた庭園が、真っ白に染まっていく。

璃桜は下男に火鉢を入れさせた。室があたたまるまで、彼は濡れ縁に佇み、手足を凍りつかせる風も意に介さずやむ気配のない牡丹雪を眺めていた。室にひきとる頃、籐椅子は雪化粧をしていた。

「――父上!!」

息子のリオウが駆けこんできたのは、それからすぐのことだった。続いてもう一人、見知らぬ青年も扉から転がりこんできた。文字通り。〝扉〟を通るのは初めてのようで、目を白黒させて周りを見回している。

「わあ⁉　なっ、なんでいきなりこんなとこに出たんだリオウ君⁉　あの変な扉、私も今まで珠翠殿を捜すために何度か開けようとしたけど、押しても引いても絶対開かなかったんだぞ⁉　しかも開けても、絶対こんなだだっ広い邸に出るわけないよ⁉　だって外の生け垣の茂みに木戸だけ立っててさ、裏手は林しかなかったのに。木戸のくせに剣で斬っても傷一つつきやしないし――」

「あんた人んちの扉を勝手にぶっ壊そうとすんなよ！　あれは扉の形をした〝通路〟なんだよ。父上は引きこもりだから、変なやつは通ってこられないようになってる」

「変なやつ⁉　って、おわ、あれがリオウ君のお父さん⁉　じーさんじゃなかったのか⁉　言ってくれたら私だって、髪とか服とかバッチリ決めてきたのにだね‼」

「なんの対抗心出してんだあんたはー！　もういいからあんたちょっと黙ってろ‼」

ぶつぶつぼやいている楸瑛を見捨てて、リオウは父親の元に進みでた。顔から火が出るほど恥ずかしい思いで。

「さ、騒がしくて、すみません」

「……〝外〟の友達ができたのか、リオウ。なかなか縹家にはいない類の男だな」

友達⁉　違うというのもなんだし、そうだと言っていいものかも迷うところだ。

璃桜は楸瑛の顔をじろじろ眺め回した。

「……藍家の血が濃いな……藍家の直系か。珍しいことだ。彩一族直系の男児がこの縹本家にくるとは。未婚の娘はよく送られてきたものだが」

一目で出自を言い当てられ、楸瑛はたじろいだ。

「藍楸瑛……です。お初にお目にかかります、璃桜殿」

答えた時には璃桜は楸瑛への興味を失い、息子のほうに顔を向けた。

「……で？　朝ご飯でも運んできたのか、リオウ。もうそんな時間か」

楸瑛はガクッとした。顔は二十代でも、やっぱりご老人らしい。楸瑛の気持ちは勝手に立ち直った。

「違います!!　父上に話があってきたんです」

「ムリだな」

「まだ何も言ってません！」

「言わなくても察しがつく」

リオウは火鉢に気がついた。室を覆う常にない寒波に気づいたのもこの時だった。

璃桜は物憂げに溜息を一つこぼした。

「……羽羽から、何か言われたのだろう？」

「そうです。父上、お願いですから、聞いてください」

何の感情もない父の虚無に似た黒い瞳を見据えた。

「蝗害の発生です。羽羽が、縹家の全門開放を求めてます。一つ残らず、開けてくれと」

「……」

「今すぐ、縹家系全社寺、及び、九族すべてに救済の指示を出してください！　朝廷に協力して、蝗害に関するすべての知識を解放してください。蝗害は縹家の指定する第一級災害です。今なら——発生直後の今なら、まだ間に合うかもしれない。最小限に被害を食い止められるかもしれない。俺には何の権限もありませんが、父上は縹家の当主でしょう。父上の命令なら、全社寺が従うはずです」

「……言ったろう、リオウ。ムリだと」

椅子の腕に肘をつきながら、璃桜は言った。

「この縹家は女系一族だ。力ある大巫女の命令にしか従わない。縹家一門の術者、巫女、〝暗殺傀儡〟その他、全社寺、縹家一門を統轄掌握してきたのは、姉上だ。私にもある程度の裁量はあるが、姉上の命令を覆すほどではない。〝外〟で、よほど感化されて帰ってきたらしいな。ここは縹家だよ、リオウ。男には何の決定権もない場所だ」

「…………っ」

父の言うことは事実だった。父は当主だが、縹家の決定にはほとんど関わってこなかった。重要事項はすべて伯母の瑠花が決めてきたことも、知っている。先代当主も『男』だったが、栄華を極めた裏で次第に常軌を逸し、乱倫の果てに瑠花に粛清された経緯がある。男が上にたてば縹家が傾くと一族は半ば病的に信じこんでいた。父が当主であることが暗黙のうちに認められているのは、父が『何もしない』からだ。ただいるだけで、実権は伯母が握っていることを誰もが知っているから。

「でも——それでも父上が当主でしょう⁉」

「問題はね、リオウ、一族がそう思ってないということだ。ついでに、私自身もね」

合わなくなった木ぐつに足を押しこみつづけるように大巫女にしがみつき、因習を守ることのみ固執する。一族を歪ませてきたのは、一族自身だったのだと気づく。そう、リオウ自身も。

「じゃあ、じゃあ伯母上の居場所を教えてください！　俺が行って——」

「お前が？」

「伯母上にしかムリなら、俺が伯母上を説き伏せます。蝗害のことを聞けば——」

「姉上は、知っていると思うけどね」

外の風が館をしきりに叩いていた。奇妙な冷えこみはいよいよ強まっていた。

「……知って、る⁉」

「知ってるはずだよ。姉上のところには、全社寺から、気温、気候、天候の変化、流行病、豊凶……異変があれば連絡がくるようになってる。天文での予測も可能だ。特に蝗害にはバッタの色の変化という前触れがある。とっくに知らせがきていると思うが」

「し、知ってて、伯母上は動いてないというんですか⁉」

「動けないんだろう。羽羽も動けていないのを、おかしいと思わないのか？　姉上も、羽羽も、今はそれどころじゃない。他に手を割く余裕がないんだろう」

「どう、いうことですか……」

　リオウは顔を強張らせた。縹家内部で何か起こっているとは思っていたが――。

「……一つ一つ説明するのも面倒だ。ここずっと占盤やら八卦やらに出ている兆候を、かいつまんで話すから、それを聞いていなさい。まずは藍州、だいぶまえから水の卦が出ている。おそらく、夏から長雨が続いているはずだ」

　楸瑛が顔色を変えた。水の都である藍州での長雨は容易に水害と直結する。

「碧州には土の卦が出てる。バッタは多分、土の卦に誘われて少し早く出ただけだな。碧州での土の卦といったら、地震だ。今頃、地震が多発して被害が出てるはずだ」

「……父上――」

「茶州の地で、縹家の星が流れた。英姫に不幸があったようだ。茶州は代々、人運がよくない。それを英姫が嫁いでおさえたことで、一定の安定を見た。それが茶鴛洵の時代だな。英姫の星が落ち、安定が崩れる。茶家は再び身内の揉め事で足止めされる」

　教養や学問の一環として楸瑛も卜占や天文をかじっているが、全然本気にしたことはなかった。が、こうして理路整然と説明されると、恐ろしいほど現実と重なり合う。

「紅州の風と土の卦は、今の時期にはいつものことだ。秋に風と土の卦が強まることで、実りが多い。だが今年は最悪だな。バッタが風に流されて碧州から紅州へ向かう。碧州の凶運が風の卦に乗ってバッタと一緒くたに紅州に流れこむ。農作物は全滅まではいかないかもしれないが、その程度だ。あとは人の運次第だな。誰が紅州へ行くかで、結果が左右される」

　璃桜は気だるげにつづけた。

「黄州は、金の卦に異変が起きてる。藍州の水害、碧州の地震、紅州の凶作……その余波を被って、物価が高騰しそうだ。人々の間に不安が広がり、経済が暴落する予兆が出てる。それを埋めるために、特に経済の都、黄州でより金の卦が強まる気配がある。商都黄州の金気が強すぎると、ろくなことはない。武器の金気にすぐ転じ、北方二州を侵す。もともと今の黄家当主の星並びには金気が普通よりずっと多いからな……」

　言わんとすることを察し、楸瑛は蒼白になった。武門の北方二州・黒州と白州に武器の金気が流れこむなんて、あまりにもわかりやすすぎる。それに、黄家の異称は――。

「父上……その流れになるよう、誰かが人為的にからんでる、ということですか」

　リオウは固い声で言った。

「人為的って、どういうことだ、リオウ君」

「俺も初夏に、王に天文を読んでやったことがあるんだ。でもそんな星並びは出てなかった。少なくともあの頃には、藍州の天文に水害や長雨の予兆はなかった。だから、あんたらの誰かが九彩江で宝鏡を壊したって聞いた時、怒ったんだ」

「つまり……宝鏡が壊れたから異常な長雨になった、とか、いうのかい？」

　楸瑛は笑い飛ばしたりはしなかった。九彩江での奇妙な豪雨は記憶に新しい。

「……ああ。けど俺は、そもそもを勘違いしてたんだ。あんたの話だと、伯母上は九彩江に離魂した。その時鏡が壊れたのも、間違いないんだろう。でも、宝鏡山のご神体じゃなかったのかもしれない。伯母上は駆け引きの得手だ。ただの鏡と知って割らせたというほうがしっくりくる」

「でも、あの突然の土砂降りは……あれは、絶対普通じゃなかったよ？」

「いや、それも、別の理由で説明がつく。あんたには省くけど」

羽羽は『雨師』が秀麗の中に入っていると言った。箍がゆるんでる、とも。貴陽でも彼女の身が危うい時に同じ現象が起きている。おそらくその豪雨は雨師が秀麗を守ろうとしたのだ。鏡が割れたからではない。

「九彩江のときは、藍龍蓮の笛で雨が『上がった』んだろう？　なら、今の藍州の、雨のやまない状況とは違う。本物のご神体は無事だったんだ。……その時までは」

「……じゃあ」

「そう、鏡は二度割れたんだ。あんたらが下山した後、本物が割れた。誰かが意図的に壊したんだ。それで神鏡づくりの依頼が仙洞省にきた。異常な長雨になった。辻褄は合う。あんたらが壊したと思って、怒鳴ったりして、悪かったよ」

「誰かって、誰がだ？」

リオウはしばらく黙った。そう、誰がやったのかが問題だ。

「……父上、星図や卜占に、あらかじめそれだけの異変が出ていたなら、羽羽も伯母上もとっくに手を打っていたはずです。今、二人が出てこないのは——それらの星回りが、

『予想外』だったからですね？　天の時を、動かすことができる人間はまれにいる。変数因子、妖星みたいな人間が。誰かが、意図的に裏で、糸を引いてる……ということですか」

「ああ。ずいぶんと、縹家を引っかき回している輩がいるようだな。羽羽と姉上は、今、それで動けない。各神域のご神体が壊れれば、要諦の貴陽と、この縹本家を守る二人にそのぶんの負荷が全部のしかかる。いっておくが、藍州の水害も、碧州の地震も、二人が全生命力をかけておさえているから、これでも最小限の被害に留まっていると思え。お前は蝗害が第一級災害と言ったが、縹家において今はそれをこえる特級の事態だ。巫女や術者が本家にいないのは、残りの神器を壊されないように、各地に飛ばしてるからだ。唯一姉上の代理が可能だった英姫も、先手を打って潰してきた。手回しのいいことだ。バッタに割く時間は、今の姉上にはない」

「待って……待ってください、父上──だからって、蝗害を放っておくなんて──」

　璃桜は食い下がる息子に不思議そうにした。

「……おかしいね、リオウ。去年、茶州の石榮村での疫病だって、お前は朝廷より茶州府よりもずっと先に知っていたのに、別に知らせたり止めたりしなかったろう。あの時のお前は何もしなかったのに、なぜ今回はそんなに気にする」

　楸瑛の驚いたような視線がリオウに突きささる。

　事実、リオウは奇病の兆しを縹家系の社寺からの報告で知っていた。だからリオウは紅秀麗よりも先に、石榮村に潜伏した。漣も奇病の兆候を知っていたからこそ、先回りして病を利用し、煽動していた。あの時のリオウは、確かに何もしなかった。……何も、感じなかった。

「蝗害は放っておけば自然に終息する。そう、十年も経てばね。十年なんてあっというまだよ。今までも連綿とくりかえされてきたことだ。そう心配することはない。人口が半分減るだけだ。それだって別にお前のせいじゃない」

「――父上!! 違う、違います。それは、絶対、違う！」

リオウは叫んだ。

秀麗が、辺境の寒村まで医者を引き連れて現れたとき、シュウランは「見捨てないでくれてありがとう」と泣いた。治る手立てがなかったとしても、シュウランはやっぱり泣いて礼を言ったろう。あの時、リオウは自分でもどうしてかわからぬまま石榮村で秀麗を助けてしまった。

秀麗が官吏として真に携えてきたものが何か、今ならわかる。

リオウはずっとこの縹家で軽んじられて生きてきた。男に生まれたこと、『無能』に生まれたこと、それはリオウにはどうにもならないことだった。

それでも人は人に何かできるのだと、あの時から気づき始めた。

「父上――羽羽が言ってました。異能があることが、縹家の証じゃないって。そんなのが、縹家が人々に根付いて、信頼された理由じゃないって。俺も父上も異能がないけど、だからって、何もできないわけじゃない。俺は――仙洞令君になって、〝外〟の世界で、羽羽の傍で、ほんの半年だけど、多くを見ました。感化されたというのなら、それでも構いません。羽羽が俺に、全部の門を開けと言ったなら、俺にはできると思ったからです。術者には術者の仕事がある。でも俺たち『無能』にも、できることがある。羽羽はそれを、何度も何度も言ってくれた。俺は仙洞令君なんです、父上。今、縹家の人間として〝外〟で果たすべき責務がある。蝗害対処には異能なんて必要ない。羽羽や伯母上が動けなくて、父上に何もする気がないのなら、俺がやる。助けを求める誰かに手を差し伸べること、それこそが縹家が縹家である証。存在意義です。父上――俺に、当主の座を譲ってもらいます。そして俺は、伯母上に会いにいく！」

いつ抜いたか、楸瑛の剣がピタリと璃桜の首筋に当てられた。

「――珠翠殿の居場所も答えてもらうぞ。力ずくでもな」

璃桜は首筋の白刃に目をやり、ふと、〝扉〟を見た。

ぱちぱちと、誰かが拍手した。そこには手を叩く司馬迅の姿があった。背に秀麗をしょっている。外のものと思しき凍える風が一陣室を吹き抜けて、やんだ。

「あっ、迅!!　お前今までどこにいた！　秀麗殿に何した!?」

「何もしてない。走るのが遅いから、しょってきただけだ」

「迅さんが走るの速すぎるんですよ！」

迅の背から、秀麗がもぞもぞおりる。いつもどおりの秀麗に、リオウは心底ホッとした。白ネズミが伯母上だと察しがついてから、心の片隅でずっと気にかけていたが、無事だったらしい。

「……って、あんたら、どうして俺たちがここにいるってわかったんだ？　それに〝扉〟まで。縹家の人間でないと、あの〝扉〟は開かないようになってるはずだぞ」

迅はきょとんとして、秀麗と顔を見合わせた。

「〝莫邪〟が鳴る方にきただけだが。戸は押す前に勝手に開いた。楸瑛の〝干将〟と呼び合うっていってたから、そのせいかな？」

「私のときは頑として開かなかったのに！」楸瑛がぶちぶち言う。

〝干将〟と〝莫邪〟はかつて縹家の人間が鍛えて奉納したという。それぞれ歴史の中で何度も行方知れずになり、今となっては縹家でも不明なところが多い。

「ほら、お嬢ちゃん、官吏だろ。仕事、仕事」

官吏・仕事という言葉は覿面にきく。秀麗はゴホンと咳払いする。

「お話はうかがいました。途中からですが。あっ、ご厄介になりながら、今までご挨拶にもうかがわず、失礼いたしました。お初にお目にかかります。縹家当主でいらっしゃいますね」

いまだ楸瑛は白刃を当てている。が、秀麗の目配せを受けて、鞘におさめた。その様は行き届いた忠実な武官を従える、官吏の姿だった。

「紅秀麗と申します――って、え!?」

璃桜の顔を初めてまともに見た秀麗は、絶句した。

ものすごく若かったからでも、美形だったからでもない。

その顔に、見覚えがあったからだ。

（この人……去年の冬、朝廷で会った人……よね!?）

そう、茶州州牧として朝賀へ参じた折に、朝廷で不意に会った人だ。

あの時、父が割って入ったから、そのままだったけれど――。

彼は、永遠の虚無に似た双眸を秀麗に向けた。秀麗の足が竦んだ。

なんだろう、あの時も、感じた。この人は――怖い。怖かった。私を見ているようで、全然見ていない。面と向かっているのに、背後の壁しか映ってないような眼差し。この世に『紅秀麗』など存在していないような気にさせられる。いや――この人にとって、『私』は、『いない』のだ。

いなくていい存在なのだと思われている。

「お嬢ちゃん？　どうした、しっかりしろ」

迅に両肩を支えられ、秀麗は我に返った。何とか、動揺を押し隠した。

「……紅秀麗と、申します。朝廷で……監察御史を務めております」

璃桜は物憂げにまばたきをしただけだった。返事さえよこさなかった。

「蝗害を……最小限に食い止める手立てがあるのなら、ご協力を願います。珠翠の居場所と、瑠花姫の在所も、あわせて教えてもらいたいと思います」

ややあって、璃桜が呟いた。

「……君が、今すぐ死んでくれたら、教えてもいい」

リオウが秀麗を守るように背にかばった。

「父上!!」

「君が生きたせいで、私の大事な人がいなくなってしまった。ずっと……さがして、待って、待って……いたのに……。私が待ちつづけたのは、君じゃない」

その囁くような声を聞いた時、秀麗の目から、涙があふれた。

——どうして私が生きているの。

心のどこかで、誰かが泣いていた。それは、母がもうどこにもいないと知った時の、幼い自分。父と静蘭の前では決して見せなかったけれど、陰ではこの人と同じことを思っていた。自分のせいで母が死んだのだと、隠れて毎日泣いた。ひきかえに生きてしまっている罪悪感、うしろめたさ、申し訳なさ。震えるようなあの気持ち。胸の痛み。どうして、この人の前で、引きずり出されるのだろう。

まるで昨日のことのように思いが巻き戻り、胸が詰まった。いや、この人にとってはいまだに昨日のことなのかもしれない。いつまでも癒えない傷口の痛みは、この人のものであり、秀麗のものでもあった。

璃桜は秀麗の涙を見ながら、素っ気なく、悲しげに、ぽつんと呟いた。

「それでも、彼女が君を生かしたのなら……いい。私はもう少しだけ、待とう。君のためでなく、私が愛した人のために。そのためだけに、私はこの長い命を授かったのだろうから……」

……この人の言葉の意味は、秀麗にはわからない。

でもその言葉は、生きることに罪悪感があった秀麗に、不思議と染み通った。

もう少しだけなら、いい、とこの人は言う。

「ごめんなさい……」

父や静蘭には言えなかった、抱えつづけた負い目を、秀麗は吐露した。

「もう少しだけ、許してください……」

生きることを。

それは、彼にではなく、命をくれた母に対して言いたかったことかもしれなかった。

生きられるだけ、生きたいと。

璃桜は初めて、秀麗を見たような顔をした。見ているようで見ていない、その瞳に。

やっと秀麗を映してくれたように、思えた。

璃桜は秀麗から目を逸らした。

「……リオウ」

「はい」

「お前が当主になっても、何も変わりはしない。一族がお前に従うことはないだろう。……少なくとも今は、まだな。一族は姉上の――大巫女の命令しかきかない。蝗害を何とかしたいのなら、……珠翠をさがすといい」

リオウは戸惑った。

「珠翠を？」

「……姉上の在所は、私にもわからない。だが、珠翠の『千里眼』なら、姉上の高御座が『視える』だろう。……手遅れでなければな」

楸瑛は訊いた。

「珠翠殿は、どこに？　手遅れとは――」

「『時の牢』……あそこに入れられたものは、ほぼ間違いなく気が触れるか、廃人になる。姉上の体は、もう保たない。姉上は次の肉体として、珠翠を使うつもりなんだろう」

＊　＊　＊

リオウたちが館を出て行くと、室に静けさが戻った。璃桜は火鉢のそばを離れ、再び濡れ縁へ出た。雪はひどく、日の出の時刻になっても薄暗いまま。籐椅子は雪で凍りつき、軒は氷柱をつくりはじめていた。

こんこんと、季節外れの大雪が、庭院を綿帽子のように真っ白に覆い尽くしていく。

『もう少しだけ、許してください……』

愛する人の、愛した娘。

『それでも、彼女が君を生かしたのなら……いい。私はもう少しだけ、待とう』

なぜ、あの娘にあんなことを言ったのか、璃桜はよくわからなかった。

〝薔薇姫〟に会うことだけを願って、別れてからの二十年を生きてきたはずなのに。

生まれた時から、しゃべることも、ものを食べることもなく、世界が彼の五感に絶えず働きかけようとも、彼の正身まで貫くことはなかった。生きることを放棄していた璃桜が、『生きはじめた』のは、囚われの〝薔薇姫〟をある日偶然に垣間見た時。

あの時から、璃桜は璃桜になった。

必死で言葉を覚え、手足を動かすことを覚え、虜囚の彼女を慰めようと二胡を覚えた。

人にしてはあまりにも長い……長すぎる命も、彼女と一緒ならば祝福となった。

この命が尽きる時、世界と引き換えにしても、彼女の鎖を解くつもりでいた。誰にできなくとも、璃桜ならできる。きっとそのために生まれたのだと思った。

璃桜のすべては、彼女のためにあった。

彼女の憑坐にされた白い娘たちは様々いたが、彼女の姿形がどんなに変わっても、雷光の如き瞳を見れば、璃桜は幾度も恋に落ちた。

ふと、何かが頬を濡らしていた。

涙が幾筋も幾筋も流れていた。それは璃桜が生まれて初めて流す涙だった。

璃桜はくしゃりと顔を歪めた。

「……私の姫……あなただけが、いつでも、私を人間にしてしまうね……」

〝薔薇姫〟を失った時ですら、涙は流れなかったのに。

……ようやく、自分は彼女を失ったのだと、気づいたのかもしれない。

心を奪われ恋焦がれること、失う悲しみ、求めてもついに得ることのできなかった愛する人。それでも思い切れない恋着。やるせない思い。いつでも、彼女だけが璃桜に感情を与え、人に戻す。

いつでも、ただ彼女だけが、璃桜に人であることを教える。

「それでも私は……あなたを愛してる」

五十年、彼女の傍にいた。二十年、彼女が一人の娘の命と引き換えに、この世からいなくなったことを知らなかった。待つことも、果てなくさがしつづけることも、できる。けれど永遠のような彼女と、こんな形ですれ違う日がくるなんて、思いもしなかった。彼女はもういない。……もうどこにもいない。

〝薔薇姫〟は地上に留まり、ただの人間の男と一緒に、ただの人間のように生きることを選んだ。それも、十年にも満たない、人の身でもあまりにも短い刹那。

短命と知りながら娘を産み、その娘に少し長い人生を与えるかわりに眠った。

次に彼女が目覚める時、邵可も娘も、この世にはいない。眠りについた時、彼女もまた、愛した娘と邵可に永遠の別れを告げたのだ。愛情も、悲しみも、死も、別離も、人間と過ごすなら当然避けられぬ多くの思いをすべて受け入れて。

その選択を、璃桜は理解できない。理解できないから、だめだったのかもしれない。

それは璃桜と過ごした、昨日も今日も変わらない五十年と、円環のように閉じた愛情とは真逆のもの。変わらぬものを愛することは、鏡の自分を愛するようなものだと、彼女はとっくに見抜いていたのかもしれない。姉が璃桜に執着するのと、璃桜が〝薔薇姫〟に恋着するのに、何の違いもなかったこと。囚われの身も仙女には『ほんの僅(わず)かの間』だと決めつけ、自分の願いを優先した璃桜の傲慢(ごうまん)を。

そうであっても、彼女は璃桜の傍に留まってくれた。周りの人間がみるみる老いて死んでいく中、彼女だけは知らん顔で、変わらず一緒にいてくれた。璃桜が二胡を弾けば耳を傾けてくれた。

その五十年があったから、彼女のいない二十年を生きることができた。

『ごめんなさい……』

〝薔薇姫〟であって、〝薔薇姫〟ではない娘。あの娘の息の根を止めれば、〝薔薇姫〟は目覚めるかもしれない。だからリオウが縹家へ連れてきたと知っても、会いに行かなかった。会いさえしなければ、殺すこともない。そう、殺したくなかったから、会わなかった。

愛した人が愛した娘。

いつかまた彼女に再会する時、にっこり笑って二胡を聴いてくれなくては意味がない。

『ほお、璃桜、少しはそなたも成長したではないか？』

娘がいま、ここに在ることこそ、愛した人の望みだと、気づかなければよかったのに。

何も変わらなかった五十年と違って、彼女が去ってからの二十年は、璃桜をも、少しずつ変えたのかもしれなかった。そして、息子も、また。

『――父上!!　違う、違います。それは、絶対、違う！』

長い長い間、時の止まったような一族の中、リオウだけが変わろうとしている。一年前とは、まるで違う生きた眼差しで。それはある娘を思い出させた。

『私は、変えるために縹家へ、あなたに嫁いで参りました。――変わってもらいます』

雪が世界に音もなく降りつもる。息を吐けば、真っ白に染まった。

急速な気温の低下。紅葉を覆ってゆく季節外れの雪。

縹家を守りつづけてきた大いなる力が、弱まりつつある。

「……姉上……あなたの寿命も、もうすぐ尽きるか……」

八十年の長きにわたり、たった一人で縹家を支えつづけた大巫女。

誰もが縹家を見捨てて〝外〟へ去っていく中、姉は縹家の贄となることを選んだ。黄昏に染まる泉のほとり、大いなる槐の根方で。

璃桜は姉に何の関心も愛情もない。だが、わかっていることはある。璃桜が〝薔薇姫〟の鎖を解かなかったように、姉は弟を『縹家当主』という鎖に繋いで、傍から離れないようにした。血の繋がりだけを理由に、璃桜に異常に愛着することで、姉はかろうじて精神の均衡を保ってきた。少なくとも羽羽が姉の傍にいた頃は、あんな風に璃桜に執着することはなかった。おそらく、その頃から姉の心が壊れてきたのだ。

璃桜はひどく感情が薄く、人に対する興味もない。それは自分を守る術でもあった。いちいち入れこんでいては、この長い命をまともに生きていかれない。

姉は逆だった。『白い子供』一人、見捨てることができなかった。一族を支え、責務を果たし、大巫女であることを選び、八十年を生きた。その矜持が姉を支えた。だが強大な異能と孤独と、老いは、少しずつ姉の精神と、誇り高さをも喰い破り、徐々に父と同じ道をたどっていった。

血が繋がった弟にだけ、独りよがりで押しつけがましく、身勝手な愛情を注ぐことができた。何をしても消えはしない血の繋がりにすがった。それは、誰かを愛しているようで、人形を愛でるのと同じだった。璃桜がそんな姉を愛する義務はどこにもなく、まともに相手をするほどの関心もなかったので、いないもののように無視した。お互い様だ。

……そんな璃桜が、姉のために、たった二つ、したことがある。

大巫女として一度も逃げなかったことにだけは、敬意を表して。

それも、もうすぐ、終わりがくる。

「……もう、体を換えても、そうは保つまい……」

ここ数年、姉の『肉体』の使用期間が短くなっていた。

瑠花は璃桜のように不老長命ではない。元の肉体は年相応に老いているはずだった。だがここ十年近く、璃桜でさえ姉の『本体』を見ていない。仮の肉すらもはや重いかの如く、離魂し、美しい少女姫のまま。飢えて埋められぬ孤独、人には過ぎた異常な神力。かてて加えて八十をゆうに過ぎる老いが、姉のかろうじて残る正常な精神をも、ついに蝕んでいるとしたら。

元の肉体に戻らないのではなく、もはや戻れないのかもしれなかった。

そして羽羽もまた。

……時々璃桜は、羽羽が誰のためにあの年まで生き抜いたのか、考えることがある。

『わたくしの姫様』

羽羽は姉を、昔からずっとそう呼んだ。黄昏色の声で、優しい微笑みを広げて。

璃桜はいつしか真似をして、〝薔薇姫〟をそう呼ぶようになった。愛する人を。

リオウの言葉が蘇ってくる。

『助けを求める誰かに手を差し伸べること、それこそが縹家が縹家である証。存在意義です』

人形のように大人しく、言いつけに逆らわぬ、それこそ縹家の男によくいる聞き分けのよい息子だった。

……昔の強く美しかった姉と、まったく同じ、その言葉を。

自分の息子が口にする日がくるとは、思いもしなかった。

璃桜は少しく瞑目したのち、雪の降りしきる庭院に背を向けた。

＊　＊　＊

秀麗たちは縹璃桜のもとを辞すと、風と雪を避けていったん宮の空き室に落ちついた。

(『蝗害を何とかしたいのなら、珠翠をさがすといい』……)

秀麗は外套や衣服についた雪をはらいながら、考えこんだ。

妙にその言葉に引っかかりを覚えた。

秀麗の表情を勘違いしたのか、リオウが唇を嚙んだ。

「……その、父が、すまない。あんたに……酷いことを言った」

「あ。……ううん、いいの。誰かに、言ってほしかったのかも」

それは本当だった。長く胸につかえていた重石を、秀麗もまた吐きだせたような気持ちだった。リオウは不思議そうにした。

一方、楸瑛は楸瑛で、いきなり消えたり現れたりする不審な旧友を睨みつけた。

「……おい迅、お前、ほんっっっと何なんだ？」

「いったろ。とりあえずリオウの敵じゃないって。お嬢ちゃんの身の安全も保証する。当面は」

「その当面ってのがな！」

ひとまずそれぞれ情報交換をする。それから改めて秀麗はリオウに確認した。

「リオウ君、蝗害の知識が縹家にあるって、本当なの？　できることがあるって……。私の知る限り、蝗害に関して手立てはないはずだったけど……」

「……そうだろうな。〝外〟は度重なる戦で、何度も貴重な書物や記録が散逸してる。特に先の大業年間はひどかったからな。でも、縹家は違うんだ。本家だけじゃない。〝外〟

の縹家系社寺も治外法権が許されてる。少なくとも他よりは蹂躙されずにすむことが多い。そこらへんは、司馬迅の言う通りなんだ」

迅のやけに縹家に詳しいところが、リオウとしては気になる点ではあったけれども。

「俺も蝗害の本を読んだ記憶がある。でも、縹家の知識を解放するためには……やっぱり伯母上に会わないとならない」

秀麗は少女のような容貌をした瑠花を思い出した。秀麗も、彼女に会いに行かなくてはならない。

「瑠花姫に会うために、まずは珠翠を捜す必要があるってことよね。『時の牢』ってご当主は言ってたけど……」

「……そこは、普通の人間が入れられる牢じゃないんだ。父の言う通り、精神をおかしくするのが目的みたいな場所って聞いてる。あそこに実際放りこまれた人間を、俺は知らない。ずいぶん前に閉じられたって聞いてたのに……。そこに閉じこめるしかないほど、珠翠は何度も脱獄したんだと思う……」

「──場所は！」

楸瑛は語気を荒らげた。

「……わからない。この宮は、巫女や術者でなければ見えない道や行けない場所が多くて、『時の牢』がそのたぐいの隠し宮なら、俺にはお手上げだ。でも一区画、昔から閉鎖されてる禁制地がある……。どうして禁制地なのか、謂れはわからない。誰も知らないようだった。……昔、そこを閉鎖したのは伯母上らしい、ってこと以外は」

「もしかして、そこかもしれない」

リオウは子供心にも嫌な感じがして、禁じられずとも足を踏み入れる気にならなかった。

その時、ずっと黙っていた迅が口を開いた。

「――リオウ、二手にわかれることは可能か？」

「え？」

「珠翠の救出は、楸瑛一人でいけるのか？　それとも人手があった方がいいのか」

リオウはしばらく考えこんだ。

「……いや、『時の牢』に四人で一緒に入るのは……かなり危険だと思う。『迷いこむ』って噂がある。牢の性質上、間違いなく何か強い術がかかってる。それも古代の」

「古代？」

「『時の牢』自体が、いつ、どんな目的で建てられたのか、不明なんだ。口伝も残ってない。それくらい古代からあるらしい。いつごろからか『牢』に利用するようになったみたいだけど……。ただ、入った者の正気を失わせること、よっぽど強靭な精神力がないと二度と出られなくなる、とは聞いてる。伯母上が長年閉ざしていた牢ってことを考えれば、四人一緒に行くのはやめたほうがいい……と思う」

「よし、わかった」

迅はポンと楸瑛の肩を叩いた。

「決まりだな。楸瑛、一人で颯爽と珠翠を救いだしてこい」

「ええっ⁉」

と叫んだのはもちろん楸瑛ではなく、秀麗であった。

「ちょ、ちょちょ、一人って迅さん‼　それはいくらなんでもひどくないですか⁉」

「ひどくない。それしかねえ。全員一緒にノコノコ行って迷っておっ死んだらそれこそ元も子もありゃしねぇ。珠翠と心中なら楸瑛も本望だろ。人生悔いなし。四男坊だし一人くらい減っても藍家は困らん。将軍職も解雇されたから軍も困らん。心置きなく数多の苦難に立ち向かえ」

楸瑛は顔を引きつらせた。

「…………おい、迅。お前言いたい放題だな。当たってるとこが余計むかつくんだよ」

「行くだろ？　まさかお嬢ちゃんとリオウに一緒にきてくれ、なんていうワケないよな。珠翠を放置とかアリエナイよな。今となっちゃお前の取り柄は顔と愛のみだろ。貫け」

「ひと言も二言も余計なんだよ迅！　行くけどな‼　楸瑛……お前の背中を守れるのはオレしかいねぇ、もしものときはお前を庇って死んでやるとかいえんのか！」

「お前と心中なんてまっぴらごめんだね。俺が護衛取引をしたのはお嬢ちゃんでお前じゃねーし。お前だっていい加減、本命にフラれまくるのもうんざりだろ。囚われの美女を救出なんて、絵に描いたよーな浪漫譚じゃねーか。お前の好きなヤツ。もうこれは天がお前を哀れんで与えてくれた最後の機会と思って、行ってこい」

「くわーっ、お前ってヤツは本当に友達甲斐がないな!!　十三姫にフラれたからって、私に八つ当たりするな！　だいたい珠翠珠翠と気安く呼び捨てにするな！　気にいらん」

「お前こそどさくさまぎれに余計なこといってんじゃねー！」

秀麗もリオウも口を挟む隙もない。

「いーかバカ楸瑛、うまいこと珠翠を助けたら、珠翠の『千里眼』で俺らの居場所を教えてもらえ。それが無理そうな時は、俺たちのほうで迎えに行く。〝干將〟と〝莫邪〟が引き合うなら、お前の居所もわかるだろ。……たぶん。珠翠がどういう状態にあるかわからん。もしもの場合、珠翠の処置はお前に任せる」

「お前こそ、今ここで誓え、アホ迅。お前の目的は知らんがな、――私が戻るまで、絶対に秀麗殿とリオウ君に手を出すな。この二人を殺したいなら、まず私を相手にしろ。お前が誓うなら、私は、その言葉を信じる」

迅はぱちくりとまばたいた。次いでふっと笑う。

「……それ、お前が生きて戻ってくるの前提だぞ？」

「当たり前だ！　私がいなくても藍家も軍も困らないかもしれないがな、――王が困る。珠翠殿と心中しても悔いはないが、今は困る。戻ってくるに決まってんだろう」

秀麗はハッとした。

「わかった、約束する。俺もいまお嬢ちゃんとリオウに死なれちゃ困るんでね。お前が帰ってくるまで、俺の名誉にかけて守る。珠翠がいなくちゃ、瑠花に会えないんだ。――行ってこい。半分はそのためにきたんだろ。戻らなかったら、お前の一生は龍蓮様の笛で国中に語り継がれるぞ。『好色一代男』とか題つけられて……」

「死んでも生きて還ってくる!!」

楸瑛は、体ごと秀麗に向き直った。真剣な顔つきで。

「秀麗殿……迅の言う通り、君とリオウ君を連れて行くわけにはいかない。どのみち君とリオウ君が一緒にきても何の足しにもならない。ごめん、また君を残して行くことを許してほしい。……王にぶん殴られそうだけど」

「いいえ。珠翠の身に何かあった方が、劉輝と私にぶん殴られると思って下さい」

秀麗は楸瑛の手をつかんだ。秀麗がいる方が足手まといになる。今の楸瑛は、そのことをはっきり言ってくれる。

「――お願いします、藍将軍。珠翠を……連れ帰ってきてください」

「わかってる。リオウ君、場所を教えてくれ」

リオウにもそれしかないことはわかっていた。『時の牢』に関して、リオウが楸瑛よりよく知っているわけでもない。

楸瑛の差す〝干将〟と、藍家の直系であること。高い身体能力。一縷の希みをそこに託すほかなかった。リオウは頷いた。

「……わかった。あんたに、任せる」

リオウはその場所を告げた。

楸瑛の姿が扉の向こうに消えても立ち尽くしたままの秀麗の頭を、迅が叩いた。

「お嬢ちゃん、そんなに心配するな。藍家の五人兄弟で一番強運なのは楸瑛だ。楽観的で、基本的に悪い方には考えない。それが運を引き寄せるんだろうな。いつでも、あいつなら何とかしちまうところがある。珠翠がどんな状態でも、……楸瑛なら救えるかもしれん。逆にいえば、楸瑛に救い出せなければ、俺たちにも何ともできんってことだ」

秀麗は微笑んだ。半分はむりやりだったが、もう半分は確かにそうだと思ったからだ。

「はい……」

「さて、じゃあ俺たちも行くか」

リオウは警戒した風に迅を見た。

「……あんた、二手にわかれられるかって、最初から訊いたよな」

「ああ。こっちも、案内してほしい場所がある。……そんなにピリピリしなくても、お嬢ちゃんとの約束も、楸瑛との約束も守るさ。楸瑛がいるとマズいから引き離したわけじゃない。俺たちもやれることをやっとこうと思ってね。ここでぼへーっと待ってるよりずっとマシだと思うぜ」

「……場所は」

「初代蒼遥姫の時代から蔵書が蓄積されてるっていう、学術研究殿。別名隠者の塔」

迅はつづけた。

「蝗害に関しては、俺も命令を受けてるって、言ったろ？　地下の閉架書庫は上位巫女しか開けられないそうだが、行けるところまででいい。蝗害に関する資料を確認したい」

「あっ⁉　確かにボヤボヤしちゃいられないわ‼　勿論私も行きます！」

リオウはここにおいて本格的に疑念がわいた。

あまりにも迅は縹家のことについて詳しすぎる。

縹家の学術研究殿自体は、秘密でも何でもない。学究の徒には有名な大図書殿で、学問を重んじる瑠花の方針から、〝外〟の人間にも大図書殿目的での在留許可が下りるようになった。だがそれもリオウが生まれる前までの話だ。

今はこの縹家に、滅多に〝外〟の人間が訪れることはない。縹家の内部情報をどうやって迅は知り得たのだろう。仙洞省である程度知ることはできるが、それだって官吏でなければならないし、そもそも閲覧に長官のリオウか羽羽の許可が必要だ。

「……あんた、なんでそんなに縹家のことを知ってる？　母親が縹家の人間だったっぽいっていっても、あんたがこの本家にきたのは、これが初めてのはずだ」

「母親は全然関係ない。会ったこともないし。まあ……知ってる人に聞いたのさ」

「知ってる人？　縹本家の仔細を？　誰から」

迅は困ったようにした。

「……俺の口からは、まだ言えない。ただ、お前にゆかりのある人だよ」

「俺？……俺に〝外〟の知り合いなんて、いないぞ。去年茶州に行くまで、この縹家から出たこともなかったんだから」

「……。ま、そんなことは今はいいだろ。どうする。案内してくれるのか？　早く決めてくれ。──厄介なお客さんもおいでなすったし」

迅が〝莫邪〟を抜きつつ、秀麗を片腕で引っぱり寄せた。秀麗がいた場所に黒いものがうずくまっていた。巨大な蜘蛛めいた恰好で仕留め損なった小柄を素早く引き抜きながら、目は秀麗を追っている。秀麗は天井を見上げた。他に二人天井に張りついていた。奇怪な姿勢で。見覚えのある覆面と黒装束──〝暗殺傀儡〟だった。

「どうやって天井にとまってられるのー!!　迅さん護衛よろしくー！」

「はいはい了解。うーん、その『守って』反応、新鮮だな……。蛍じゃ『あたしをナメてんじゃねーわよ！　おるあ、かかってきなさァい!!』とか飛びかかってくからな……」

秀麗を抱えて、迅は室の外に飛び出した。すぐさま三人の兇手が追う。全開になった戸から雪まじりの風が躍りこんでくる。リオウもまた外廊下へ出た。雪は、やむどころか前よりもいっそう激しくなっている。冷たい雪片がリオウの頭や肩に散り、頬に当たれば溶けて、涙のように流れていく。

一夜にして真冬が押し寄せていた。秀麗も大雪に目を奪われざるを得なかった。〝静寂の間〟からのぞむ大山脈は今までも雪で覆われてはいたけれど、縹家には時折山から風に乗って風花が散る程度で、昨日までは庭先には紅葉しかなかったのだ。

（……瑠花さんの力が衰えてる証拠……）

この縹家を一人で守りつづけてきた少女姫。

時間がないのだ。秀麗はそれを肌で感じた。瑠花にとっても、もう。

その貴重な力と時間を割いて、あの孤高の少女姫は秀麗のもとへやってきた。

美しく、誇り高く、頭の良い人だった。秀麗を利用する腹づもりでいても、自分の欲望のみで動いているとは思えない。もっと、何かがある。そんな気がしてならない。

瑠花は何かを待っている。

ボンヤリしていた秀麗を揺すぶり起こし、瑠花を追ってくるように仕向けた理由。

「お前ら本当に何が目的だ。父上の命令でも伯母上の命令でもなく、誰に従ってやがる」

リオウは護身用の細い剣を抜こうかどうか迷い、やめた。屋根の上や庭院、雪の陰からも〝暗殺傀儡〟たちが現れる。

「くそ……俺たちにウロウロ勝手に動き回られちゃ、『誰か』が困るってことなのか。ふざけんな。ここは俺ん家だぞ！　うわ⁉」

いきなり迅が秀麗をリオウのほうに放り投げた。リオウもだが、秀麗も仰天した。

「うっぎゃー！　寒ーい！　じゃない、ちょっと迅さん⁉　私は蹴鞠のタマじゃ――」

「すまんお嬢ちゃん、あいつら、ちょっくら片付けてくる。リオウ、お嬢ちゃんを頼む」

リオウは秀麗を両腕で抱き留めながら、とっさに迅に叫んだ。

「――殺さないでくれ‼　あいつらも縹家の人間なんだ」

迅はちょっと微笑んだ。

「……わかってる。しばらく気絶させるだけにしとく。隠れて待ってろ」

その間も兇手らが四方から秀麗に寄せてきたが、迅は近づくことさえ許さない。秀麗とリオウは大急ぎで庭院の、あまり雪の降りこんでない繁みに身を縮こめて避難した。

「リオウ君、私からもお願い、その大図書殿に案内してちょうだい！　迅さんかなりアヤシイけど、この際一刻を争うんだもの、しょーがないわ。蝗害の情報が迅さんにバレて困ることがあるの？」

「いや……」

リオウは考えを巡らせてみた。もとよりリオウ自身、父の室を後にしたらすぐ学術研究殿に向かうつもりだった。ただ、先に迅にそこに行こうと言われたのと、迅が縹家のことに関して妙に詳しいのが気にかかるだけで。

風雪が音を消してしまうのか、変に静かだった。そばで一戦交えているとは思えないほど。声はせず、もの音だけ。それも妙にまのびして聞こえた。

「……バレて困ることはない、と思う。大図書殿は単なるでかい書庫だし」

「じゃあ決まり、行くわよ。それにしょっぱなからこんな状況じゃあ、どーにもこうにも迅さんなしじゃ無事にたどりつけそうにないわよ」

秀麗は降りしきる雪を払いながら膝を抱えた。

リオウも頷かざるをえなかった。リオウも心得はあるが、玄人の兇手には敵うべくもない。藍楸瑛が迅を残していったのも、こういう状況を見越してのことだろう。

「行くのはいいんだが……本当に司馬迅は何しに縹家へきたんだ？　お前や伯母上が目的……の一つではあるんだろうが、それだけじゃない。もとから蝗害の発生を知ってて、うちにきたみたいじゃないか」

秀麗もまた、迅の正体や、たまに一人で消えてどこで何してるんだろうと、考えていた。実は一つだけ、思い当たるものはあった。が、我ながら突拍子もない考えだったので、秀麗は深読みのしすぎだろうと黙っていた。

「ほら、二人とも。終わったぞ」と声がした。

秀麗がそっと繁みから顔を出してみれば、兇手は後ろ手にひっくくられ、まとめて回廊の端に転がされていた。ちゃんと雪が降りこまない場所に。のびているだけと知ってリオウは安堵した。

「……で？　結論出たか？　図書殿へ案内してくれるのか」

リオウはややあって頷いた。「わかった」

不意に迅のもつ〝莫邪〟がりぃんと鳴った。迅の手の中で剣が小さく響震している。

リオウはそれをじっと見つめた。

「……〝干将〟と共鳴してる。藍楸瑛が……『時の牢』に入ったみたいだな。これが鳴るってことは……やっぱりただの牢じゃないのか……。何か強い術がかかってる。……でも、ここで俺たちが心配するだけ、時間の無駄なんだよな。——行こう、案内する」

そばの紅葉から積もった雪が落ちた。

リオウが天を見上げれば、雪が礫となって顔に当たった。こんな季節外れの大雪は、リオウの記憶にもない。いつだってここは静謐で、幽玄で、寒々しく冷たいけれど、美しくて。

（……伯母上）

伯母が守ってきたものを、思い知る気がした。当然のように享受してきた守護。伯母がいなければ、この冷たく美しい故郷にまともに住むことさえできないこと。一族の中で、誰よりもリオウがわかっていなかったのかもしれない。伯母の偉大さも、守ってきたものの価値も。どうして一族が無条件に伯母にかしずくのか。瑠花の強大な力ではなく、彼女こそが、どんなに歪んだ形でも、縹一族を――〝外〟の世界に居場所がない者たちを受け入れ、守ってきた人なのだと、リオウこそわかっていなかったのかもしれない。

伯母の強大な神力が、本当に衰えようとしている。そんな日がくるなど、思っていなかったことに今さらながら気づく。

終わりがくる。

（俺は、その前に、伯母上に……あのひとに）

――会いに行かなくてはならない。

今まで、リオウは伯母に自分から会いたいと思ったことはなかった。傲慢で、独善的で、当然のように自分の正しさを疑わず、他人を操り、氷の女王のように君臨した。功績も多々あったが、漣を使い捨てたようなことも平然とした。だからリオウは、漣のように伯母に優しさや愛情を求めることなどなかった。男で『無能』のリオウに伯母は目もくれず、伯母がリオウになにがしかの期待をしたこともなければ、一個の人間として扱ったことさえなかった。弟の子供、ただそれだけの存在だった。

決して好きではなかった。認められない部分も、歪んでいると思う面もたくさんある。でも、それだけではなかったのなら、知らなくてはならなかった。リオウ自身のために。

伯母が守ってきたものに、終わりがくる、その前に。

「リオウ君？」

呼びかけに、リオウは降りしきる雪から、秀麗に視線を移した。

……もし自分の何かが変わったというのなら、〝外〟で、羽羽や、王や、悠舜や、旺季や——紅秀麗と会い、多くを感じ、そしていつしか、自分自身で考えるようになったからだ。

（……珠翠もきっと、俺と同じだったんだ）

糸を切ったかかつての〝暗殺傀儡〟。

〝外〟で過ごした時間の中で、珠翠は珠翠の大事なものを見つけ、そうして選んだ。

（この縹家に、帰ってくることを）

人形ではなく、一人の人間になって。

リオウはバタバタと雪風に煽られる上衣をおさえ、言った。

「……行こう。縹家秘蔵の学術研究殿——隠者の塔に」

＊　＊　＊

……懐かしく、幾久しい気配が、津波のように押し寄せる。

かつては、あまりに恐ろしく、ただ震えて縮こまっていたばかりのその力。

日数もわからなくなっても、この神力を間違えることはない。

自分の目が開いているのか瞑っているのかも珠翠にはわからない。どちらでも暗黒には変わりなかった。

霊威の波は珠翠をのみこみ、珠翠を洗った。珠翠はなすがまま横たわるのみ。後には神々しいほど輝かしく畏怖と威圧に満ちた魔性の美貌が闇に佇んでいる。美しい少女姫。

珠翠は、微笑んだ。それで、これはいつもの夢や幻覚なのかもしれないと思った。自分が、『お母様』に微笑むことができるなんて、ありえないはずだ。でも、夢でもいい。現実で一度も会ってもらえないなら、夢でもいい。かすれた声で、呼びかけた。

「……ようやく、相まみえることができました。『お母様』」

瑠花は冷徹な眼差しで、珠翠を見下ろす。

「『お母様』……ごめんなさい、『お母様』。私は〝外〟の世界を見て、大事なものができました……守りたいものがたくさんできました……。誰も私を……愛さず……必要としなくたって……構いません……。私にとって、かけがえなく、愛しいものであることに、何の違いがありましょう」

瑠花の無表情は微塵も動かない。が、たゆたう神力が、微かではあったが揺らいだことに珠翠は気づかなかった。

「……守るために……戻ってきたんです。もう、二度と、逃げません……。縹家からも、……『お母様』からも。絶対……絶対、逃げません」

不意に、珠翠の目から熱い涙がしたたった。

ずっと、後悔していたことがある。

縹家から逃げた後も時折、美しい天空の宮を思いだした。深閑たる静寂に包まれた、神々の森。一年のほとんどを雪と氷に閉ざされ、蒼ざめた哲学者のように沈黙する山々。深い霧とカッコウの鳴き声。大きな湖と、涙が出るような黄昏色の夕焼け。

珠翠は何も見ず、何も考えないよう感情を封印された〝暗殺傀儡〟だったけれど、それでも心に焼きついて残っていたほどに、美しい隠れ宮だった。

邵可や奥方、北斗と各地を旅したけれど、ここより心に残る場所は他にない。

出ていって、戻って、そうして珠翠は気づいたのだ。二十年の長い長い遠回りをして。

どんな仕打ちを受けても、あんまりいい思い出がなくても。

「ここが……私の、帰る場所、です。あのとき、逃げて、ごめんなさい……『お母様』。

もう逃げません……どんなにつらくても」

　珠翠が何を言おうが、瑠花は小揺るぎもしない。

　……当たり前だ。瑠花は絶大なる神力で八十年も縹家に君臨した女皇で、珠翠といえば、元は『無能』の〝暗殺傀儡〟。二十年逃げ続けて、縹家にいたのは数えるほど。身のほど知らずは百も承知でなお珠翠は伝えた。

「私は、あなたと……戦います、『お母様』。変えるために」

「愚かしいことよの。せめてこの牢から出てからほざくことじゃ」

　ふ、と、瑠花が笑う。気のせいだったかもしれない。

「……〝時の牢〟にて、一千刻が過ぎた」

　瑠花の透けた指先が、珠翠の小さな顎をすくいあげる。

「やれるものなら、せいぜいやってみるがよいわ。時間はあまりないがのう」

　瑠花の朱唇が音もなくおりて、珠翠の唇に重なった。

　ふ、と、瑠花が甘い息を吹きこむ。

　唇を通して何かが――烈火のごとく熱い何かの塊が、吹き込まれ、喉を通り、腹の底に強引に押しこまれたような気がした。

　次の瞬間、珠翠は絶叫した。そのつもりだったが、声にならなかった。激烈な痛みにのたうちまわった。まるで体の中で火の玉が暴れ回り、中から焼けただれていくようだ。あふれでる涙でさえ、どろりとした溶岩のようで、頬を焼いていくかに思えた。

その様を冷然と一瞥（いちべつ）したあと、瑠花はかき消えた。

声にならない珠翠の悲鳴を聞く者は、誰もいなかった。

# 第二章　揺れる王都

各州から次々ともたらされる早馬に、緊急朝議は夜を徹した。

「碧州はバッタと地震でめちゃくちゃだな……地割れで道の多くが不通、各郡府と州府が寸断されてそれぞれ陸の孤島状態か……。指示系統が消えて、州軍も民も混乱状態だろうな。——おい皇毅、ケイナちゃんはどーしたァ⁉」

ケイナちゃん。葵皇毅は今さっき届いた御史からの報告を孫陵王(そんりょうおう)に伝えた。

「……碧州州牧の慧茄(ケイナ)殿は、被災地域を飛び回って指示を出している最中、頻発する地震に巻きこまれ、近くにいた母子をかばって崖下(がけした)に落下。崩落した石の下敷きになり、……行方不明、とのことです。すでに半月が経過、生存は絶望的とのよし」

水を打ったように静まり返る。

管飛翔(かんひしょう)や黄奇人(こうきじん)はもとより、刑部尚書(けいぶしょうしょ)・来俊臣(らいしゅんしん)の顔もさすがに強張(こわば)った。現碧州州牧・慧茄は旺季や孫陵王と同じ世代の名臣だ。先王世代は層が厚く、若手の尚書世代が好き勝手やれるのも、いざというとき慧茄のような重鎮が控えていることが大きい。

孫陵王は天を仰いだ。慧茄は派閥嫌いで旺季にずけずけ文句を言うくせに、帰朝すれば必ず旺季邸に押しかけてくだを巻き、翌朝には勝手に秘蔵酒をかっぱらって次の官途に就くようなふざけたオヤジだが、政治家としての手腕は超一流。昔はどんな激戦もくぐり抜けてしぶとく生き残ったくせに。

「……マジかよケイナちゃーん。このくそ忙しー時にナニ死んでんのさー。道理で碧州からの情報が遅いワケだぜ。——おるぁハナタレども、ケイナが死んだからって、ボーゼンとしてんな！」

黄奇人や景侍郎をはじめ、多くは動揺を押し隠せずにいた。大官・慧茄が死んだ。崖下に落ちてすでに半月。生きているわけがない。だが、だが、そのあとは、どうする？　バッタ、地震。この非常時に、慧茄殿のかわりに支柱となって民を支え、州政をとり仕切れる者など他にいるか——。

孫陵王は高官たちに目を走らせた。王にも目をくれたが、すぐに悠舜と旺季に顔を向けた。話ができると判断した相手に。

「慧茄のかわりは、若手の州尹にゃ荷が重すぎる。ムリだ。俺か、皇毅が碧州に行く」

悠舜と旺季が異口同音に却下した。

「だめです」

「だめだ」

旺季がもう一度言った。

「だめだ。御史大夫と兵部尚書が簡単に中央を空けるな。監察の長・葵皇毅が不在になれば、それだけで中央官吏のいらぬ疑心暗鬼を招く。兵部侍郎もいまだ空位。尚書のお前が出れば、兵部がガラ空きだ。軍の上に立つ文官の不在は、もってのほかだ。黒家と白家も、紅家の経済封鎖で殺気立ったままだ。――中央で睨みをきかせてろ。お前たちの替えは、きかない」

目を伏せた葵皇毅を、刑部の来俊臣がチラリと見た。行くつもりだったが、釘を刺された、という顔だ。だが、旺季の言う通りだ。替えがきかない数少ない大官の二人だ。いなくなっても、今のところ可哀相なくらい別段何の支障もない紅黎深・李絳攸・藍楸瑛とはわけが違う。

陵王は苛立った。

「それは重々わかっているが――。でもな、他に誰が行ける？　晏樹も今回は朝廷で務めがあるから行かせられねぇだろ。清雅は能力はあるが、いかんせん官位が低すぎる。八品位で二十歳のボーズじゃ、誰もいうこときかねぇ。特に碧家がな」

「適任がいる。官位も歳も実力も申し分ない。だが先に鄭尚書令の意見を聞こう」

旺季に水を向けられ、悠舜は口をひらいた。

「おそらく旺季殿と意中の人物は同じかと思います。そして、ご本人もわかってらっしゃるはず」

悠舜は一人の高官をひたと見据えた。

「――臨時の碧州州牧として、工部侍郎欧陽玉殿を推します。彼が適任かと思います」

ざわ、とその場がどよめいた。

戸部(こぶ)の景侍郎は目から鱗(うろこ)が落ちて思わず「あーその手が！」と漏らした。楊修(ようしゅう)と双璧(そうへき)を為す、三〇(サンゼロ)世代の実力派。専ら上司管飛翔の放胆さに目が行きがちだが、欧陽玉は頭脳、決断力ともに、中央の誰もが認める若手の能吏だ。被災地域を駆け回っても腰を痛める心配もない。何より碧門欧陽家は碧州では尊敬を集める名士の家柄だ。欧陽玉ならば州府以下、誰もが従う。

「本来、出身地域の州牧着任は滅多なことでは認められませんが、火急時です。地理に明るければ、迅速な災害対応が見込めます。御史台と吏部(りぶ)には、この場で特例措置を求めます」

「この場には全尚書・侍郎及び各省長副官がそろっている。今ここで欧陽玉を臨時の碧州牧にできる。そうすれば今すぐ碧州牧と対応を協議できる。時間のムダが省ける。辞令なんぞ後でつくっとけ」

景侍郎は内心、舌を巻いた。旺季と鄭悠舜の判断の速さに誰もついていけていない。少し考えれば同じことを景侍郎も思いつくかもしれない。だがその『少し』がいかに官吏として大きな差であることか、痛感する。鄭悠舜が尚書令になっただけで、これだけ違うのかと思い知らされる。悠舜の水際立った明晰(めいせき)さは、今まで王が無視してきた旺季の秀でた実力を、皮肉にも影絵のようにくっきり浮かび上がらせた。と同時にボンヤリと蚊帳(かや)の外に取り残されている王の姿もまた。

今までは悠舜も王に配慮をし、意見を聞いていたが、今回はそれもない。一刻を争うため、いちいち上奏する手間をバッサリ省いている。景侍郎も気にはなるが、正直ここで下手に口を挟まれても困る、とも思う。それに尚書令の言葉は王の決断だ。尚書令の優秀さは、優れた王の証だ。何の問題もない。……そのはずなのに。

なぜ、まるで反対に映るのだろう。

鄭悠舜は、優秀すぎる。昔、ある高官がそう吐き捨てた。優秀すぎて、自分が惨めになる、上司を残らず無能に見せる、それが鄭悠舜だと。その時は意味がわからなかったが、今なら、よくわかった。……思えばそのすぐ後、悠舜は茶州へ左遷されたのだった。

孫陵王は唸った。俺か皇毅しかいねぇと思っていたのに、それ以上の対案をポンと出してきやがった。この人材不足の朝廷で。孫陵王は当の欧陽玉に訊いた。

「おい、欧陽玉、どーする？　工部侍郎から碧州州牧じゃ、官位的には一個上がるだけだが、慧茄の代理じゃ、話は別だ。碧州府は慧茄の采配に慣れてる。あいつは国でも屈指の名官吏だ。正直、今のお前じゃ慧茄のかわりはムリだ。早い。だが早すぎることはない」

初めて、欧陽侍郎が反応を示した。悠舜が推挙したときも、欧陽侍郎の凍りついたような無表情が動くことはなかった。

裏を返せば、驚きも、動じもしなかった、ということ。

「お前の愛する美しー故郷はもうないと思え。瓦礫だらけ死傷者だらけ悲鳴泣き声だらけ、地震地割れ崩落火災の発生。輸送路も不通、それをよそに今もバッタは農作物を食い尽くしてる。なのに飯も薬も医者もナイナイづくし。指環やら耳環やらしてると、指や耳たぶちぎれるぞ。少ない食糧は民に回して、お前は毎日バッタ焼いて塩ふって食うんだ。不眠不休で駆けずり回って、慧茄が死んで不安で怯えて混乱してる官と民を、お前が支えるんだ。できるか？　できねぇなら、行くな。時間はねぇ。今決めろ。——行くか？」

　友人の楊修と、上司である管飛翔も、欧陽侍郎を見た。

　欧陽侍郎は溜息をついた。——早すぎることはない？

「……そろそろ、私も苦労してこいって、ことですか、孫尚書」

「管飛翔が上にいるぶん、お前は気楽な身分を満喫したろ。お前や楊修の世代は、なんでも器用にそつなくこなすかわりになかなか本気を出しやがらん。頃合いだ。お前ら二人は次世代の筆頭だ。尚書世代も蹴落とせる実力がある。ここらで成長してもらうぜ。余裕綽々をウリにできんのは、俺っくらいイイ感じに歳くった大人の男の特権だ、ボーヤ。お前らにゃあまだ早い」

　孫陵王がニッと笑む。この非常時に笑えるのは彼くらいだ。その豊かな微笑一つで、場の緊張を取り去ることができるのも。

「実家大好きなお前のこった。どうせ毎日キョンシーみてぇな青白いツラでうろつきまわってんだろ。寝ても覚めてもぐーるぐる碧州のことばっか考えてるくれぇなら、仕事にしろ。今のお前に慧茄の代わりはむりだ。だが死にもの狂いでやれば、話は別だ。確かに今お前以上に真剣になれる碧州牧はいねぇ。慧茄と同じくらいにまで化けてみせろや。——

ってことだろ？　悠舜、旺季」

「ええ。そのとおりです。──あとは欧陽侍郎次第です」

悠舜に続いて、旺季も問うた。簡潔に。

「どうする？　欧陽侍郎。行くか？」

欧陽侍郎はやおら耳たぶに触れた。面倒そうに。涼やかな音を立てる細工の美しい耳環を、慣れた仕草で両耳から外す。続いて腕輪も、指環も残らず抜いた。

上司の管飛翔は目を丸くした。身だしなみにぎゃあぎゃあうるさく、どんなに多忙でも指環か耳環一つはつける洒落者の欧陽玉の、文字通り飾り気のない姿を見たのはこれが初めてだった。

身につけていた装飾品をすべて取り去った欧陽玉は、ずっと精悍に見えた。

「……耳たぶや指がちぎれると、困りますからね」

呟き、欧陽玉はついと顔を上げた。答えたのは旺季にではなく、王にだった。

「うちの上司みたいな粗忽者を碧州に回されたら、たまりませんからね。──私以外に誰がいるというんですか。もとより私が行くつもりでした。陛下、お許し願えますか」

欧陽玉の王を見る目はこの上なく冷ややかで、事務的で、淡々としていた。蝗害が発生した時から、そうだった。まさに慇懃無礼といった態度だ。無理もない。地震はともかく、蝗害の件は即位当初の劉輝次第では防げた可能性が高い。

朝議の間に、王の「許す」という小声が落ちた。

悠舜はただちに楊修と葵皇毅へ諮った。

「この場で、他に異議のある者はいますか。なければ吏部侍郎と御史大夫へ特例措置を求めます」

「火急時だ。御史台として特例を認めよう」

皇毅と楊修は速やかに応じた。

「吏部も結構。慧茄様の生死が確認されるまで、欧陽侍郎の州牧代理を認めましょう。臨時措置ですので、現状工部侍郎と兼任とさせていただきます。不在の間、別の者を管尚書の補佐につけますか？　管工部尚書」

「——いや、いらねぇ。空けておく」

管飛翔は即答した。

「では、そのように。ただし、慧茄様がピンシャンしてノコノコ出てきた場合は州牧の権限をただちに慧茄様へ返還すること、その場合でも碧州の混乱は当分つづくことが予想されるため、慧茄様に追い返されるまで欧陽侍郎には慧茄様の補佐をしていただくがよろしいと思います」

楊修の返答を聞き、旺季と孫陵王は遠い目をした。さすが楊修、慧茄の若い頃の逸話まで、頭に入っているものとみえる。

「……ケイナちゃんの場合、ありえるよなー……なんたって空気の読めない男、『凶運のケイナ』だからなァ……。オマエ万事休すって意味わかってないよね？　っていうさ……」

「……もうこれ絶対死んだろ、さすがに今度は生きてないだろって状況で、ひょっこり出てきて袋叩き（ふくろだた）に遭うのが慧茄だからな……もう七回くらい死んだと思って葬式あげてるし、一度はアイツの骨を拾ってる最中にノコノコ帰ってきたしな……」

誰？　この骨…と思った。

悠舜が咳払い（せきばら）したので、旺季と孫陵王は慌てて不謹慎な口を閉じた。

慧茄が生きている可能性がないことは、二人とも重々わかっていた。どんな激戦でも生き延びたのに、行きずりの母子を守って呆気（あっけ）なく死ぬというのは、いかにも慧茄にふさわしい死に様に思えた。

孫陵王は不意に死というものを意識した。あの慧茄が死ぬような時がきたのなら、自分や旺季も死ぬだろう。いつのまにか、死んでもおかしくない歳になったのだ。若い時は、自分が死ぬなんて想像もつかなかったのに。慧茄の死は、残り時間が少ないことを改めてつきつけた。そう、時間がない。夢を見る時間が。

「——では、任期はひとまず春まで。各省の長副官及び、尚書、侍郎の採決をとります」

悠舜の声に、ゆるみかけた空気が自ずと張り詰める。穏やかな声音なのに、ひやりとする。こんな時、景侍郎はいつも不思議に思う。穏やかで優しい人だと思っていた印象が、揺らぐ。優秀すぎる。できすぎる。そう、今までの景侍郎が知る『鄭悠舜』よりも遥（はる）かに。

では、今までの彼は何だったのだ？　そんな奇妙なことまで思ってしまう。

「賛成の方は挙手を」

次々と挙がる手が、過半数になった時点で悠舜は承認した。

「――欧陽玉殿を臨時の碧州州牧に任じ、碧州における全権を委任します。それでは欧陽玉殿、これより碧州牧として言いたいことがあればご遠慮なく」

欧陽玉は間髪を容れずに答えた。

「山ほどありますが、まずは中央軍の即時派遣を要請します。度重なる地震で各地の街道が崩落し、寸断されています。一刻も早く輸送路を回復するために、中央軍に動いてもらいます」

朝議の間がざわついた。旺季が蝗害で兵馬の権を求めた時も同じように快く思わぬ空気が流れた。そもそも今まで乱の鎮圧や賊討伐以外で中央軍を動かすこと自体、例がない。災害や救助に精鋭軍を駆り出すなど――。重鎮・旺季相手には声高に不平を言えなかった面々も、まだ若い欧陽玉には気に食わないといった雰囲気で非難した。それらを受けた欧陽玉は、腕を組み、いっそ傲慢なほど大上段に切って捨てた。

「茶州の疫病の折、紅秀麗が中央医官の護衛に羽林軍を使いっ走りにしたはずですが？すでにパシリの前例はできてます。なのにあの小娘はよくて、この私が許されないどんなわけがあるというんです？この私が、今すぐ、必要なので、美的感覚皆無のむさい軍でも目をつぶってやるからパシリに寄越せっつってんですよ。――文句があるヤツは私の前で言え」

その場が凍りついた。上司の管飛翔と旧友の楊修も久々に目にする切れっぷりだった。

「文句はないですね、当然です。では一軍、借ります。すぐに碧州に先行してもらいます。私の指示に完璧に従い、私が不在でもやるべきことを心得て、常に規律正しく美しく、身だしなみは万事整然とし、すみずみまで綱紀が行き届き、いかなる事態でも不届きな行いをせず、なおかつ碧州に名の知れてるような今をときめく絶美の名将コミで一軍、耳そろえて出して下さい、孫尚書」

軍を統轄する孫陵王は、あんぐりと口をあけた。

「……ちょお待てや玉ちゃん」

「誰がタマちゃんです。近所の猫じゃないんですよ。この私をタマちゃん呼ばわりしておいて、まさかムリとは仰らないでしょうね、孫尚書」

「――美しさはなくていいだろ⁉」

「あったほうがいいです。タマちゃん代は高くつくんです」

「悪かったよ！　それに美しー軍なんて多分異様だぞ⁉　なくてもいいなら、考える」

ぴくりと欧陽玉の眉が動いた。しばらく黙して美と天秤にかけたのち、舌打ちせんばかりの忌々しげな顔をした。居並ぶ誰もが、そこは譲っとこーよ⁉　と心の中で叫んだ。タマちゃん代は高すぎる。

「……美しさ以外、全部ですよ？　兵が多けりゃいいってもんじゃないですよ？」

「ああ。少数精鋭は俺も賛成だ。今の碧州軍は大混乱してるはずだ。そいつらを一喝して残らず指揮下における器量の名将と、『どんな時も規律正しい』精鋭軍じゃねぇと、どさくさまぎれに火事場泥棒に化けてお前の足を引っ張るだけだ。必要だから言ってんだろ。わかってるよ」

　高望みにすぎると内心鼻白んでいた面々も、渋々納得の表情を浮かべた。

　孫陵王は顎を撫でながら、悠舜と王をさぐるような目つきで見つめた。

「……美しさがなくていいなら、残らず耳をそろえて出せる案はある。——近衛羽林軍。大将軍白雷炎か黒燿世に少数の手勢を率いて昼夜兼行で碧州へ先行してもらう、ってのはどうだ。名実ともに国で一、二を争う名将に、天下の近衛だ。陛下の信も厚い。行くだけで覿面の鎮静効果がある。……ただし、陛下と尚書令の了承とハンコが必要ですがね」

「——ちょっと待ってください！」

　声を上げたのは、意外にも戸部侍郎の景柚梨だった。軍関係で口を挟むのは、景侍郎にしてはひどく珍しいことだった。

「……必要なことはわかります。ただ、懸念があります。兵馬の権は現状、旺季殿がもっておられますよね。このうえ、近衛大将軍まで陛下のお傍を離れるのはいかがかと思います。火急の事態がないとも限りません」

　それまで黙っていた凌晏樹が、初めてやんわりと口を開いた。

「おやおや……景侍郎は、何を案じておられるのでしょう？　聞きようによっては、うちの上司に対して大変失礼なことを勘ぐっておられるように拝察しますが」

　ここにおいて、景侍郎は肚をくくった。自分のうちは大して名門でもない。失うのは職くらいだ。愛する妻子と一緒なら、路頭に迷っても貧乏しても構わない。いや妻子は構うかもしれない。でもやる。

景侍郎は一片の笑みも浮かべず、凌晏樹を見返した。

「――不思議なことを仰いますね、凌黄門侍郎。あなたこそ、何かを勘ぐっておられるような物言いに聞こえますが」

ゾッとするような沈黙だった。

景柚梨が、あの凌晏樹に真っ向から喧嘩を叩き売った。

今までそれをしてきた官吏がどういう末路を辿ったか、知らないはずがないのに。

さしもの孫陵王も、地味にこつこつ頑張ってきた景柚梨が――黄奇人や管飛翔でなく、彼が――凌晏樹に正面切って挑むとは思わなかった。

凌晏樹はにっこりした。ものすごく嬉しそうな笑顔だった。

「……では景侍郎は、碧州の民を見殺しにしろ、と?」

「そんなことは言ってません。それが上策なら、羽林軍や大将軍を碧州へ派遣することに反対するつもりもありません。ただ、本来近衛羽林軍は王の御身を守るための最後の砦です。中央禁軍なら十六衛もあります。羽林軍並みに優秀な将兵もそろっています。まずそちらの派遣を検討するのが筋でしょう。なぜ真っ先に近衛を挙げたのかが、解せません。そもそも陛下を守る盾である羽林軍大将軍をお傍から引き離すことに対して、この場の誰一人として懸念を言い出さないことの方が、遥かにおかしいと思いますね」

よどみなく、きっぱりと、言い切った。

凌晏樹や旺季など、劉輝と距離を置く大官たちは黙っていたが、礼部の魯尚書をはじめ幾人かははっきり頷き、手を挙げて賛意を示した。だがそれはごく僅かで、気まずそうに目を逸らす重臣がその場のほとんどを占めた。

当の劉輝はうつむいた。

悠舜はここにおいてほとんど初めて、劉輝の意見を訊いた。

「……ここは我が君のご意見をうかがいましょう。いかがなさいますか？」

ややあって、劉輝は答えた。

「……悠舜が……考える最善を。任せる」

丸投げ同然の返事に、重臣たちはそれぞれの表情を——もしくは無表情を浮かべた。劉輝は悠舜の顔を見なかったので、そのときの悠舜の反応を知らずにすんだ。

悠舜が応じるまで間があったように思えたが、単なる劉輝の思いこみだったかもしれない。悠舜が頷く気配が伝わった。

「御意。では私の考えを。——景侍郎の言い分は大変もっともだと思います。ですが、今回は孫尚書の意見をとります。私も、近衛羽林軍の派遣が上策と考えます」

景柚梨の意見を退け、孫陵王の意見をとった。

「こういうのは第一陣で決まります。一目見て碧州府も州民も『助かる』と思えば、以降の民の不安が全然違います。羽林軍の軍旗だけで劇的な効果があるはずです。王の救援です。羽林軍なら実力も申し分ない。第一陣、近衛羽林軍を出しましょう。選抜は孫尚書に任せます。十六衛には第二陣以降出てもらいます」

王が『任せる』と言った以上、景侍郎をはじめとして異を唱えた大官も、浮かぶ心配をのみこんで頭をたれて恭順を示した。

欧陽玉は詰めていた息をほぅと吐き出した。『これで助かる』は欧陽玉も同じだった。この火急時に、どれだけのものを碧州に割いてくれるのか。近衛羽林軍の碧州急派を王と尚書令が丸ごと呑んでくれたことは、欧陽玉の気持ちを揺り動かした。けれど表面上は素っ気なく、頭をたれて礼を示すに留めた。山場はまだ残っている。

「ありがとうございます。ですがもう一つ、訊いておきたい大きな気がかりがあります。――碧州に食糧は回ってくるのか、ということです」

急所に切りこんだ。

飛蝗の発生源となった碧州では、ほぼ全域で農作物が壊滅したと知らせがきている。手を打たなければ、この冬、地震による死者よりも餓死者の方が上回るのは目に見えていた。

「蝗害発生源の碧州には対応の時間がまるでありませんでしたが、紅州と紫州は何割か食糧を守れる可能性があります。特に紅州の生産量を思えば、一割でも碧州の数年分に匹敵します。紅州にも蝗害が広がっているのは承知しています。――その場合でも、紅州は碧州に食糧を回すつもりはあると思いますか。紫州は？　もし、そんな余力はないと紅州州牧が返答した場合、中央はどういう対応を碧州にとるつもりでいるか、今、この場で、はっきりうかがいたい」

欧陽玉はつづけた。

「孫尚書は先ほど、行って人々を支えろと言いました。それは、いつまで？」

真冬になれば、バッタは越冬のため休眠する。だが碧州には、冬を越せるだけの食糧が、すでにない。年貢用の穀物倉には隙間から侵入され、扉を開ければバッタの群れとぶつかる始末で、来年植える種さえ食い尽くされたという。慧茄が死んだ今、ここで欧陽玉が援助をもぎとれなければ、碧州の民はこの冬、枯れ枝が折れるように死んでいくだけだ。

欧陽玉は朝議に参集する高官らを見回した。自分の肩にかかっている。

――引くわけにはいかなかった。

「耐えるのはいい。支えろというのなら、この身にかえても致しましょう。ですがそれは、待てば必ず中央から援助がくるという確約があっての話です。そしてそれが空手形でない言質を頂くまで、私はこの場を動くつもりはありません。先にいっときますが、紅州の状況次第、蝗害如何とかいう、後手後手のふざけた返答はやめてください。――私が訊きたいのは方便でなく、朝廷は危難にどう対処するおつもりなのか、です。今ここで、お聞かせ願いたい」

欧陽玉は一刹那、王を見た。感情を消した、無機質な目で。

劉輝は体を固くした。欧陽玉が真に待っているのは、朝廷の答えではなく、その刹那にすべてこめられている気がした。なのに劉輝には、答えられなかった。濃い霧のなかにさまよいこんだかのように、行く先がわからない。今まで、いったい、どうやって決断をしてきたのかさえ、もはや思い出せないほど。

悠舜もまた劉輝の意向を待つように、視線を王に巡らせた。誰ものを言わぬほんの束の間のうちに、重苦しい、陰鬱な沈黙がその場にたれこめた。

「――何とかしよう、欧陽玉。それが仕事だ」

と、旺季が言った。深刻そうでもなく、いつもの決裁の一つであるかのように。あまり感情のこもらぬ淡々としたものではあったが、つきはなした響きは少しもなかった。

欧陽玉に、旺季は再び声をかけた。

「先だって王は、蝗害の対処を私に一任された。貴公の問いに答えるのは私であるべきだろう」

「……何とか、しようと、おっしゃいましたね？」

欧陽玉は注意深く確認した。必要以上に固い声になったかもしれない。だが旺季は軽々に安請け合いすることはないはずだった。

旺季はいっそ素っ気ないほどの仕草で頷いた。

「碧州は間に合わなかったが、紅州及び紫州の農作物は――時間との勝負になるが――貴公の読み通り、全滅ということはあるまい。少なくとも今年はな。バッタが休眠に入るまでにどれだけ作物を守れるかにかかっている。その防備のために今、柴凜殿と工部に徹夜で協力してもらっている」

「はっ⁉　工部⁉　ちょっとそこのドブロク尚書！　私はそんなの聞いてませんよ⁉」

欧陽玉は仰天した。管尚書は尻の据わりが悪そうに目を泳がせた。

「欧陽侍郎、管尚書に口止めしたのは私だ。碧州の件では君は完全に平静とはいえなかったのでな。上の焦燥は往々にして大事を仕損なわせる。工部官を必要以上に追い立てられても困る。君にはまだ教えるなと言った。だが、君が碧州の牧になった以上は、もちろん話は別だ」

「〜〜〜〜〜っ」

理路整然と説かれると余計むかっ腹が立つ。カンカンに怒りたかったが、元々理屈屋なこともあって、欧陽玉は怒るに怒れなかった。そも、あの単純でダダ漏れな上司の、『隠しごと』をまるきり見抜けなかったこと自体、自分の頭が充分ヘンだった証だ。

「紅州の被害がどれくらいで抑えられるかはまだわからない。それにかかわらず碧州の食糧の確保はする。……それに、おそらくだが、慧茄のことだ、どこかに備えがある」

「え⁉」

孫陵王も相槌を打った。

「そぉそ。少しは落ち着けタマちゃん。碧州牧はケイナだ。ヘンなオヤジだが、ただのオヤジじゃねぇ。あいつは一流の大官だ。いざという時の備えはしてあるはずだ。州尹はまだ若ぇし、立て続けに予想外の災難に見舞われて、頼りの慧茄もいきなりおっ死ぬわ、もう頭がメチャメチャで失念してんだろーぜ。――俺も藍州州牧んとき、旺季にしつっこく言われてつくっといた。慧茄もどっかにつくってあるはずだ。監察御史も巡察ついでに定期的に見回りと管理指導をしてんだろ？　皇毅」

「あ、ええ……。それが旺季様…殿から御史大夫を引き継ぐときの、要項の一つでしたから。点検したり中を入れかえたり、ポツポツ地道に増やしたりしてはおりますが……」

皇毅が言葉尻を濁し、微かだが困った風に旺季を見やる。旺季に対してだけは、皇毅もいつもの不遜で冷血漢な態度が影を潜める。孫陵王は皇毅ほど遠慮はない。単刀直入に訊いた。

「……旺季、アレさぁ、何の変哲もねーぽかったけど、バッタ相手に役に立つんだよな？」

旺季はカリカリとこめかみをかいた。

「……正直、わからん」

「はァ!?　わからんー!?」

「一応十数年前から用意させてはいたが、あの時は蝗害は起こらなかったからな。実際の効果のほどは今回初めて判明する。……だが、効くはずだ。南の地方を回ってみて、この目で確かめてきた。……別の情報源もあったしな……」

「何の話ですか。アレだの点検だの……はっきり言ってください」

イライラと欧陽玉が言った。

「それに関してはあとで御史台から説明を受けるといい。慧茄に備えがあったとしても、緊急事態に当面対処できる程度の量でしかないはずだ。中央からの支援は必要だ。経済封鎖の折に各地から集めておいた常平倉の物資から、食糧を回すことになろう」

「……碧州だけに、というわけにはいかないでしょう？」

欧陽玉の陰鬱な声に、旺季は頷いた。

「そうだな。今の状況を考えれば、碧州だけにというわけにはいかない。紅家の経済封鎖で輸送が止まっていた黒州と白州の食糧もバッタにやられている。北方二州の援助にも中央が動かねばなるまい。今後、紫州と紅州が蝗害で甚大な被害を受けると予想がつく以上、北方二州に回す分は、当面やはり常平倉から捻出することになろう。救援に向かう軍の糧秣も常平倉から出す、となると、節約して使ったとしても、……貴公の懸念通り、まあ、あっというまにカラになるな」

重臣たちの顔に不安と動揺が小波のように広がっていく。

旺季はつづけた。

「ただ、別の策を考慮に入れている、とは言っておこう。妙な期待を煽っても困るゆえ、しかとは言わないが。鄭尚書令も手を打っているだろうし、人を動かしてもいる。常平倉は頼みの綱ではなく、頼みの一つに考えておくべきだ。他にも考えはある」

悠舜は困った顔をした。

「……旺季殿……充分妙な期待を煽ってしまってますよ……まだ、わからないのに」

「仕方あるまい。私もまだ話すつもりはなかったが……、皆、必要以上にカメのように縮こまっているように見える。よくないことだ。この場の内向きな考えや不安を、多少なりとも払拭しておかねば、私がいない間、常平倉を開けるのを渋る輩が出ないとも限らん」

最後の言葉に、副官の淩晏樹が弾かれるように反応した。

「……旺季様！　それはまだ――」

「聞け」

旺季は短く遮った。

「大官たちには、この火急時において、慎重さを、出し渋ることと勘違いしないように願いたい。私や尚書令をはじめ、全省の大官すべて、最善を尽くすつもりでいるし、そのために動いている。まだ最悪の事態ではない。大丈夫だ。それは約束する」

旺季が滅多に大丈夫だということはなく、それゆえに、その言葉は深い信頼をもって響いた。

「やたらと常平倉を開けることはない。逆に言えば、尚書令や大官が開けると言うときは、必要だからと思ってもらいたい。北方二州への援助、碧州への救援、蝗害の対処、全部朝廷の仕事だ。すべてに対応するのが我々の仕事だ。どれか一つに対してでも、できぬ、という答えはない。存在しない。全部やらねばならん」

旺季は欧陽玉に目を向けた。

「蝗害は私に一任されたことだ。何とかする、という言葉に偽りはない。必ず、本格的な救援を碧州へ出す。冬になる前に。それまででいい。碧州を頼む」

欧陽玉は唇を噛んだ。冬まで。この答えで満足するべきなのかもしれない。のらりくらりと玉虫色の答えでかわさず、はっきりと期限を区切った。冬になる前まで、と。だとすれば旺季の胸の内にはおそらく何かの算段があるのだろう。

「……生意気を承知で重ねて言います。今回の件で肝となるのは、紅州だと思われます。あそこの蝗害にどう対処するか、紅州府や紅家系商人との折衝如何で先行きが変わってくるはず。碧州への食糧援助も、おそらくはそれに大きく左右されます。蝗害は旺季殿に一任されました。紅州へ派遣する人選も考えていると思います。その方次第です。冬まで支えろというのなら、全力を挙げて全うします。ですが、最後に紅州に誰を派遣するおつもりなのか、胸づもりを聞かせて頂きたい」

朝議の間がざわついた。悠舜は羽扇の陰で思わず笑いをこらえた。ヘボい凡骨を送るつもりなら止めてやると言ってるも同然だ。歳も経験も実力も、欧陽玉と旺季では比べものにならない。旺季相手に、ここまで真っ向から食い下がる度胸と志をもった若手はそういない。

旺季は不機嫌になることはなく、むしろ国の宝を前にしているかのように微笑んだ。

「貴公の懸念はもっともだ。紅州に行く者次第で状況は大きく変わる。誰が行くのか知りたいというのは当然だな。ところで、さっき『私がいない間』と言ったかと思う」

一拍おいて、欧陽玉の目がみるみる丸くなった。

「……まさか？」

「ああ。紅州へは私が行く」

どよめきが増した。晏樹の眉が苛立たしげにきつく寄る。劉輝にとっても予想外のことだった。旺季が中央からしばらくいなくなる――。

「蝗害の対処を任されたのは私だ。紅州には私が急行し、指揮を執る。準備ができ次第紅州に発つ。朝議に出るのもこれが最後になると思う。あとは出立準備に集中する。私に用がある者は、いつでも訪ねてきてくれて構わない。できる限り時間を割いて会う。私が不在の間、門下省は副官・凌黄門侍郎が代わりに取り仕切る。碧州に凌晏樹を派遣できないのは、そのためだ」

凌晏樹の苦虫を嚙み潰したような顔を見れば完全に納得していないのは一目瞭然だったが、それでも旺季の顔を立てるように、しぶしぶ頷いた。妙に子供っぽく。工部の管飛翔は少し意外に思った。小うるさい上司の旺季から解放されて喜ぶかと思ったが。

「各々方、諸般の問題は山積している。鄭尚書令は年こそ若いが、職責を預かるだけの機知と決断力があるのは、私も認めている。困り果てた時に、尚書令が最善と決断したことがあれば、くれぐれも軽んじることのないよう。――では、私がいない間、朝廷をよろしく頼む」

居並ぶ高官らの胸に、最後の一言がずしりと重く落ちて、背筋をたださせた。

景侍郎は敬意をこめて旺季に会釈をした。ふと周りを見れば、やはり頭を垂れている官吏は少なくなかった。旺季の官位や家格を思えば別段おかしくはないが――急に、背筋が薄ら寒くなった。何かがずれた。そんな気がした。

(今の旺季殿の言葉)

朝廷を頼むと、臣下に言うべき立場にあるのは、本当は王ではないだろうか。

今、重臣たちの多くが答礼した。旺季に。景侍郎は出立への激励と敬意を払っての礼であったけれども、果たして他の官吏はどうだったのだろう。さすがに悠舜や六部尚書は会釈はしなかったが、そのことに安堵をしていることさえ、逆に不安になる。もう彼らしか残っていないのではないか。そんな風に思えて。

王は蚊帳の外に置いてけぼりにされているような顔でうつむいていた。

景侍郎はもう一つ気づいた。朝廷を頼むとはいったが、王を頼むと、旺季が言わなかったことに。

「『朝廷をよろしく頼む』ですって。まるで旺季様が王様みたいでしたね、うふふー」

朝議が終わったあと、晏樹は旺季のうしろを、ほてほてとついてきた。門下省へ近道する小路に入っても、まだついてきた。だしぬけに、異常なほど辺りが閑散と静まり返っているのに気づき、旺季はうんざりと晏樹を振り返った。

「……晏樹、強制的に人払いをしたな？　なんだ、私を刺し殺したいのか？　ずっと殺気立ってえんえんくっついてきおって。カルガモかお前は。話があるなら、口で言え」

「カルガモ!?　このぼくをカルガモ扱いするのは旺季様くらいですよ。えーえーカルガモならよかったですよ。親カルガモなら子ガモがいくらくっついて歩いても文句言いませんからね」

「言ってないだろう」

「だってねぇ、こーでもしないと、旺季様とお話もできないでしょう。超多忙ですから」

晏樹は根方のねじくれた木に、背をぶつけるようにして乱暴にもたれかかった。木は色づいた葉を二、三ひら落とした。木の下の晏樹に日頃の明るい笑顔はなく、よく色を変える薄茶の双眸も、今はいつもよりずっと濃い色をしていた。

「……あーあ、旺季様が紅州に行くなんて。誤算だったな。王様が『自分が行くー!』って飛び出してって、何もできなくて、またまた評判ガタ落ちーってのを、期待してたんですけどね」

「悠舜がいるんだ。そんな馬鹿な真似は許さんだろう。私も止めた。役に立たんからな」

「知ってますー。『自分が行く』って言い出すだけでもよかったんですよ。充分アホだから。なのに臣下の面前で旺季様に蝗害の鎮撫を任せて。まずいと思ったんですよねぇ。いくら旺季様が被害に気を揉んでても、勝手に行くのは立場上問題あるから自重してくれるけど、仕事なら堂々と紅州入りする理由ができちゃうし。案の定そうなるし。何回文句言っても撤回してくれないし」

晏樹はそっぽを向いたまま、一度も目を合わせようとしない。旺季は困った顔をした。

「……お前は、そんなに私が紅州へ行くのがイヤか？」

「……。イヤだと言って、どーせ行くでしょう？」

晏樹は顔の前へ落ちてきた一ひらの紅葉をすくいとり、唇を押し当てた。眼差しが、思わせぶりに旺季に向く。とけた蜂蜜さながらのとろりとした微笑みは、妖艶さと、甘い凶悪さをたたえている。

「……旺季様がいないと、ぼくはまた悪だくみをしちゃうかもしれませんよ？」

「そうか。たとえば？」

「えッ、たとえば？　えーっと、旺季様の邪魔をするやつを排除するために、いろいろ？」

「なんだ。今までと変わらんじゃないか。ならいい。大いにやれ」

あっさりと頷く。足もとに転がりこんできた落ち葉を踏まないように、旺季はそっとよける。晏樹は気のないフリをして、よそ目で眺める。旺季がそんな風に歩くことを、知っている者はあまりいない。誰も知らなければもっといいのだが、そううまくはいかない。

「お前は私の配下だ。すべての責任は、私がとってやる」

晏樹は束の間、曖昧な顔をした。嬉しいけれど、欲しい答えではなかったような。でも自分でもどんな答えを欲しかったのか、よくわからないといった、おぼつかない表情だった。昔から、たまに晏樹はそういう顔をする。渡る蝶のように、まだ見ぬ何かを追い求めるような目。何度か晏樹の傍で黒い蝶を見かけたので、旺季は何気なく、魂を運ぶ渡り蝶の話をしたことがある。最後は確かこう締めくくった。『でもその地に何があるのか、本当は蝶も知らない』。

旺季の視線に気づき、晏樹はサッと目を逸らした。

「……ハイハイっと。じゃ、旺季様がいなくても、少しだけ我慢しますよ。王様が夏みたいにカンタンに王都を空けてくれたら楽だったけど、今回は旺季様でもいいです。考えてみれば、そっちのが面白そうだし。もうぼくが手を出さなくても、勝手に転がってくれそうだし」

口とは裏腹に晏樹は全然面白そうな顔をしていなかった。

「……ね、旺季様。王様はねぇ、ダメですよ。公子争いからこっち、あそこまで戩華王と霄宰相にお膳立てしてもらっておいて、結局この程度ですもん」

晏樹は紅葉を一つちぎって、呟いた。

「どんなバカでも周りのいうこと聞いてやればなんとかなる布陣だったのに。頭が良くても、剣が使えても、可哀相ですけど、王としては無能ですよ。皇毅の再三の陳情も無視して、結局蝗害も防げずじまい。そりゃね、地道に頑張ってきた官吏たちはみんな怒りますよ。……特に門下省や地方貴族たちは、ずっと旺季様を見ているから。ああでも、今日の王様はなかなかよかったかな。黙りっぱなしで、今までで一番上出来な王様でしたねー。おかげで議論が速く進む進む」

くしゃりと、晏樹が紅葉を手の中で握り潰し、投げ捨てた。

「あと少しで、機は熟します。悠舜も帰ってきたし。だからね、旺季様。もう舞台から降りるなんて、ナシですよ。あなたを待ってる人がいる。……裏切らないでください」

もはや笑みは跡形もなく、最後のひと言は奇妙に抑揚がなく、かすれていた。

裏切ったら殺すともとれるが、旺季には裏切ってもいいとも聞こえた。理由はわからない。たとえば晏樹が旺季を裏切っても、旺季は別に彼を殺さないし、それを晏樹も知っている。けれど晏樹は、それが気にくわないようだった。むしろ自分が裏切ったら殺すくらいしてほしいと、いつだって言っている気がした。いつか旺季が自分を裏切っても構わないけれど、その時は、裏切らないのと同じくらいの対価が欲しい。そんな風に聞こえる。裏切るにせよ、信じるにせよ、晏樹が求めるものは、たった一つでしかない気がした。晏樹の生き方はいつだってそうだ。確かなのは、相手にとびきり高い対価を求めるということ。払いきれないと、すべてを失う。

「裏切らないでください」

もう一度、晏樹は言った。美しい歌声で船人を破滅に引きずりこむという、海の精霊を思わせた。実際晏樹のその声を聞いた者はほとんど破滅した。例外はごくわずか。だがいないことはない。今のところ旺季もその一人だ。これから先はわからない。

これから先？　旺季は心の中でそっと微笑んだ。あるとしても、惜しむほどの長さでもない。

どこかで、鳥が羽ばたいた。

「――ああ、わかってる」

旺季が答える。

束の間の静寂。

からころと落ち葉の音がして、先に目を伏せたのは、晏樹の方だった。

「……どうしてかなぁ。ぼくはその返事を待っていました。それが叶ったら、ぼくの願いも叶うと思ってた。でも、旺季様が王になったら、……ぼくは？　今より幸せになれるのかな」

途方にくれたような、ぽつんとした呟きだった。

旺季が何か言う前に、唐突なほど素早く、晏樹が幹から背を離した。旺季の喉元に手をかける。晏樹の指は冷え切り、氷が這うようだった。晏樹は肌のあたたかさを味わうように喉を鳴らした。次いで、晏樹から表情がかき消えた。

「……たまにね、思うんです。あなたがいないと世界はつまらないけれど、……あなたがいなければ、ぼくはきっと、もっと自由に、好きなように生きられる。ぼくを束縛するのは、なんであれ、許しておくことはできない。だから時々無性に、あなたを紙くずみたいにくしゃくしゃに丸めて、屑籠に投げ捨てて、何もかも放り出して、全部おしまいにしたくなる」

晏樹の指に、力がこもる。冗談では済まされない圧迫になる。

と、一つの沓音が静寂を破った。

「……オイタはそこまでにしとけ、晏樹。とっとと仕事に戻れ。お前が死ぬぞ」

孫陵王の低い声がして、馴染みのある紫煙が辺りに漂った。煙管をかみながら、孫陵王が二人に近づく。何気なく見えたが、落ち葉を踏んでいるのに、音がしない。確かにそこにいるのに、別の世界を歩いているようだった。さっきの晏樹が優美な獣だとしたら、孫陵王は百獣の王だった。どんな危険な獣も、その前には退かざるをえない。一目散に退散するか、渋々かはともかくとして。

晏樹は断然後者だった。孫陵王を見るや、ものすごくぶすくれた顔をした。

孫陵王は足を止めた。それは、キッカリ正確な晏樹への射程距離だった。決して仕留め損なうことのない位置を悠然と確保してから、陵王はふーっと紫煙を吐き出した。悪ガキにつく溜息にも見える。今の陵王は軽口を叩かなかった。

「もう充分旺季に構ってもらったろ。正気に戻って、お前もやることやってこい。俺相手にケンカ売るほど、お前もバカじゃねーだろ。俺なら、いつでも遊んでやるが」

晏樹は不満げに嘆息した。なおもぐずぐずし、やっと旺季から手を放した。そんな仕草はすっかりいつもの彼だった。

「……はいはい。わかりました。お仕事しますよ。縹家のほうは心配しないで下さい。旺季様の邪魔しないように足止めしときます。手駒も増えたし。縹家の頭のおかしいおばちゃんも、そろそろ用済みですね。せいぜい最期は旺季様のお役に立ってもらいましょうか」

陵王は眉を跳ね上げたが、何も言わなかった。というか、何と言っていいかわからなかった。

ほくほくと嬉しげに『悪だくみ』しながら、晏樹は立ち去った。

陵王は晏樹をしばらく見送った。旺季の方は見なかった。

「……なァ旺季」

旺季はぎくっとした。

陵王は煙管の吸い口から口を離すやいなや瞬間移動の速さで旺季に詰め寄ると、問答無用で旺季の脳天に拳骨を落とした。容赦ない一撃が炸裂し、旺季は目から火花が出たかと思った。五十を過ぎて拳固を食らうハメになるとは思わなかった。むしゃくしゃして、旺季は怒った。

「お前より偉いのに殴るか!? 脳みそがはみ出てあの世行きになったらどうしてくれる!」

「うっせぇこのバカ! 迅が護衛から離れてんのに、気ィ抜きやがって。俺がこなけりゃお前マジでさっきあの世行きだったぞ。てめぇ、自覚しろ! お前にポックリ死なれちゃ困るんだよ!」

「わ、わかっとるわ!」

「どこがだ! 一人決めで迅を縹家に送りやがって! 俺はもう昔みてーに四六時中お前を守ってやれねんだぞ。兵部尚書やめていいなら別だがね! 迅に任せてたから安心してたってのに」

「行かせられるのは、迅しかいなかった。できるのも、迅しかいない。今しかないんだ」

陵王の目が光った。

「……さっき晏樹が、瑠花は用なしとかいってやがったな。今しかねぇ、だと？　──迅を縹家にやったのは、そのためか」

聞く前から陵王は答えを感じとれた。旺季は黙ってやり過ごすことはしなかった。

「……そうだ」

「そうか。わかった。……わかった」

陵王は「吸うぞ」と断ってから、煙管に新しい煙草を詰めた。旺季は普段のように禁煙しろとは言わなかった。陵王は煙草に火をつけた。

「……じゃあ、いい。だけどな、旺季、お前、……いつか晏樹に、殺されるぞ」

いや。いつか、ではなく、その時はごく間近に迫っている気がした。

晏樹は何度も旺季の元を飛び出し、その度に戻ってきた。旺季が嫌いだと言いながら、旺季のために働く。そして時々殺そうとする。サッパリ陵王にはわからない。

「晏樹を傍に置く、理由はあるんだ。ただ、そうだな……お前とは違う考え方はしてるかな」

風で旺季の耳もとの美しい耳環が揺れて、しゃらんと綺麗な音をたてる。

「確かに、皇毅なら何があっても私を裏切らないだろうが、晏樹は違うだろうな。だが、いつか私を殺すとしたら、多分――」

強い風が起こり、大きく梢を揺らした。空に鳥が一羽飛んでいた。

陵王は一瞬、鳥と風に気をとられた。大きな白い鳥だった。

旺季の言葉を聞き逃したけれど、陵王は聞き返すことはしなかった。聞いて嬉しいことならいいけれど、そうでなかったら嫌だった。旺季も二度言うことはなかった。

衛士が旺季をさがし歩いていた。きっと、皇毅が心配して差し向けたのだろう。

旺季の顔が、旧友に対するものから、大官の顔に変貌する。

ときどき陵王は、旺季とこの城で今も生きていることが、誰かの夢の中の出来事ではないかと考えることがある。

自分も旺季も戦を生き延び、こうして五十を過ぎるとは、あの頃は思いもしなかった。

「ずいぶんと歳を食ったよなァ。お互いに」

「……ああ。ここまで長生きするとはな。どうせ見るなら、いい世界を見たい。飛燕のしたことも――無駄だったのか、そうでなかったのかは、これからわかる」

飛燕という名に、陵王は眼を細め、旺季の少し疲れたような横顔を見つめた。

最愛の一人娘を手放してまで、望んだものがある。

それは、旺季だけでなく。

誰もがそうして、ここにいる。

愛するものよりも、遥かな先を見据えて。

……それも、じきに、終わる。終わるといいと、陵王は願う。なるべく少ない被害で。

「お前がさ、紅州には自分が行くって言い出した時、茶州ん時のお嬢ちゃんを思い出したわ。影響されたか？　もしいま御史台のお嬢ちゃんがいたら、真っ先に言いそうなこったよな」

「…………」

残念だねェ、陵王はそう呟いた。

……旺季が武官と一緒にその場を立ち去っても、陵王は所在なげにその場に留まっていた。煙草をのみながら、ついと雑木林に目をくれる。陵王と同じく、旺季を守りにきたもう一人の男がいる。晏樹も旺季もその存在に気づかなかったけれども。

「……出てきたらどうだ？　実に見事なモンだが、この距離だと俺のが上だ。迅から貴公の話は聞いてる。隠れても無意味だ。……つかな、礼くらい、顔見て言わせろ、紅邵可」

＊　　＊　　＊

絳攸は後宮の一角にある祥景殿に足早に向かった。

祥景殿には御史台によって百合が軟禁されている。邵可が恭順の礼をとったあとも葵皇毅はぬらくらと理由をつけて百合を解放しようとはしなかったので。

不幸中の幸いで、義理の母の面倒を見るという名目なら謹慎中の絳攸も祥景殿への参内ができた。十三姫の協力もあって、楸瑛が縹家へ行ってから、絳攸は祥景殿を拠点に朝廷の情報を集めることに集中していた。

「あーきたきた、絳攸サン。今日の朝議の議事録、もってきたぜー」

十三姫が用意してくれた室には、蘇芳と静蘭がすでにきていた。

「すまん、助かる。見せてくれ」

議事の監視も御史台の役目だ。蘇芳に頼んで、絳攸と静蘭は毎日のように議事録に目を通していた。

絳攸が議事録を確認する横で、蘇芳がボヤいた。

「なーんか、全部イイトコ旺季サンと兵部尚書に持ってかれてるよなー。議事もあの二人主導じゃん。あと鄭尚書令。てか、今日の王様は特に酷いぜ。言ったのって、『鄭尚書令に任せる』くらいじゃねーの？」

「……やることがないんだ。王直々に旺季殿に蝗害に関する全権を移譲した以上、こうなるだろうとは思ってた。たとえばまず旺季殿でなく、悠舜様に蝗害鎮静を一任していたら、まだ話は違ってたと思うが……」

「えーと？　あ、そうか。それなら鄭尚書令の下に旺季サンがくる、ってなったワケか」

それだと最終権限は悠舜が握ったまま、旺季に兵馬の権を一時的に貸し出す、という構図になった。丸ごと兵馬の権を持っていかれることはなかった。それだけでも印象がかなり違う。

仕方ない、と絳攸は思う。駆け引きは経験がものをいう。劉輝はほとんど人と接することなく幼少時代を過ごしたし、それ以後は絳攸がすべて指示してしまっていたのだ。

「蝗害って、紅家でもなんともなんねーの？」

「……そうらしい。百合さんも蝗害だけはダメだと言っていた。今まで紅州の蝗害は紅門筆頭姫家が対処してきたらしいが……俺も姫家についてはよく知らないんだ。それに紅州の前回の蝗害は数十年前。邵可様たちにも経験がない。実績のある御史台と旺季殿に頼るしかない。邵可様もそう一族に指示を出してるはずだ。……たとえそれで、旺季殿の名が一気に上がるとしても」

絳攸はふと議事のある一点に目を留めた。

「……慧茄様が死亡!?　碧州州牧の代理に、欧陽侍郎……。指名したのは悠舜様か」

絳攸は思案するように目を伏せ、欧陽玉の名を見つめた。

「……悠舜様が碧州州牧に欧陽侍郎を指名してくれたのは助かった。でなければあの人のことだ、遅かれ早かれ主上に辞表を叩きつけて碧州へ帰っていたはずだ。……蘇芳、碧家の官吏の件は、調べてくれたか？」

絳攸はちゃんと名前で呼んでくれるので、蘇芳は好きである。

「ああ、あんたの予想通り、夏から碧家系官吏が辞めてるわ。まだ数人だけど」

静蘭と絳攸は目を見交わした。

「元冗官仲間にさぐりを入れてもらったけどさー、どうも夏頃、碧本家からいったん朝廷を引き上げて様子を見ろって話がきてたらしい。でも欧陽侍郎と、御曹司の碧珀明が動かないから、大半は迷って動かないでいるってさ。でもさー、これが何なの？　何か変なワケ？」

「ええ。あからさまに、変ですね。どこもかしこも」

静蘭はボソッと答えた。

「碧家はこないだまでのタンタンくんと同じなんですよ。――そんなお利口な家じゃない、と」

「あんた露骨すぎなんだよ！」

絳攸は首をひねった。

「言い過ぎ、と言いたいが、まあ、その通りだ。碧家は彩八家の中ではほっとんど政事に無関心だからな。政事的駆け引きもド下手くそ。なのに、王の評判が急落しはじめた夏を狙って、すかさず一門に官吏を辞めて様子見しろなんて政事っぽい指示をするとは……似合わなすぎる。だいたい碧家が事細かく王や朝廷の動向を逐一収集しているとも思えないし、そんな官位にもいない」

芸能や典礼関係の官位は碧一門の独占だが、政事の中枢にいるのは欧陽侍郎と吏部の珀明くらいだ。確かに夏から、碧珀明の様子は変だった。多分二人にも帰還命令がきていたのだ。

「当然、欧陽侍郎もおかしいと思ったはずだ。誰かが朝廷の情報を碧家に流している。裏で糸を引いてる輩がいるんじゃないか、とな。だから主君筋の碧家に逆らっても留まってたんだろう」

「ああ、えーと、つまり紅姓官吏ん時と同じ構図？　碧家に入れ知恵して、碧姓官吏に実家に帰るよう仕向けたヤツがいるってこと？　紅家はまんまと全員出仕拒否して片っ端から首になったけど、碧家は引っかからなかったワケか。……てことは紅家のが頭悪いんじゃねーの？」

絳攸はぐっと言葉に詰まった。静蘭の視線で氷像になりそうだった。本っっっ当に榛蘇芳はあけすけにズバリ痛いところを突いてくる。

「ま、まあなんだ、悠舜様が欧陽侍郎を抜擢したのは、その意味でも助かったってことだ。……今の状況で欧陽侍郎を繫ぎ止めるには、碧州州牧くらいしかない」

ここで彼に辞表を出されたら、欧陽侍郎の存在ゆえに進退を決めかねていた碧姓官吏たちも追随しかねない。碧姓官吏で政事の要職にある者はさほどいないが、問題なのは碧家までが王を見捨てて去った、という構図だ。これが紅家の件と同時期に起こっていたら、大打撃になっていたはずだ。心中どうあれ朝廷に留まってくれた欧陽侍郎と碧珀明に絳攸は心底感謝した。

静蘭が口をひらいた。

「藍家、紅家、次は碧家……彩八家はそろそろ退場しろといわんばかりに切り崩しにきてますね。しかも時機が見事です。……とびっきり頭のいい狐ですね」

「……俺はな、静蘭、残る三家のほうが気にかかる。偶然なのか、計算なのか……嫌な三家が残ってる。特に黄家だ。議事録を見ても、近頃黄尚書の口数がめっきり減ってる」

静蘭は絳攸を見た。……ようやく『朝廷随一の才人』と呼ばれた本来の聡明な彼が戻ってきた。絳攸は黎深のことさえなければ、ずば抜けて優秀な官吏なのだ。

「黄家は常時朝廷の動向を張ってるはずだ。黄一族の情報網は八家でも随一だ。朝廷の雲行きが怪しいことに気づいてないはずがない。なのに不気味なほど静かなのが逆に気にかかる。まるで想定内、とでもいうようだ」

蘇芳は首を傾げた。武門の黒白二家が暴れたら大変そうだが、黄家がよくわからない。

「何、嫌な三家って？　黒家と白家はともかく、黄家って商人の元締めなんだろ？」

「……ええ。でも黄家は特別な異名があるんですよ。たとえば黒白二家は『戦争屋』と呼ばれますが」

黄州は商人たちの都であり、全商連発祥の地でもある。碧州と並んで最小の州だが、国の中央部に位置し、紫州や紅州、黒白二州と境を接する。水陸の交易路の要衝として活発に商隊が行き交う。その経済力は貴陽に匹敵する。凄腕の商人たちが集い、莫大な金と人を天下に回す。そこの総元締めが黄家だ。だがそれは表の顔にすぎない。

「――黄家は別名、『戦商人』と呼ばれてきたんですよ」

戦のにおいのする場所へ、武器をしょって現れる『戦商人』。それが黄一族のもう一つの姿だ。

戦においては諜報網を駆使して、機密を嗅ぎとって売り歩く。機を見るに敏な情報屋である黄家が、今に至るまで沈黙を守っている。

絳攸は呟いた。「もしかしたら黄家はかなり早い段階から、水面下で朝廷の誰かと接触していたのかもしれん」


蘇芳が御史台へ引きとり、二人になると、静蘭が訊いた。

「……絳攸殿、先ほど助かったといってましたが、鄭尚書令のことをどう考えてますか」

絳攸は左目を閉じ、右目だけで静蘭を見た。静蘭が睨む『頭のいい狐』の名簿には、とっくに悠舜も載っているようだった。無理もない。絳攸は慎重に答えた。

「尚書令としての仕事は完璧にしてる。それは確かだ」

「誰のために。あれが王のためになってるとでも？」

「……それなんだがな。最初から考えてみた。そうすると、幾つかおかしいことがある」

絳攸は佩玉に彫られた〝花菖蒲〟をなぞった。

王の代わりに、自分ができること――。

「……折を見て、悠舜様のところに行ってくるつもりだ」

＊　＊　＊

「……孫陵王殿、あなたが若い頃、戩華王と司馬将軍と宋将軍の三人同時に相手どって、互角に渡り合ったっていう昔話、今の今まで鼻で笑い飛ばして、全然信じてなくて、すみません。何十年も行方不明のままの黒門孫家の〝剣聖〟が、こんなとこで文官してるとは思わなくて」

それまで静けさのみたたえていた木立から人の気配が滲みだして、紅邵可の姿になった、そんな感じだった。

陵王は最後のひと言に嫌そうにそっぽを向いた。

「は？　ナニ〝剣聖〟って。俺はタダの一般庶民。黒門孫姓とは無関係デース」

「タダの一般庶民に、私の気配がばれるわけがないです。こっそり帰るつもりだったのに」

陵王はしげしげと邵可を眺めた。当代〝黒狼〟。実際目の当たりにすると驚く。なんせ府庫でボンクラしてるのをしょっちゅう見ていたのだから。

（……皇毅や晏樹もこんくらいボンクラだったら旺季の気苦労も減んのにって思ってたのになァ……）

どうもこの世代は、一癖や二癖どころでなく色々隠してるひねくれ者が多い。……時代の狭間に生まれたからかもしれない。潮の変わり目で、見なくていい多くのものも、眼前に否応なく押し寄せてきた世代。陵王はもう大人だった。だが邵可や皇毅、晏樹は子供だった。全然違う。

「この場で見たことは、お互い忘れる。約束だぞ、紅家当主様。……どうしてここへきた？」

「……あなたと同じです、孫尚書。旺季殿が気になって、さがしてたものですから」

邵可は旺季が去った方へ、視線を送った。旺季と、記憶の中の誰かを重ねるかのような顔つきをしていた。そういえば、と陵王は思った。邵可がじかに旺季と話したことはないかもしれない。常に誰か警護がつく旺季は、府庫の主風情が近寄れる隙はない。遠目から眺めるのが関の山だったろう。紅家当主ならともかく。

「今は似てないだろ。旺季の姉貴は美人だったからなァ。二十代くらいまでは多少面影はあったんだぞ、あれでも。なあ、紅邵可。どうしてあの坊ちゃんに膝をついた？」

邵可は陵王を振り返った。

「私が、劉輝陛下に紅一族の家紋と忠誠を捧げたのが、気に入りませんか？」

「気に入らんな。お前も気づいてるだろ。あのボーヤはまだ王ですらない。——逆にお前に訊きたいね。じゃあなぜ、旺季じゃいけない？」

この場でのことは胸三寸におさめてすべて忘れる。

邵可は答えた。

「……そうですね、正直に言います。私は劉輝様が王にふさわしいと考えて、膝をついたわけではありません。それでいえば紅家の気質なのかもしれません。私たちは滅多に膝をつかない。だからこそ、その僅かな機会まで、損得で勘定はしない。紅一族にとって、愛情と忠誠は同じなんです。王の資質云々以前に、その人を守らなくてはと思えば、すべてを賭してお守りする。選ぶ理由なんてそれだけで充分なんですよ」

孫陵王はきょとんとした。

「……ふぅん？　なるほど。今の今まで謎だった紅一族の理解不能な行動が多少わかった気がするわ。それは、粋だな。嫌いじゃない。損得抜きなとこが特に。だが守るとは、厳密には何をだ？　王の資質の有無もどうでもいいってこったよな。愚王でも、最後まで劉輝様の玉座を守るつもりということか？　それとも劉輝様をか？」

かわすことはできたけれど、邵可は少し考えて、やっぱり本音で返すことにした。邵可は旺季と陵王がこれから先、どこまでするのか察しているし、相手もそうだろう。お互い、それを言葉にしているだけだ。

「……劉輝様ですよ。とりあえず、今はね」

「今は？」

「旺季殿の方が、王としてずっとうまくやれるかもしれません。それは認めます。信望があり、経験があり、高い志がある。この国のことをいつでも考えてる。劉輝様の未熟さに怒りを覚えるのも、歯がゆいのも仕方がないでしょう。私は最後まで劉輝様の味方ですが、私が守りたいのは彼であって、彼の玉座ではない。でも——」

　邵可は首を傾げ、今まで自分の中でもやもやと漂っていたものを、初めて言葉にしてみようとした。結局、形にはならなかった。それは絶えず邵可の中にあったが、ひどく感覚的なものだった。邵可はつづけた。無意識の奥でいつでも思っていたことを。

「……でも、もし劉輝様の欠けたものが埋まる時がきたら。旺季殿より劉輝様の方が王にふさわしいと思う気がするんです。……その日がくるか、間に合うかは、別にして」

　孫陵王の眼差しが、殺意がこもるくらい俄然きつくなった。

「……ほーお？　旺季より、あの坊ちゃんのが、ふさわしいって？　どこがだ。いえ！」

「いや、どこがって、今はないから、言い様がないんじゃないですか。ウスラボンヤリした……そんな気がする程度」

「こんにゃろう。何てトボけたヤツだ。面白い。気に入ったから、俺たちの味方んなれ！」

「はあ!?　全然脈絡がない人ですね！　ムリって言ったじゃないですか！」

　邵可は脱力した。むちゃくちゃだが、好感をもってしまう。孫陵王が貴族派、国試派、文官武官問わず、人望があるゆえんだ。

「ふん、お前、この場に晏樹がいたら、問答無用でぶっ殺されてたぜ」

「あなたならともかく、凌晏樹殿なら、私のが強いですから大丈夫です」

「――ああ、安心した。王を守れ。お前がさっき旺季を守りに飛んできたように、俺たちも坊ちゃん王を殺したいわけじゃない。お前の懸念通り、今旺季が死んだら取り返しがつかん。戦になる。旺季を慕ってるヤツは国中に散らばってるし、各地で要職に就き始めてる。洒落（しゃれ）にならん。だが戦は本意じゃない。譲らせる。それまで坊ちゃんを守っとけ」

言い切った。

邵可は不穏な気配を漂わせながら、つと目を細めた。

「……言いましたね」

「ああ。言ったのは俺だ。旺季じゃないのも忘れるなよ」

陵王は流れるように優雅な仕草で煙管（キセル）を返し、灰を落とした。

「……俺はねェ、旺季の国が見たいとずっと思ってたよ。どんな国になるか、鮮やかに眼（まな）裏（うら）に浮かぶ。だがお前は、劉輝様の国が見たいと思ったことがあるか？　想像できるのか？」

「――――」

邵可は何も言えなかった。この最も大事な時に。

「俺たちは待った。そうだろ？　時間と権力を自分のためにさんざ浪費して、期待を反故（ほご）にしたのはあのボーヤだ。蝗害（こうがい）はそのツケの一つに過ぎん。これからいくらでも出てくる。あの坊ちゃんにそれを残らず清算して、旺季以上の国を示せる覚悟があるのか？　言っておくが、藍州にトンズラしたみたいに、次にボーヤが苦しくて逃げ出したら、終わりだぜ」

「………」

陵王はフッと表情を和らげた。

「……お前が旺季を守りにきてくれたのは、心から感謝しているよ。お前みたいなのがそっちにいると、助かるぜ」

やんわりと、会話を打ち切った。話はもう終わり、ということだった。

双方ともわかっていた。

のばしのばしにしていた、束の間の——そして見せかけの平穏な時に、終わりがくる。

……もうすぐ終わりか、始まりか、どちらかの幕が上がる。

# 第三章　紅い傘の巫女

「いやー!!　もうなんてしつこいのっっ！」

　秀麗は追ってくる〝暗殺傀儡(にんぎょう)〟から逃げながら回廊を全力疾走していた。雲がわいてくる如くどこからともなくヌゥと現れる。当初はびくびくしていた秀麗だが、途中から『お化け屋敷にいる』と思うことにした。

「……叫びながら走ると、疲れるぞ。それでなくても寒さで体温と体力が奪われてるし」

　隣を走るリオウがぼそりと呟(つぶや)いた。

「そんな冷静な指摘はいらないわっ！　みんな無言で走ってる方がなんかイヤじゃない」

「なんで？」

「なんかの罰みたいじゃないのよ。牛頭馬頭(ごずめず)に後ろから引っ立てられて地獄へトボトボ行軍してる気分になんじゃない。ていうかね！　リオウ君『すぐ着く』っていってなかった!?　もう昼になってんだけど。どゆこと!?」

「朝から昼くらいなら『すぐ』だろう。……ったく、都人(みやこびと)はこれだから……」

　二人のうしろでは迅が〝暗殺傀儡〟らを相手どっている。寄せつけもしない。リオウは前方を守るつもりだったが、迅は苦もなく前後左右どこからも援護する。迅の護衛のおかげで、こんなノンキな会話ができるのだ。リオウは舌を巻いた。一人で一個小隊を壊滅できるとまで言われる本家精鋭〝暗殺傀儡〟を、赤子のようにあしらう。リオウの頼み通り殺さずに気絶させたり縛ったりするのみですませているため、仲間がまた解放し、全然追っ手の数が減らない。

迅も秀麗もそれについては一つも文句をいわなかった。リオウはそれが嬉しかった。

「ミヤコビトじゃなくたって、朝から昼まで走り通しなのを『すぐ』って言わないから！もー疲れた。あー疲れた。超しんどい。くっ、帰ったら葵長官に絶対特別労働手当出してもらうわ。割に合わないったらないわよこの超過勤務!!」

……まあ、他の文句は山ほどあるようではあったけれど。

「休憩はちょくちょくとってるぞ。…………なんかお前、性格変わってないか」

「リオウ君と会う前に戻ったの。もーやせ我慢はヤメヤメ。ごめんね実はこんな性格で」

「……いや、そっちのお前のほうが、いい」

リオウの知る秀麗は、いつも何かしら耐えているようだった。弱音を吐かないかわりに常に張りつめて見えた。『少しは人に頼れ』と言ったこともある。なんだかわからないが、秀麗の中で、何かが吹っ切れたようだった。

（……父と会ってからだよな……。あんなひどいこと言われたのになんでだ。謎だ……）

父も秀麗に対して、リオウが懸念していたような反応をしなかった。

（父上は……〝薔薇姫〟でなんか心境の変化があったな……なんてわかりやすい……）

十年でちょっと変わったなら、あと十年待てば、またちょっと変わるかもしれない。そう思えば、なんだかおかしくなった。父のことはカメだと思って、気長に行こう。幸いリオウにも、父にも、時間はふんだんにある。期待さえしなくなるには、まだ早い。

秀麗は途中で立ち止まり、膝に手をついてひぃはぁと息を上げた。リオウは秀麗のもとへ引き返した。追っ手は迅が退けたようで、いなくなっていた。立ち止まる余裕はありそうだった。

「叫びながら走るからだ。少し休もう」

「……リオウ君て……将来、藍将軍も目じゃなくなるかもしれないわ……」

「は？　あいつ見かけはああだけど、あんたが思ってるよりずっと強いぞ。難しいと思う」

「いや、そうじゃなくて……ま、まあいいわ。でも、どうしよう。その大図書殿の中でも、あの人たちが襲ってくれば、調べ物どころじゃないわよ」

リオウの夜の瞳から、感情が消えた。

「……もしそんなことしやがったら、もう縹家の人間じゃない」

「リオウ君？」

「伯母上は……いろいろ難があるけど、学問に関する信条は文句なしに凄い人だと思ってる。縹家では、身分の上下に関係なく男も女も読み書きができるのが普通だ。だから〝外〟で、名前も書けないシュウランに会って、驚いた。ここでは誰でも自由に学ぶことを許されていて、好きな時に好きな本を読める。それが縹家だけに許されている自由だと、俺は〝外〟に出るまで知らなかった」

秀麗の目が見開かれた。

「……リオウ君、それ、本当にすごいことよ。……瑠花姫が？」

「そう。伯母上が、門戸を開放したって、羽羽が言ってた。〝外〟の学者を受け入れて、避難民には必ず読み書きを習わせた。戦で散逸しないよう稀少な本の集積を命じて……」

より多くの知識を学び、考え、〝外〟で困ってる者を、助けに行け——と。

それが、どれだけ価値のある言葉だったか、〝外〟でリオウは思い知った。

「書庫の中で刃物ふり回しやがったら、俺は絶対許さない。そんなやつはもう縹家の人間じゃない。あいつらが伯母上にまだ仕えているなら、書庫の中までは追えないはずだ。もし襲ってきたら、完全に伯母上の配下でなくなってる。そこで、一つ線引きできる」

「なるほどな」

迅が追いついてきていた。襲撃がやみ、辺りは静かだった。

外は相変わらず雪が降っているのか、廊下を伝ってビョウビョウと風が鳴るのが聞こえてくる。外廊下ではないのに凍てつくようで、立ち止まっているとあっというまに体が冷えていく。

凍える秀麗を、迅が負ぶって回廊をリオウと並んで歩き出す。秀麗も遠慮なく迅の背で温まりながら、かじかむ両手に息を吐きかけた。断る気力も凍結している。

「でもなあリオウ、本当にどこにあるんだ、その大図書殿。かなり広大なんだろ」

「もうずっと前から敷地には入ってるよ」

「……は？」

迅と秀麗がそろって目を点にした。

右やら左やらリオウの指示通りに走らされ、ゆうに十以上の広大な宮を抜けた。リオウがいなければもう絶対元の宮には帰れまい。しばらく前から建物は似たような趣の造りが続いており、右手には等間隔で扉が並んでいる。とはいえ回廊自体が貴陽の大路かと思うくらいの幅があり、『等間隔の扉』もぽつーんとしか見えず、時折開いていても、奥は真っ暗で何も見えなかった。客室にしてはやけに暗いなあなどと秀麗は思っていたのだが。

「……まさか……？」

「あの扉の向こうは全部本。通り過ぎてきた宮も全部書庫。心配しなくても、とっくに学術研究区画に入ってる。ここらの数十の屋根の下は全部大図書殿」

「嘘でしょ⁉」

「嘘だろ⁉　だって今まで俺がどんだけ――」

迅が慌てて口をおさえた。リオウはニヤッとした。

「……あんた、今までどこさがしても、影も形もなかったって言いたいんだろ」

「…………その通り」

「バカだな。俺に言えばよかったんだよ。言ったろ、誰でも自由に入れるけど、許可は必要なんだ。特に〝外〟の人間は。貴重な書物を勝手に持ち出されちゃ困るからな。〝外〟だって、街から街へ入る時、関塞で通行手形見せないと入れないだろ。コッソリ入ろうなんて怪しいヤツは入れたくないだろう。それと同じだよ。あんたはぐるぐる同じとこ回ってたんだよ。今は俺と一緒だから大丈夫だけどな」

迅が口をへの字に曲げた。

「まさに無駄足かよ……。九彩江で人が迷うのと似たようなやつ？」

「そんな感じかな。もとはわりかし単純な目くらましらしいけど、初代からずっと代々の大巫女がかけ直してきたから、単純でも今となっては誰も破れない強力な術の一つってきいたことがある」

「で、で、蝗害関係の本はどこらへんなの？」

「それはもっと先の宮。まあ、もうすぐだって」

迅と秀麗は顔を引きつらせた。リオウの『もうすぐ』はもはや信用しない。

昼前、リオウがついに「あそこだ」と扉を指差して、中へ入った。

〝暗殺傀儡〟は追ってこなかった。

（……ふうん？　中まで入ってこなかったか。『主君』を変えたわけじゃないってことなのか？　と、なると……）

「……う、わー……」

ポカンとした秀麗の声が聞こえる。

何か色々絶望した顔だ。

「なんだ。本、スキだろ、紅秀麗。父親が府庫の管理してたし」

「……………スキ、だけど……桁が違うでしょ!?　この宮だけで、あの府庫まるまる入りそうじゃないの!?　ちょ、こ、ここから、さがすの!?　たった三人で!?」

司馬迅も、今までになく情けなく困りきった顔だ。首を上下左右まんべんなくめぐらし、無言で首の後ろを撫でた。

「ここからじゃない。地層階にはもっと蔵書があるから、そこから」

秀麗と迅が固まった。

「……………ち、地層階って、まさか、この下に……？」

「そう。地層階が本来の隠者の塔。古いヤツはほとんど地層階にある。竹簡とか、木簡とか、石版とか、羊皮紙とか、かさばるし……。蝗害はここ数十年起こってないから、下だと思う。あ、目録はあるから」

リオウが歩きだす。秀麗と迅はトボトボと従った。

「目録はあるからって……そーゆー問題じゃないよな……」

迅はポツリと言った。

リオウは目録の棚らしきところを早速漁っていた。「おかしいな……」と困惑顔でひとりごちた。

「どうしたの？」

「……数十年蝗害が起きてないのに、俺に何冊か読んだ記憶がある、ってのが今さらだけどヘンだ、って思って。俺の前に誰かが読んでたのかもしれない。俺、いつもは乱読だけど、たまに目録見て誰かが借りたなと思うと、それ読む癖があるから。別にバッタ好きじゃないし」

秀麗と迅の顔が、ぱあっと明るくなった。

「今、ちょっと、安心したわ。だってリオウ君、ヘンなのばっかり読んでるんだもの」

「俺も。お前まだ子供なのになんで蝗害とか知ってんの⁉ って思ってたし。今の、フツーっぽくていいぞ。楸瑛なんざ十歳の頃には女の子の尻追っかけてたぜ。えらい違いだよ」

「…………………」

あのヘンな父の息子にしては、我ながらずいぶん普通の子供だと今の今まで密かに信じていたリオウは、人知れず落ちこんだ。

「聞け、続き！　……で、貸し出し記録を調べたら、やっぱり十年ちょい前に、蝗害関係の書物を片っ端から借りてるやつがいた。十年くらい前に貸し出しがある書物なら、かなり見つけやすい。もしかしたら、まとめて置いてあるかもしれない。……でも、なんで十年前にこいつは、こんなに蝗害の本を借りたんだろう……？」

「誰が借りたか、わからないの？」

「記録は日付だけだ。〝外〟の人間なら名前も書く決まりだから、借り手は縹家の人間みたいだが……」

リオウの胸がわけもなく騒いだ。まるでリオウたちがいつか調べにくるのを、ここで待っていたような、奇妙な気分になる。

「とりあえず蝗害の文献がどれくらいあるか、目録を見ましょうよ」

三人で手分けして調べはじめたものの、頭が『蝗』の項目だけでも数十にのぼる。『飛蝗(バッタ)』で調べればまた出てくるだろうし、『天災』でもゾロゾロ出てきそうだ。すべて読む気でいた秀麗も、すぐに非現実的だと悟った。そもそもどういった本をさがせばいいのかすらわからなくなってくる。

(選びだして、三人で内容を確認するだけでも相当日数がかかるんじゃ……。しかも……古語で書かれてるのが半分……嘘でしょ……読めもしないじゃないの——!)

リオウも溜息(ためいき)をついて、手を止めた。

「今さら『蝗害の歴史』から読んだって仕方ないよな……。……あれ、何の本だったんだろう。植物関係だと、調べるのにもっと時間を食う……」

「なに、あれって?」

「以前読んだことがあるっていったろ。……記憶に間違いがなければ、蝗害にはこれが特効薬! って書いてあった……よーな……? 読みながら、それなら『無能』でも何とかなるな、って思ったんだ確か。だから父上にもあんなたいそうな啖呵(たんか)切っちまったんだし。その本を確かめたかったんだ」

「蝗害の特効薬!?」

蝗害は発生したら最後だ。どうにかして夥しいバッタの群れから作物を守り、終息を待つしかないと秀麗は聞いていた。

「それこそさがさないと！　そりゃ私も徹夜で探すわよ!!　何万冊でも探すわ。他に手がかりは覚えてないの。何、植物って」

「……なんかの木……の話だったと思う。もともとは南の地方原産の木で……現地ではバッタを追い払うためじゃなくて、他の用途に使われてて……？　だめだ……思い出せない……」

迅が言った。

「……南梅檀だよ」

リオウと秀麗が迅を顧みた。迅は繰り返した。

「ミナミセンダン。藍州ではそう呼ばれてる。魔除けの木で有名。藍州原産」

「……それだ。そう……梅檀科だけど、藍州以南にしか見ない種って……」

秀麗はハッとした。迅の出自は藍門筆頭司馬家。藍州生まれ藍州育ち――。

「それじゃあ……リオウ君のいってた南の地方って……藍州？」

「そ。藍州は蝗害はあんまないが、雨が多くて暑い。虫の害はかなり多い。蚊とか超最悪。貴陽より遥かにでかいし、下手すりゃ刺されて死ぬし。タチの悪い害虫が多いんだ。でも、この南梅檀を植えると、全然虫がわかない。煮汁をまけばどんな悪食害虫も寄りつかない。葉っぱを煮てもよし、木の皮を煮てもよし、根っこを煮てもよし、単に植えとくだけでもいい。どれをとっても最強の虫除け・防虫効果を発揮。かてて加えて煎じて飲めば万病に効く霊薬とくる——マジだぜ——だもんで藍州じゃ昔からご利益のある魔除けの神木で超有名。魔除けってか、虫除けなんだけど」

「虫除け……虫——じゃあ、バッタも⁉」

「……多分な。藍州に蝗害がほとんどないのは、藍州は米どころでもあるが、イナゴもバッタもっちに南栴檀があったからかもしれない。藍州は米どころでもあるが、イナゴもバッタもウンカの害も他州に比べれば格段に軽微ですんでる。……昔っから藍州じゃ、農作業の折々にしょっちゅう煮出した南栴檀の汁をまくんだよ。防虫と、虫除けで。害虫は退散すんのに、人体にも作物にも全然影響がないっつー、とびきりありがたい薬効でさ。……天の恵みの木って、藍州じゃ呼ばれてるよ」

「……待って、迅さん、それ——とっくに知ってたって、ことよね？」

迅は目録を放り投げた。隻眼がついと細められる。

「ああ、知ってた。……仕方ないから、もう一枚俺の手札を切ろう。時間が惜しい」

迅は清雅以上に読めず、計り難い男だった。知性の深さを感じさせ、なのに敵味方かもわからない。あと何枚手札を隠し持っているのかさえ、今の秀麗では推し測ることもできない。しかも彼に手札を切らせるのは、時間のなさなのだ。秀麗がひきだしたのでなく。

「——リオウが読んだっていう文献で、俺の知らないものはないと思う。俺が知りたいのは、『今』の情報だ。この十数年間で進んだ最新の蝗害情報が見たい」

「十数年……？」リオウは訝った。

集中的に蝗害関連の蔵書の貸し出しがあったのが、ちょうどその頃だ。

「まさか、あの借り手はあんた――いや、でも……」

秀麗は首を捻った。

「十数年前って、まだ迅さん……『司馬迅』は藍州で何ごともなく暮らしてたはずだけど」

「ああ、あれをここで借りたのは俺じゃない。ただ、あの借り手が誰かは、知ってる。会ったことはないけど、名前だけな。俺が今の話を知っているのは、その人のおかげだ。その人が十数年前、この大図書殿にこもって、蝗害関連の文献を片っ端から探し求めて、調べて、知り得た情報を、ある人に何百箇も書き送ってきてくれたからだ。それは今も〝外〟に保管されていて、俺はその膨大な写しを読んできた。だからリオウが何冊かかじった以上の仔細な内容を、俺もとっくに知ってる」

リオウは困惑した。あれを借りたのは、間違いなく縹一族だ。縹家の人間なのだ。

十数年前に、縹家の誰かが、〝外〟に蝗害の情報を書き送った？

「なんだそれ……。誰が、何のために？」

迅は少し逡巡する素振りを見せたあと、口を開いた。

「……聞いた話だぞ？　……十数年前、蝗害が起こる条件がそろいそうな時期があった。凶作と何度かの小さな旱魃。今はそれがバッタが卵を大量に産みつけやすい条件ってわかってるが、当時はまだ不確かだった。ただ、そういう気象が続くと蝗害が起こりやすいと、当時の御史大夫は史書で知ってた。運が悪いことに、朝廷は公子争いできな臭くなりはじめた矢先だった」

秀麗は反射的にビクッとした。当時不作続きだったのは秀麗自身が身をもって知っている。

「藍家は朝廷から消えるわ、第二公子は流罪だわ、戩華王も病の床について、公子たちの骨肉の争いが勃発して政情は混迷する一方だった。これで、大蝗害まで起こってみろ。……ひどいことになるのは火を見るより明らかだった」

秀麗は身震いした。ただでさえあの時は飢饉だったのに――。

（あのときに、蝗害の予兆――？）

秀麗は今まで、あの涙も涸れ果てた数年間は、公子や官吏の争いのせいだと思っていた。偉い人の誰も助けてくれなかったと思っていた。今でもそう思っているし、清雅をはじめ『貴族』に対してわだかまりがある原因でもある。人生最低の数年間だった。だが、……最悪ではなかったのだろうか。あれより惨い状況になった可能性さえ、あったというのだろうか。そうならなかったのは、誰かが、それだけは食い止めたからだと、迅はいうのだろうか。それは、秀麗が考えたこともない可能性だった。

秀麗は震えを止めようとした。迅の声が、遠くから聞こえる。

「時の御史大夫は、縹家と繋ぎをとった。蝗害の予兆を察知して事前に手を打てるのは、小さな村々にも根付いて戦災や天災から人々を救済してきた縹家だけと判断したんだ。今とまったく同じ理由だ。縹家で御史大夫の要請を受けたその人は、即座にここに足を向け、山ほど蝗害の本を借りて、調べて、数百通、ずっと書き送ってくれた、ってことらしい」

リオウの漆黒の目が底光りした。

「それ、伯母上じゃないな？　父上でもない。なんであんた、その人の名前言わないんだ」

「……なんで、聞きたい？　別に誰だっていいだろうが」

「あんたが言えない理由を知りたいんだよ。なんで名前を言えない。俺に関係するから口が重くなる。違うか。……あんたは最初『どっかの誰かの命令でここにきた』って言ったよな。そのどっかの誰かに、言うなって、言われてるのか？」

迅は頭を乱暴にかいた。

「…………お前、自分の母親の名前、知ってるか？」

リオウは虚を衝かれた。

「……俺の、母親？　なんで、そんなこと」

「聞け。俺はお前と会ってからたいして経ってないが、観察はしてた。お前、母親のことを、全然知らない。そうだろ。どこの誰か、名前さえ知らない。下手すりゃ、実の母親は伯母の瑠花で、だから憚ってみんな口をつぐんでるんじゃないかと疑ってる。違うか」

リオウはたじろいだ。──図星だったからだ。『無能』の間では、妬みまじりに囁かれていた。リオウ自身、父が〝薔薇姫〟しか見ていないことを、誰より知っている。だが〝薔薇姫〟は二十年前に逃亡し、リオウはまだ生まれて十年少し。計算が合わない。そして伯母の瑠花は、弟の璃桜に異常なほど愛着している。

　自分が『誰』の子供なのか、誰も教えてくれなかったし、リオウも訊かないできた。大業年間の縹家が、異能のために血族間で婚姻を繰り返していたことに薄々勘づいていたせいもある（そういった秘密は知るともなく嗅ぎわけてしまうものだ）。訊いて、そうだと答えが返ってくるくらいなら、知らない方がいいと思っていた。

「訊かれない限り、言うなとは言われた。だが、お前が勝手に勘ぐったまま、自分の人生を台無しにしたら、俺も後悔する。聞く気があるなら、教える。自分で選べ。お前はもう子供じゃない。頭のいいお前のことだ。なんで、さっきの蝗害の話から、こんな話してるか、もう察しがつくだろ。俺が手前勝手に言えない理由でもある」

　リオウはさっきの貸し出し記録の日付をぼんやり思う。十数年前……。

　計算が合う。

　気づけば、口をついていた。

「……蝗害について調べて、時の御史大夫に書き送ったのは、俺の母親だっていうのか」

　迅は一拍おいて、頷いた。

「……そのとおりだ。お前の母親は、十数年前――正確には俺も知らない。公子争い前後、〝外〟から縹璃桜に輿入れした。押しかけ女房同然とか、聞いたけど」

「〝外〟？　〝外〟の女なのか？　縹一族の女じゃなくて？」

「この瑠花様絶対の一族で、瑠花の溺愛する弟を奪って嫁になろうなんてド根性女がどこにいるよ。その姫君は璃桜に嫁いで、縹一族になった。彼女の父親は、さっき話した御史大夫」

　縹家は瑠花の変貌とともに再び閉ざされていた。領地の往来さえ、滅多に許可がおりず、〝中〟に入らない限り、貴重な研究や文献を見ることはできなくなっていた。

「……おい、まさか、蝗害情報を入手させるために、時の御史大夫ってのは、自分の娘をあの人間失格な父上と、鬼小姑（おにこじゅうと）の伯母んとこに放りこんだんじゃないだろうな」

「そこまでは知らん。だがそうだとしても、俺は驚かないな。らしいと思う」

「――ふざけんな」

「ふざけてねぇ。お前、わかってんのか。そのおかげでそのときの蝗害が防げたんだ。お前の母さんが、ここに嫁いで、蝗害に関するあらゆる情報を調べて、書き送ったからだ。起こってから対処するなんて下策だ。起こる前に防ぐっていう最高の上策を、お前の母さんはやってのけたんだ。いいか、それは、本来は縹家の仕事なんだ。そのために嫁いだかは知らんが、自分を永遠に見もしない男の嫁にきて、縹家の人間になって、お前の母さんは縹家の仕事をやりおおせたんだ。いまだにオヤジ一人説得できねぇ、瑠花にも会えねぇ、今のお前より遥（はる）かに格が上だよ」

「――――」

　リオウは言い返せなかった。何ひとつ。

「……母の……名は？」

迅はチラリと、秀麗を見た。だが、もうとっくに秀麗も気がついていることを察したらしかった。迅は一つ溜息をついて、名をつげた。

「――旺飛燕。当時の御史大夫で、現門下省長官・旺季の一人娘だ」

「…………………。ハア？」

長い沈黙ののち、リオウはハハンと鼻でせせら嗤った。

「でまかせいうな。それじゃ旺季殿が俺の実のじいさんてことになるだろうが」

「そうだよ、アレがお前のじーさんだよ。当時の御史大夫で気づけ。現実逃避すんな」

「嘘つけ!! あの、あの人が俺の祖父だって!? 旺季…殿……て、いくつだ！」

「年？ ……五十から六十の間じゃなかったかな」

「ふざけんな。俺の父上もう八十過ぎだぞ。なんで父親よりじーさんのが三十も若いんだよ!! ヘンだろ！ そんで俺が十年前に生まれてるとこも深く考えないけどヘンだろ。何がどうなってんだ」

顔だけ並べればヘンではないのだが、なんの慰めにもなりはしないし、迅も正直いろいろヘンだと思う。

「でも、事実だぜ。第一、お前自身が証拠だよ。お前、本当に似てるよ」

「は？ 誰と」

「旺季殿とさ。考え方も、ずけずけ言うとこも、頭がいいのに不器用で口下手なとこも、何から何までそっくりだぜ。中身は間違いなくじーさん似だよ」

リオウは混乱した。旺季は厳しく、リオウにも遠慮なく叱咤した。だが、不思議と嫌ではなかった。一人の人間として認められているようで、嬉しかった。

（……あの人が、俺の祖父？）

旺季は最初から知っていたのだろうか。

紫門旺家。だが、確かあの家は——。

「リオウ、悪いが昔話はここまでだ。言ったはずだ。時間がない。お前の母さんが蝗害に関する貴重な情報を書き送ってくれたおかげで、十年前の蝗害は未然に防げたし、以降もその知識をもとに御史台の監察御史たちが各地で防除の指導をしてきた。今、その対策をちゃんと続けてくれた地域での被害は、最小限に抑えられてるはずだ。が、今回は……徹底できなかった」

秀麗の背筋が冷えた。

「しくじったんだ。今さら防除は役に立たない。早期に駆除に切り替える必要がある」

リオウはなんとか、気持ちを切り替えようとした。

「駆除——……」

「落ち着いて、リオウ君。……つまり、こういうことよね。十年前に旺季様が、縹家の協力を得て防除に成功したってことは、当然御史台には、今さらここで調べなくても、使えそうなお役立ち情報はとっくにあるってことよね。南栴檀のことみたいに」

迅が頷き、隻眼で続きを促す。

「蝗害の指揮を執るのは、おそらく葵長官か、旺季様になる。さっきの話でいけば、二人とも朝廷で一、二を争うくらい蝗害に詳しい。葵長官ならありったけの情報を元に手立てを講じると思う。でも、……その対策は所詮十数年前のもの、ってことですよね」

リオウは迅の言葉を思い出した。

『——リオウが読んだっていう文献で、俺の知らないものはないと思う。俺が知りたいのは、「今」の情報だ。この十数年間で進んだ最新の蝗害情報が見たい』

蝗害に関して命令を受けてる、と言った迅。

「そうか。それでここにきたのか……」

「そう。お前の母さんが調べてくれた情報は、現在進行形で最高に役に立ってる。俺も読ませてもらって、へーえって思った。南栴檀がバッタに効果あるなんて、藍州の人間は知らない。ただ、内容は防除対策がほとんどだった。駆除じゃない。南栴檀も、虫除け効果で、殺虫効果はさほどじゃない。もちろん食ってくれれば死ぬんだが、バッタだってわかってるから、食わずに避ける。幼虫の間は、ゾロゾロ歩いてるとこに煮汁振りかけりゃあ駆除できる。だが、成虫になって集団で飛ばれたら、……効果はゼロに近い。飛んで昊(そら)に逃げられりゃどうにもなんねぇ。昊に煮汁まいても俺たちの頭に落ちてくるだけだし」

「駆除に関して、旺飛燕さんが書いてなかったってことは、縹家でも効果的な駆除方法が見つかっていなかったか、探しきれなかったか……ですよね。——当時は」

秀麗はボソッと呟(つぶや)いた。迅は愉快そうにした。

「そう、当時は。一つも書いてなかったわけじゃない。幾つか駆除法があったが、それらは縹家がいっせいに動いてくれなければたいして効果がない」

リオウが父に啖呵を切ったのは、いくつか理由がある。

火急時における役割を、皮肉なことにリオウはまさに縹家で叩きこまれたのだから。

リオウは唇を噛んだ。

「……じゃあ、やっぱり羽羽が俺に頼んだのは……全部開けろってのは、そういう意味だったんだ。——でも、くそ、伯母上を説得しにいかないと、本当にだめだ」

「待って。その前に、やっておくことがあるわ、リオウ君。そうじゃないと、迅さんがこの学術研究区画にきたがった意味が全然ないじゃないの」

迅は黙って聞いている。

「飛燕姫の話が真実なら、ここで古い書物を今さらあさっても、迅さんの言う通りまるきり時間の無駄だわ。御史台にはもうとっくに書き写されて蝗害の棚に保管されてるはずよ。ただ、それがどんなに有効でも、やっぱり十数年前の情報に変わりないのよ。今、大至急調べる必要があるのは、確かに『その後』だわ。飛燕姫がいた時にはなかった方法、見つからなかった手立て。この十数年で蓄積された知識」

「『その後』だと？」

リオウは顔を歪めた。昔の伯母のことは知らない。誇り高く、知識の蓄積と学究の研鑽を奨励したかもしれない。だが少なくともこの十年の縹家は、伯母の老いとともに、倦み疲れた老婆のように、何もかも停滞していった。〝外〟との繋ぎ役である仙洞令君さえ何十年も輩出せず、〝外〟で何があろうが無関心に黙殺した。たまに手出しをすれば、自分事が最優先だ。澱んだ池でのろのろと腐り死んでいくかのよう。

それがリオウの知る『その後』の十数年だ。なのに、最新の情報？

「そんなの……それこそ、さがしたって、なんにもないかもしれないんだぞ」

「ええ、いいわ。なかったらそれでいい」

リオウは顔をくしゃくしゃにした。癇癪を起こしただけなのはリオウ自身もわかっていたのに、秀麗は怒らなかった。

「ないなら、ないことをちゃんと確かめましょう。確かめないと、後悔する。だって、手立てがあったかもしれないのに。……リオウ君、蝗害って、三大天災で、人にはどうにもできなくて、防除もできないって思われてる。私も今まで防除ができるって、知らなかった。リオウ君のお母さんも、方策があると確信して縹家にきたわけじゃないと思う。あるかなきかの、頼りない希望だけだったんじゃないかしら……。結局何も見つからないかもしれない、でも――もしかしたら手があるかもしれない、って。これだけは確か。まだ大丈夫」

「……え？」

「時間は惜しいけど、まだ残ってる。葵長官たちが、時間を稼いでくれてる」

秀麗はそう口にしていた。言葉にしたら、それが確信となって、秀麗の胸に広がった。

「蝗害関係は歴代御史台の仕事。御史大夫は葵長官よ。もんのすごく性格悪いし、悪人面だし、屍人より冷血だし、顔だけでなく実際悪さしてそうだけど、……あの方が御史大夫なら、まだ大丈夫。葵長官が手をこまねいてオロオロ右往左往したり転がったりしてるわけないわ」

夏にはすでに蝗害の予兆を察し、蘇芳に指示を与えていた。

……知っているし、認めてもいるのだろう。御史大夫としての葵皇毅のすごさを。ことあるごとに反抗してきた秀麗にさえ、あの人なら何とかしてくれるはずだと思わせる。どんな不測の事態だろうとも。

考えも主義も、全然違う。でも、葵長官ならば。

「――絶対、今できる手を打ってる。最善の方法で、最大限時間を稼いでくれてる。葵長官だけじゃないわ。悠舜さんを始め、四省六部を司る大官が、それぞれ力を尽くしてるはずよ。数刻調べ物に使っても、今すぐ、何もかもだめになんてならないわ」

秀麗は自分の変化を感じた。……今なら、茶州の疫病のとき、自分がいかに傲慢な正義感を振りかざしたか、わかる。あの時、秀麗は心のどこかで『上の人』は何もしてくれないと最初から決めつけていた。誰にも相談せず、一人で突っ走って、事後承諾で押し切った。全部悠舜に尻ぬぐいをさせて。後悔はしていないけれど、今なら自分一人で完璧にやらないと、全部だめになってしまうとは、思わない。

「まだ最悪じゃないわ。そうならないように朝廷が動いてるはず。……特に悠舜さんと葵長官の無慈悲なこき使いっぷりは私も実地体験してるし……ええ、今頃みんな泣いてるわ。生ける屍になりながら頑張らされてると思うわよ。もちろん、羽羽様も」

リオウは胸をつかれた。そう。羽羽もまた。――文字通り命を懸けて。

「……あんた、信じてるんだな。御史台でロクでもない目にしか遭ってないのに」

「御史台を信じてる!? 世にも奇妙な言葉だわ……。いや、知ってるだけ。朝廷みんな爽やかに邁進してるとは全然思ってないし。けど、横からぶつぶつ不平や文句たれるだけじゃ、出世と手柄に執念燃やしてる御史台に問答無用で撫で斬りにされるだけよ。特に蝗害は御史台の専売特許。失敗したら面子丸つぶれ。意地にかけても『想定外でした』なんていえやしないわー……」

激怒しているだろう冷血長官が目に浮かび、秀麗は背筋がぞぉっとした。いま御史台にいたら、きりきり舞いしていたに違いない。よかった縹家にいて。

「だから、大丈夫、時間は惜しいけど、まだある。ねぇリオウ君、それはあなたのお母さんがくれた猶予でもあるのよ。すごい人だわ。駆除法がなかったらそれでいい、でもあったら持って帰れるだけの大事な時間を、私たちに残してくれたのよ」

やがて、リオウは呟いた。

「司馬迅……防除じゃなくて、駆除が知りたいってことは、つまり、冬になるまでに、決着をつけたいと思ってるってことだよな」

迅は微笑んだ。一を聞いて十を察するリオウの、よく回る頭と冷静さが戻ってきた。

「そうだ。気温が下がれば、バッタは休眠する。冬の到来まで踏ん張って、片っ端から防除対策を打てば、今年度の農作物はある程度守れる。それだけなら、今ある防除法でも何とか間に合う。でも、俺の主はそんな一時凌ぎで満足するような人じゃなくてね」

俺の主という言葉に、ぴく、と秀麗とリオウが反応する。

「お嬢ちゃん、解けるかな？」

「……すごい人だと、思います。蝗害を一回こっきりで収束させようとしてる。今なら、それができると思ってる」

蝗害の最悪なところは、一度起きたら、何年にも亘って繰り返すところだ。

冬に休眠しても、バッタは春には再び目覚める。大量の卵をあちこちに産みつけ、それらがまた各地で一斉に孵化して新しい群飛集団をうむ。

防除しても防除しても、また無数にわいてくる。結局はじり貧だ。今年の収穫が守れても、翌年もバッタは襲来する。少ない実りに群がり、去年より凶作になる。次の年に植える種苗の確保も困難になるにもかかわらず、そのわずかな種苗さえバッタは飛びついて貪り尽くしていく。凶作の悪循環がはじまり、蓄えを巡って、商人や各州の隠匿や争奪戦が始まる。

蝗害は発生したら終わりなのだ。だからこそ十数年前、時の御史大夫は防除に奔走したに違いなかった。だが、……今度は失政し、蝗害がはじまった。

（でも、その人は、全然あきらめてない）

発生直後の今、縹家に、迅を送りこんできた『誰か』は。

「……もし、冬の休眠に入る前にバッタを壊滅状態に追い込めたら――卵、卵を産めない」

卵を産めなければ、新しいバッタは生まれない。

次第に群れが拡大するなら、発生初期の今、バッタの数がもっとも少ないということだ。

群飛の数が増える前に、有効な駆除法を見つけることができれば――。

それで終わる。かもしれないと思っている。手が見つかれば、それをやる気でいる。

蝗害を、一回こっきりで終わらせようと思っている。聞いたこともない話を。人の力で。

「――すごい、人、です」

上に立つ力、何かへの意志を、こんなふうに感じたことはない。

秀麗はさっき、大丈夫だとリオウに言った。まだ最悪じゃない、と。それが秀麗の願望ではないことを、もはや疑わなかった。この縹家で、迅が対蝗害の『一手』をさがしだすだけの時間をつくってる。

（門下省長官・旺季）

迅の主は旺季――間違いなくあの人だ。旺季が蝗害の対処を一任されたのか、もしくは自分から引き受けるつもりだったのかはわからない。もとより旺季か葵長官の二人以外に適任はいない。

蝗害を抑えられる者こそ、八仙の守護厚き本当の王。そう謳われる。

秀麗は唇をぎゅっとかんだ。

玉座を取り囲む不穏な気配を秀麗もまた肌身で感じている。旺季は、いつか劉輝と真正面から相対するかもしれない。もしかしたら、迅も。潮目が変わるか否かは、この蝗害如何(いかん)によるのかもしれなかった。

——そうだとしても、それがなんだ。

「……迅さん、私は今も御史です。迅さんの正体その他のもくろみモロモロについてはともかく、——こと蝗害に関しては、全面的に協力します。お役に立てるなら」

迅が相手の言葉を鵜呑(うの)みにすることはまずない。その滅多にない日らしい、と迅は胸中ひとりごちた。敵味方とか、損得とか、駆け引きとか、あわよくば迅から手柄を多少なりかすめとろうとか、蝗害を早期に終息させれば、旺季は朝廷でいよいよ重きを成すとか、そんな胸算用や迷いなどない。この紅秀麗という娘は、最後は『官吏の仕事』をちゃんと選ぶのだ。

「そういうと、思った」

民草にとっての、最善を。

「じゃ、大至急調べるぞ」

*　　*　　*

大ぶりの牡丹雪(ぼたんゆき)が、薄曇りの昊(そら)からこんこんと降る。外套(がいとう)から払っても払ってもすぐに雪片はまといつく。楸瑛の体内時計では昼のはずだが、曇天の日の夕方みたいに薄暗い。

楸瑛も合間を見てはたびたびこの縹家を探索していた。敷地というよりむしろ『領地』といったほうが正しい。

「……藍家とは全然勝手が違うんだよな……。迅もいまだに全貌をつかむのに手間どってるわけだよ」

攻めこまれる心配がないからか、城壁などはない。囲いこまないかわり、嶮岨な山々に、てんでばらばらに宮や社殿が点在している。秀麗にあてがわれた殿もその一つにすぎなかった。朝餉に米や牛乳が並ぶのを見れば、どこかに田畑やら牧場やらもあるらしい。外部との往来がないため、市は立たず、旅籠や商家もない。お陰でそれとなく情報を仕入れようにもできない。

人の姿は見かけるものの、楸瑛に気がつくと蜘蛛の子を散らすように逃げていってしまう。避けられているというより、滅多に外の人間と出くわすことがないせいらしかった。おそらく迅も似たような具合だろう。どうやら山のあちこちに埋もれるようにして様々な機能が点在しているようだった。瑠花の在所がどこに隠されているのか、アテはつかない。それにここが実家のリオウは気づいていないが、大巫女の力で生活できる程度に調節されているとはいっても、高山帯で空気がだいぶ薄い。藍州九彩江の標高に慣れていなかったら、楸瑛も迅も高山病になっていたかもしれない。

「……絳攸がここにきてたら、ほんっっっと、なんの役にも立たなかったな……」

高山病で寝たきりか、雪山遭難死かの二択の人生しか選べなかったろう。

うしろを振り返れば、雪に印した足跡の上に早くもうっすらと雪が積もっている。降りつむ雪が道を少しずつ覆い隠してゆく。道しるべにと、時折枝に結んできた赤い端布が、降雪のまにまにチラチラと見える。真っ白な雪が、いずれ標や覚えてきた景色を失わせ、楸瑛の正確な方向感覚や距離感も、おかしくしていくに違いなかった。

「…………よし、もう帰りのことは考えないことにしよう」

楸瑛は帰路を記憶するのをやめ、一気に速度を上げた。道が雪に閉ざされる前に、〝時の牢〟にたどり着くことを最優先にした。

山中の川筋を上流へ登っていく。しばらくすると道らしきものは途絶えた。川は雪をのみこんでは流れていった。リオウによればこの山の中腹あたりから禁域になっている。そこがどんな場所なのか、本当に〝時の牢〟の在処なのかはリオウもわからないと言った。違うならまた一から珠翠をさがすまでだ。

（……吹雪いて帰り道がわからなくなったら、横穴でも掘ってしのげばいいか。迅が迎えにきてくれるだろう。よし、それでいいや。……雪山で珠翠殿と遭難か……。……。『寒いわ……』『珠翠殿、もっとこっちへ……』……いい！）

どんな時でも、ものすごく楽観的なのが藍楸瑛という男であった。

次第に雪深くなる。川上から氷が流れてくるようになった。楸瑛は速度を落とさなかったが、だんだん心配になりはじめた。

（人の気配どころか、最近人がたどった形跡もないんだけど……。まさか毎日ご飯を差し入れする人間はいるだろ!? 牢番だって薪とりはするだろうし。建物らしきものもないぞ——……）

ふと視界の隅で揺れ動いたものがあった。一本の黒々とした巨木があり、幹に注連縄が巻かれていた。ぐるりと垂れ下がった紙の幣が風雪にはためいていた。

雪を踏んで大木に近づいた時だった。

腰の〝干將〟が鈴をふったような音を立てた。耳で聞いたというよりは、頭の奥でそんな音が鳴った、という感じだった。

〝干將〟に触れれば、掌に微震が伝わった。

（……えーと、羽羽様、ヘンな気配を察知して鳴る、とか言ってたよーな……？）

楸瑛はとくにどんな気配も感じない。

ご神木らしき木の向こうへ分け入れば、リオウの言う川すじから離れることになる。土地勘もない雪山をカンを頼りに進むのはいかな楸瑛といえど無謀でしかない。

（……まあ、迷っても、迅がなんとかしてくれるだろ）

楸瑛は勘を選ぶことにした。

困った時の迅頼み。もう遥か昔からの習性であり、こうして楸瑛はえんえん迅に迷惑をかけてきたのであるが、当の楸瑛だけが気づいていなかったりする。

神木をこえて雪の舞う薄暗い山の奥へ進んでみると、〝干將〟の震動が強くなったり弱くなったりすることに気づいた。楸瑛の背筋を、ぞろりと小さな虫めいたものが這い回る。平たく言えば『嫌な予感』だ。リオウの『嫌な感じがして、足を踏み入れる気にならなかった』というのは、ここら辺なのかもしれない。震動が強い方に行けば行くほど、気味悪さはいや増した。

「……はあ……大将軍なら『虎穴に入らずんば虎児を得ず』って言うんだろうなあ」

しぶしぶ楸瑛は不快な気配の濃い方へ、足を運んだ。思いついて〝干将〟の鯉口を切れば、何かぬめったものを断ち切ったような感触がした。

「………何、切ったんだろ……。ていうか、今何が周りにまとわりついてるんだろう」

視えたりするといいな、と子供の頃思ったこともあったが、視えない人でよかった。剣の鍔を鳴らすと、奇妙な気配が霧散することも発見した。一人で剣をチンチン鳴らしながら雪山をウロついていると、むなしくなってくる。

「これで、珠翠殿と関係のないヘンな妖怪の祠とかに出たら、泣くに泣けない……」

ぶつぶつぼやいた。

くすくすと、誰かの笑う声が聞こえた。

楸瑛が面を上げると、木の間に、あざやかな紅色の傘をさした巫女装束の娘が一人、楸瑛を見ながら袂で口許を隠し、笑っていた。色傘で顔は半分隠れていたが、なお一目でそれとしれる花の容だった。美少女と美女、どちらで形容するか迷っても、匂い立つような美しさには変わりなかった。

雪はちらつく程度の小降りになっており、辺りはさっきより明るかった。

楸瑛は女性専用のとっておきの笑顔を向けた。女性なら、幽霊でも可。

「初めまして。こんな寂しい雪山で、あなたのような美しい巫女姫とお会いできるとは」

「お上手」

彼女が傘を少し揺らせば、紅傘につもっていた雪が振り落ちる。その手つきは深窓の姫君にもまさって優雅で、傘の奥からあまさず現れた小さな顔は、清らかな妙なる美貌だった。

薄手の装束なのに、ちっとも寒そうな様子がない。歩けば、さく、と草鞋が雪を踏む。新雪に彼女の優美な影が落ちる。

（……幽霊とか物の怪の類……じゃ、ないのか……？）

〝干将〟はさっきまでとはうってかわって、鳴りをひそめている。

巫女は楸瑛に近づいて、くすくすともう一度笑った。

「藍家の殿方と見えるのも、久しぶり。……懐かしいお顔。相変わらずあすこの殿方は、色男ぞろいで勇敢で、切れ者なのにどこか抜けていて、女人に弱くていらっしゃるのかしらねぇ？」

「……え？」

「珠翠を、迎えにいらしたの？」

楸瑛の顔色がサッと変わった。

「……そうです」

「そう。ならついてらっしゃいな。そのために迎えにきたのだもの」

楸瑛は小雪の舞う中、美しい狐に化かされているような心地になる。あながち、間違ってもいないかもしれない。〝千将〟は借りてきた猫のようにおとなしくなり、雪山に忽然と現れた古風な巫女装束の絶世の美女が、珠翠の名を知っていて案内するという。……どう考えても、何から何まで、ヘンだ。

楸瑛は申し出を受けた。一番ヘンなところに行くと、大抵近道ということもあったが、女人の誘いを断るのは楸瑛の美学に反するので。

「では、よろしくお願いします。寒いので、なるたけ近道で。危険度は気にしません」

「……前にも、そういって迎えにきた殿方が、いらしったわねぇ。行きましょう。傘には入れてさしあげられないけれど。ごめんなさいね」

紅傘の巫女がいざなう。楸瑛は後をついて行きながらぎょっとした。

「ちょっと待った。他の男が私を出し抜いて珠翠殿を助けに!?」

「いいえ。前の話。……ずいぶん前にも、あそこに入れられた娘がいたの」

「え？　だって、しばらく使われてないって――。……!!　まさかその娘さんの幽霊が、あなたとかいうオチですか!?　男が助けに駆けつけた時には、時すでに遅し――」

「全然違います。その娘さんは今も生きてます。迎えにきた殿方と一緒に帰りました。勝手に殺さないの。……本当、藍家そのものの殿方ねぇ」

「な、なんだ……。ああ、じゃ、無事に『時の牢』から出られた人もいるってことですね」

リオウが散々おどかすから、正直楸瑛は半ば以上、覚悟をしてはいた。

気分屋にくるくる回っていた紅傘が、寂しげに止まった。

「……『牢』……そうね、今はもう『牢』でしかないのねぇ。いつのまにか縹家も、同じようになってしまったわ。本当は、そんなふうにつくったわけではなかったのに……。私にはもう、どうしてあげることもできなくて……。こうして迎えにくる方を、案内してさしあげるのがせいぜいなんよ。それも、迎えにきてくれる方がいればの話……」

傘ごしに、美しい横顔が楸瑛に微笑みかける。

「……あなたは、前の殿方よりも、強運だわ。ここまで用意万端でいらしった殿方も珍しい。藍家の血ねぇ。相変わらずあのおうちの男児は無駄に強運に生まれつくみたいね」

楸瑛は目を点にした。……雪靴さえない、この姿が？

「……万端って……〝干將〟くらいしかもってないですけど」

「前の殿方は『愛』と『根性』しかもってこなかったの。半ベソかきかき手ブラでひぃこら駆けてくる殿方も、珍しかったわね。よっぽど焦ってたのだわね。それに比べてあなたはそれなりに腕っぷしありそうやし、愛、藍家の加護、私を信じる楽天的な勇敢さ、ダメ押しに〝干將〟に〝莫邪〟のお友達つき。ないのは『根性』くらい」

最近『根性ナシ』といわれることが多くなった楸瑛は、ムキになって胸を張った。

「いや、ありますよ！　根性、あります。当然です。勘当されても藍家の男ですから！」

「そ？　おっしゃったわね。なら、死ぬ気で頑張れますわね？」

「……え？」

巫女が楸瑛に向き直った。楸瑛は気を呑まれた。透徹な眼差しで、彼女は〝干将〟を一瞥した。

「〝干将〟……聞きましたね？　根性あるそうです。なら大丈夫。元気良くここまでのんのこしゃあと登っていらしったし、藍家の殿方、いっぺんくらい精気吸いとって死ぬ玉でもないでしょう。まだまだ未熟ですが……今時の殿方にしたら上出来ですよ。少しの間、仮の主と認めなさいな。〝干将〟、いいですね、その一振りだけ、お起き。……そしてあの娘を、もう、楽にしてあげて……」

ポツリと、呟く。雪より白いその面貌が、深い憂いに翳る。

〝干将〟が、応答する如く楸瑛の手の中で不思議な熱を帯びた。

巫女が憂いにぬれた目を悲しげに笑ませ、手にした紅傘を楸瑛にさしのべた。

「さしあげる。藍家の殿方、〝外〟から……珠翠を迎えにいらしってくれて、……ありがとうねぇ。夏を告げる白南風、甘く冷たい水……懐かしい、九彩江の風やねぇ……。遥か昔からの約束を、ちゃんと守りつづけてくださってるのねぇ。大丈夫……それなら、たった一人の意地悪で、全部が台無しにはならないわ。誰かが頑張ってるなら、いいことが、きっとあるの」

子守歌めいた優しい響きに、楸瑛は眩暈がする。

気づけば、紅傘を受けとっていた。

古風な巫女装束をまとった花の容が、惑わすように幽艶に微笑んでいる。

楸瑛の軍靴はふくらはぎまで新雪に沈んでいるのに、彼女はすぐ消えそうに浅い足跡しか残していない……。

楸瑛の頭に霞がかかる。

「……あなたの……お名前を……うかがって、ません。私は、藍楸瑛。あなた、は？」

「良い名です。私はねぇ……昔、――と呼ばれていたことも、あったかしらね……」

巫女の華奢な指先に、トン、と楸瑛は軽く胸を突かれた。

たいして強く突かれたわけでもないのに、楸瑛はたたらを踏んだ。いや、踏んだと思った。後ろには、今まで歩いてきた雪道があるはずだった。

何もなかった。

浮遊感ののち、足が文字通り空を踏んだ。

「――――え？」

落ちた。周りの景色が突然真っ暗闇になる。雪で埋もれていた穴を踏み抜いたかと思った。そのまま楸瑛は墜落した。

「ええええええ――――――っ!?」

紅傘を差したまま落下していく楸瑛を追いかけるように、巫女の声が落ちてくる。

「お望み通り、一番近道です。紅い傘さしさし、頑張りなさい。運んできた南のあったかい〝外〟の風で、……助けてあげてね」

＊　＊　＊

高御座にいた瑠花が、ぽかっと目を開けた。

「……『時の牢』に、誰かが入ったようじゃの」

侍していた巫女は、瑠花がぶじ目覚めたことに安堵した。それから、眉を寄せた。

「珠翠を助ける愚か者がいるということですか。すぐ〝暗殺傀儡〟を――」

「よい、立香。捨て置け。〝暗殺傀儡〟なぞ送っても、時の牢で迷って死ぬだけじゃ」

「でも、瑠花様」

「捨て置け、というたのじゃ。もう、よい。珠翠を生かしておいたのは理由がある。じゃが、先だって、すべて終わった」

立香と呼ばれた若い巫女の面を、様々な感情が通りすぎていった。瑠花がようやく珠翠に無関心になったことの喜び、暗い優越、同時に始末する必要はないという瑠花の言葉に対する、疑念に似た一抹の不安や嫉妬。どれも、瑠花への絶対的な献身と敬愛、渇仰が根っこなのは同じ。

珠翠と会ったこともないのに、立香は珠翠に胸苦しい嫉妬がある。立香は元は縹家の社に『保護』された〝外〟の娘で、縹一族ではない。だから異能ももたない。ひきかえ珠翠はれっきとした縹一族で、元は立香と同じ『無能』ながら途中で『異能』を顕現し、瑠花を裏切り、〝外〟へ逃亡した。あげく、二十年経ってノコノコ戻ってきて、瑠花と会わせろと言い続ける珠翠のすべてを、立香は許せない。立香がどんなに望んでも得られないものをもつ珠翠が、羨ましくて憎らしくてたまらない。

そうした立香の愛憎は瑠花にも汲みとれた。瑠花は覚えず、昔を思い出した。生来の瑠花の絶大な神力を羨み、妬み、憎悪し、奪えないと知ればあらゆる手段をもって封じようと試み、幽閉し、ついには毒を盛った、……実の父。

あれだけ、情けない思いをしたことは、いまだ他に覚えがない。

……もう、八十年も、昔々のこと。

「……ですが、万一珠翠が脱獄したら……」

「『時の牢』から、珠翠が脱獄？」

瑠花は喉の奥で、くつくつと笑った。笑えば、……息が切れた。この、若い巫女の肉体でさえ、日ごと、まばたき一つ億劫になりつつある。

「立香。そなたは『時の牢』を知るまい。長い時の間で歪んでしまった……。あれが古から在る、真の意味を知るものはもはやわずかじゃ。あそこで珠翠が死ぬなら、それでよい。出てくるなら——願ったりじゃの」

素っ気ない言い方をしたあと、咳き込む。立香は慌てて瑠花の背中をさすった。

「瑠花様……もしや珠翠の体を、次の肉体にするおつもりですか」

「そうじゃの。神器を壊してまわるバカ者の相手をせねばならぬ。情けないことじゃ。本来のわたくしの器、生まれもった神力があれば、一つ二つ神器が壊れようと何ほどでもない。……じゃが、八十年の中で、ほとんど全部、……使ってしもうたわ。カラッケツじゃ」

瑠花は自嘲した。

降るはずのない雪が降る。

ここまで自分の力が衰えていたとは、思わなかった。過信しすぎていたのかもしれない。

白湯をさしだす立香は、泣きそうだった。

「瑠花様……どうして。九彩江で割れた鏡は、ご神体ではなかったと聞きました」

「そうじゃ。が、そのあとバカ者が『本物』を壊しおったようじゃ」

立香の言う通り、九彩江で〝黒狼〟が割った鏡は、宝鏡でも何でもない離魂用の鏡だ。〝黒狼〟がどこまで王と娘のためにするかを計るための駆け引きで、〝黒狼〟もそうと知っていたから割ったのだ。お互い承知の上、宣戦布告のようなものだった。

藍州で長雨がつづいているという報告で、ようやく異変に気づいた。宝鏡が割れているとの報告が遅かったのも痛手となった。

「……見当はついておる。このわたくしを策略にかけて後手に回すとは……見事じゃ。己の指一本動かさず、わたくしと縹家を追いこみおったわ。このぬるま湯の時代に、よくあんな手段を選ばぬ男が生まれたものよ。若いと思って侮っておったわ。二昔前なら情人に召し上げるところじゃ。まったく……老いると頭の動きも錆びつく」

仇敵・戩華が去んだことで、……気が抜けていたのかもしれなかった。戩華と霄瑤璇のような相手はもはやおるまいと、高をくくっていた。この自分が、戦もろくに知らぬ若造にまんまと利用される日がくるとは。

時の流れを、感じた。そして自分が、……確かに、老いたことを。

深い疲労を覚えた。何十年もの疲労だった。

「だが……まだ、去ねぬ」

『わたくしの姫様』

瑠花は黄昏色の声に耳を傾ける。

王家と縹家は、硬貨の裏表のようなもの。どちらが欠けても成り立たぬ。縹家の大巫女と〝外〟の仙洞令尹もそうだったと、皮肉にも神器が壊れた今、思いしる。

ここで瑠花が力尽きて死ねば、……羽羽も死ぬ。今、瑠花が引き受けているぶんの力が、すべて羽羽に流れこむ。羽羽にはもう、それを耐えうるだけの命の力なんぞありはしない。

瑠花は自分にムッとした。

（……別に、羽羽なんぞのためではない。わたくしの――縹家の役目だからじゃ）

瑠花と同じように、羽羽もまた全身全霊をかけて扉を押さえている。神器や神域は、扉の『鍵』のようなものだ。全部壊れないと扉は開かないけれど、一つ二つ鍵が壊れれば、そのぶん開けやすくなり、隙間ができる。そして一つ二つ壊れただけで、藍州は水害、碧州は地震だ。

政事は〝外〟の人間が。かわりに神事は縹家が司る。

それが古からの誓約。

……降るはずのない、雪が降る。

果たすべき瑠花の務めをまっとうするまで。今までと同じように、手段は選ばぬ。

「……さても、相手がずる賢い狐だと、手も読みやすいのがせめてもの救いか……。紅秀麗も、わたくしの計算通りに動いてくれておるわ。最後の賽の目は、誰がどう振りだすやら……いずれにせよわたくしはここにおらねばならぬ。……何を泣く、立香」

立香はぽろぽろと泣いていた。

「私が、縹家の娘で、異能があったら……今すぐにでもこの体を差し上げられるのに」

隠れもなきまったき畏怖と憧憬は、瑠花の過去を呼び覚ます。長いこと忘却していた過去であった。白い娘たちの面影、瑠花が愛しみ、守ってきたもの……。

『わたくしの姫様……』

遠い遠い昔の、懐かしい声……。

埋もれていた……思い出さないでいた記憶まで、よみがえってくる。

「……立香。『時の牢』が最後に開いたのはいつか、存じておるか」

「いえ……百年近く昔と……きいておりますが」

「正確にはの、……八十年前じゃ」

一本の紅傘をさして、マヌケな悲鳴をひいて落ちてきた少年のことを、今も昨日のことのように思いだせる。名は羽羽。

羽羽はべそをかきながら闇の中を見回し、中有の闇より深き暗黒の中でどうやってか——いまだ瑠花にも解けぬ——迷わず瑠花を見つけだした。泣き顔はたちまちお日様のように晴れ、紅傘をひきずって瑠花のもとへまろび寄った。

『あっ、いたぁ姫様！　お姿が消えてから、ずっとさがしてたんです。山で迷ってたら、紅い傘さした女の人に会って……「うーん、アイとコンジョウしか持ってない殿方ねぇ。この傘あげる」って言われて……じゃない。——迎えに参りました。帰りましょう、姫様。僕と一緒に』

帰りましょう。

「最後に幽閉されていたのは、……わたくしじゃったわ」

# 第四章　蒼き闇の鎖

闇の隅っこに、それはうずくまっていた。

それに気づいたのは、何度目かの脱獄に失敗して牢に引きずり戻されたときだ。ふいに光の届かない隅にそれがいるのに気づいた。

そのときから、それはずっと珠翠についてくるようになった。珠翠がどこにいてもつかず離れず追ってくる。珠翠が脱獄を試みれば、やはり影のようにひたひたとあとをついてくる。ついにはこの、手枷も首枷も格子もないが、今までで一番恐ろしい場所へ落とされても、やはりそれは気づけば片隅にうずくまっていたのだった。暗黒ばかりの中でも、なぜかそこにいると、わかるのだ。

（……ああ、でも、いちどだけ……）

瑠花がきたときだけ、それはどこかに逃げ去ったようだった。

輝くばかりに神々しく、恐ろしく、威風に満ち、珠翠など歯牙にもかけぬ人。

瑠花が自ら足を運んだなどと、やはり夢だったように思える。

瑠花が口移しで寄こした火のような塊は、もうすっかり暴れるのをやめ、かわりに、珠翠を内側からとろとろととかしていった。指の先から、『珠翠』が、とけて流れていく。ひとすじの光もない暗黒に、珠翠の指が、目鼻が、ドロドロと流れでてゆく。

(『お母様』……)

自分が横たわっているのか、座りこんでいるのかも、珠翠はわからなかった。

誰に愛されずとも構わない。愛しているだけでいい。でも、ここはあまりに真っ暗で、耐え難いほど寒かった。こんな場所で、あらゆる仕打ちにも、孤独にも耐えようとどうして思ったのだろう……。

何か理由があったけれど、寒くて、思い出すのをやめた。

(もう――……)

そのとき、珠翠が弱っていくのを、辛抱強く待ちつづけていたそれが、動いた。

闇の片隅にじっとうずくまっていたそれが、もぞりと、にじり寄ってきた。珠翠に近寄ると、とけていく『珠翠』の端っこに触れた。ちぎって、ぱくりと食べた。

とけだしていく珠翠を、端っこから、ぱくりぱくりと少しずつちぎって食べていく。

珠翠の頬を――頬がまだあるなら――涙が流れた。しゃくりあげたかったけれど、そんな力は残っていなかった。何もない。

珠翠には、もう何もなかった。

ずっと後をくっついてくるそれがなんなのか、珠翠は知っていた。わかっていながら知らんぷりをしていた。認めたくなかった。

いつからか現れ、闇にうずくまり、影のように珠翠についてくるそれが。

——絶望だなんて。

自分が強くはないことは知っている。でも、そんなに弱くはない。そう信じたかった。心の奥でいまだビクビクし、やっぱり無理かもしれないと後ろ向きな気持ちを捨てられない自分を、認めたくなかった。邵可様のために、秀麗様のために、主上のために、一人でも抗おうと、帰ってきたはずなのに。

愛する人を守るためでさえ、強くあれない。

こんな程度で、『お母様』を——縹家を、変えようと思っていたのだ。瑠花が相手にせず、牢に放りこんだまま、会いにこなかったのも、当たり前だ。

(どうして私の心は、こんなに弱いの)

いつも弱さがついてくる。

ついに『絶望』は、珠翠のところへやってきて、ちぎってもくりもくりと食べている。珠翠はされるがまま。少しずつ、自分が小さくなっていく。一人になっても、必死に守ってきた自分自身が、今度こそ消えてゆく。全部食べられれば、『珠翠』に終わりがくる。体が生きているだけの抜け殻になって、ずっとここで、『絶望』と並んでボンヤリしつづけるのだ。

珠翠はそれを、涙を流して感じていることしかできなかった。

洗脳されても、牢に繋がれても、抗える。この暗く寒い場所で幾千の悪夢に絶えず千々に引き裂かれようと、そのたびツギハギしてきた。

でも、今、珠翠をとらえ、食べているのは、他でもない、……彼女自身の絶望だった。

『憐れな珠翠。ここから逃げて逃げて怯えながら守っていた小さな「珠翠」も、結局、お前以外には誰も必要とはしなかったのだ。人形に戻るがいい。そうすれば楽になれる。何も感じずにすむ。無力さも、絶望も、悲しみも、孤独も、——たとえようもない寂しさも』

珠翠の最後の欠片に、ひょいと『絶望』が触れた。

『絶望』は霜のようで、珠翠を底冷えさせた。ソッともちあげられる。底なしの冷気が吹きつけてくる。いつのまにか珠翠はそれっぽっちになっていたのだった。

縹家を逃げ出してから、一生懸命巻いてきた自分の螺子。頑張って一人でも巻いてきた。邵可様や奥様や秀麗様や王が、時々螺子を巻くのを手伝ってくれた。

けれど、もう——。

カチン——と、螺子が、終わる。

『あなたのためにいつだってここにいるのに』

……どこかから、あたたかな南風が吹いて珠翠を撫でていった。

凍るような寒さに楸瑛は身震いして目を開けた。しばらくの間、自分がどうして気絶していたのか、思い出せなかった。妙に饐えた臭いがする……。

* * *

「……？」

暗かったが、深淵の闇、というわけではなかった。うっすらとだが、どこかに光源があるらしい。しばらく慣らせば、夜目の利く楸瑛にはさして不自由しない程度の薄闇だった。何となく薄青く色づいているようで夜明け前の暗さを思わせた。

目を慣らす間に、素早く自分の無事を確認する。怪我はなし。謎の美人に傘を手渡され、どこかに突き落とされたことも思い出した。

「……絶対、井戸も穴も、なかったんだけど……どんな『近道』だったんだ……」

何気なく〝干将〟に触れ、驚く。ほんのり温かく、薄闇の中で、ごく微弱だが、あわあわと光を放っている。明らかにあの巫女に会うまでとは、様子が違っている。今までは眠っていたのが少しだけ目を醒ました、というような。

『あの娘を、もう、楽にしてあげて……』

その一振りだけ、お起きと、巫女は〝干将〟に声をかけた。

楸瑛の眉が、ぎゅっと寄った。

楽にする？

「……ふざけるな。そんなことのために、私はきたわけじゃない」

楸瑛の胸元には珠翠の扇がある。

百花妍を競う女官の中でも、珠翠は抜きんでていた。何の不足もないはずなのに、彼女だけは、なんにももたずにそこにいるかのようだった。

初めて会った時、彼女の室を見た。今でも思い出せる。最低限の調度しかなく、私的な贅沢品など何もなかった。ささやかな一輪挿しには、白い椿が一枝きり。その椿も、きっと彼女が手ずから切って活けたのだろうと思ったものだった。

つつましいというより、その一輪さえ自分には申し訳ないと感じているかのようだった。

何につけ彼女はどこか、そんなところがあった。翳りの理由は楸瑛にはわからず、……だから、気になったのかもしれない。

いつでも空っぽな室をあとにして、空蟬のように、ふっとかき消えてしまう気がした。国試の後に再会してもそれは変わらず、気になって注意していると、彼女は時折後宮をふらりと抜けだした。真夜中、身一つで闇に紛れ出たこともあれば、突然辞表を書いていることもあった。海棠の花の前で短刀に目をさ迷わせていた時は、慌ててとりあげた。

いつも遠くを見ている。その憂いは、恋のことではないのだと、いつしか察した。いたいけれど、ここは本当は私のいていい場所ではない――そんな風に見えた。それでいて行きたい場所も、いていい場所も見つからなくて、だから後宮にポツリといる。彼女の室の一枝の白椿そのものだった。豪華な室の片隅に、遠慮がちにそっと佇む。

秀麗が貴妃としてやってきた数か月間だけは、見違えるように幸福そうだった。秀麗が去っても、王の筆頭女官として、前よりは居心地よさそうにし、明るい顔も増えていたのに。

あなたは幸せに育ったのね。初めて会った時、珠翠はそう言った。私は何ももっていなかったから、と。

『幸せが、怖いの。幸せになっていいと、言われたことがなかったから。今も怖いわ。誰かを好きになるなんていう幸せが、「私」に許されるのかしら……？　もし夢なら、醒めたとき、きっともう私は生きていけない』

恋の悩み以外幸せに育った楸瑛には、サッパリ理解できなかった。

でも、今ならこう聞こえる。

……幸せになりたい、と。

切なさに楸瑛の胸がしめつけられる。

気丈に見えて、本当は脆いのも、一人があまり好きでないのも、知っている。秀麗は感情的に見えてかなり理性的だけれど、珠翠は逆で、危なっかしい。不安げにうしろを振り返り振り返り、またおずおずと前を向く。年上なのに、楸瑛には時々年下に見えた。

どうせ邵可様でなくて、ガッカリされるのだろう。別に、いい。今さら傷つかない。

「遅くなって、すみません。迎えにきましたよ、珠翠殿。……帰りましょう」

どこへ帰るの、とあの何とも言えない目で訊かれたら。答えは用意してある。

胸もとの扇が震えを帯びている気がしてとりだすと、パリ、パリリ、と火花のようなものが薄闇に散る。

『前の殿方は「愛」と「根性」しかもってこなかったの。それに比べて愛、藍家の加護、私を信じる楽天的な勇敢さ、〝干将〟に〝莫邪〟のお友達つき』

楸瑛は扇を胸にしまいなおした。

視界がききはじめる。洞窟のようだった。饐えた臭気はするものの、空気は澱んではなく、風も時々通っている。耳を澄ませば、微かな水音と、雨だれのような音がする。奥からは異様に冷たい風が吹いてくる。もしかしたら、鍾乳洞と繋がっているのかもしれない。

少し離れたところになんだか見覚えのある紅傘が一本転がっている。傘を拾いに行く途中、岩陰に一体の人骨が無造作に座りこんでいた。疲れて眠りこんだまま死んでしまったような格好だ。少なくとも野垂れ死にするような場所にいるということだ。

（……しかし鍾乳洞と繋がってるにしては、そこまで寒くないな……？）

吐く息は白く凍えるのに、思ったほど体は冷えていない。不思議に思いつつ紅傘を拾い上げると、ふわりと、温かい風が楸瑛を包みこんだ。

楸瑛はその風をよく知っていた。夏の訪れを告げる、藍州の白南風。

『運んできた南のあったかい〝外〟の風で、……助けてあげてね』

パリ、パリリと、胸もとの扇が微弱に帯電を続けている。どういうわけか、方向がわかる。

鍾乳洞に入って地図なしで進むのは自殺行為だったが、構わず楸瑛は歩き始めた。己の心に従って。

腰の〝干将〟が温かくなる。楸瑛は、そっちは無視した。

『あの娘を、もう、楽にしてあげて』

迎えにきたのは、巫女姫のいうように、終わりにするためじゃない。珠翠を引きずってでも、……たとえ、どんな状態でも、必ず連れ帰る。

そのために楸瑛はきたのだから。


瑠花は高御座でしばし休息をとっていた。その浅い眠りから目を覚ます。立香は瑠花の憩いの妨げをすまいと思ったものか、珍しく傍にいない。ちょうどいいかもしれぬ。立香はこのごろ、瑠花が離魂をすることを嫌がる。

時の牢では、そろそろ『珠翠』が完全に消滅するか否かの頃合いだった。珠翠が時の牢に貪り尽くされたなら、当座の肉体として早めに乗り移りたかった。それでなくとも時の牢は死人の多さからよくないものがうようよしている。縹家の女の抜け殻など、妖が群がる絶好の獲物だ。

闖入者もまたそこへ向かっているようだった。

「……さても、ようやく網に引っかかりおったわ。まさか珠翠のところに行くとはの……」

瑠花は呼吸を整えるつもりで、溜息をついていた。倦んだ溜息だった。目を閉じる。以前は水を飲むようにできた離魂が、集中しないとできなくなっていた。

ややあって、体を脱ぎ捨て、少女姫の姿となって時の牢へ魂翔けた。

＊　＊　＊

蝗害の資料を漁っていた秀麗は、つい嘆息した。三人で手分けしてすでに相当の分量の資料に目を通したものの、今のところ目新しいものはない。

（……そりゃそうよね……さがしはじめて数刻で見つかるようなら、苦労しないわよね）

ないならないことを確かめようとリオウに言ったけれど、いざ資料に当たればやっぱり期待してしまう。ふと、秀麗は書棚の奥に、薄っぺらく古ぼけた冊子を見つけた。埃をはたくと、女性らしい文字で『鹿毛島の不思議な飛蝗』と書いてある。秀麗は迅に訊いてみた。

「……迅さん、鹿毛島って、知ってます？」

「鹿毛島？　紅州のすぐ東にある無人島だ。小さいし何もない場所だ。近くの村人が気晴らしに釣りに行って帰ってくる程度の小島だ」

「よく知ってますね」

「昔、蛍が地図で発見して『鹿毛の野生馬がいっぱいいる島なのよ！　鹿毛島だもん！』って興奮しまくって、絶対馬を見に行くってきかないから、どんな島か調べたことがある」

「なるほど……」

なんで無人島の飛蝗のことなど記したのか、この冊子を書いた人は。秀麗は訝しんだ。

飛蝗が大量発生しても無人島ならば誰にも被害はないのでは。

（それに不思議なバッタって……？）

一息入れるつもりでパラパラ読んでみた。

秀麗の目が皿のようになった。首を捻り、顔を上げた。

「迅さん……リオウ君……これ――ちょっと読んでみて」

迅は秀麗と同じく、首を捻った。

「……うーん、副題をつけるなら『鹿毛島の飛蝗・謎の大量死』だよな……」

迅はカビ臭い冊子を注意深くめくった。

「記述を読むと小さな蝗害が起こったみたいだな。大量のバッタの発生に、黒と黄色の変色バッタ。たまたま鹿毛島に釣りに行ったヤツが、この変事に気づいて書き残した……と」

「『ひとしきり長雨や濃霧の日がつづいたので、鹿毛島で釣りをするのは数日ぶりだった。釣りに行ってみたら、見たことのない奇妙な光景が広がっていた。そこら中で黒い、変なバッタが死んでいる。それも異常な量の死骸だ。辺り一面埋め尽くしている。しかも死に方が、なんとも妙ちきりんなのだ。島にはススキが野放図に生えているのだが、黒と黄色の変なバッタどもは、みんなススキのてっぺんに留まって上を向いてカラカラに干からびて死んでいる……一本のススキに変なバッタが鈴なりになって風に揺られている。どこもかしこも。コワい』そりゃ怖いわ……」

なぜかスキによじのぼっててっぺんで上を向いて死んでいる大量のバッタ。

……想像するだに不気味だ。

「まさに変死だな。変すぎて呪いみたいだぞ……。『他の植物や小さな虫には何ら異変はないようだ』か……。これが確かなら、蝗害バッタだけが数日の内に大量死してる。特徴的な死に方をみると、群れが大きくなりすぎて自滅でもないし、他の動植物が無事なら毒性の泉が湧いたとかでもないとは思うが……」

「……蝗害バッタだけが死んでるのが、気になりませんか」

「……言いたいことはわかる。でもなあ、これだけじゃ、原因もわからんぞ。このときの自然の要因が何個か重なって偶発的にバッタだけになんか起こったのかもしれない」

「そうなんですけど。うーん、なんかこれ、何かを思い出させるっていうか」

真っ青な顔で食い入るように冊子を読んでいたリオウが、呟いた。

「……疫病だ」

「え？」

「流行病だ。──多分、バッタだけがかかる」

迅と秀麗の顔つきが一変した。

「リオウ君……ってことは、この蝗害バッタの変死の原因は病気ってこと？」

言いながら秀麗もひっかかりがとけた。『大量の変死』、集団で一斉に広がる、ある日突然起こる、というのが、茶州の疫病を思わせたのだ。虫だって病気になるはずだった。

「……多分、そうだ。バッタやイナゴだけがかかる病気があるって、漣……友達が、言ってたことがある」

石榮村へ行く前に『漣』は入念に疫病について調べていた。そのときに漣から聞かされたことだった。

「バッタだけがかかる病気……！」

それなら他の動植物には無害だ。

しかも、疫病は密度の高い集団ほど罹患率が高い。

蝗害のバッタはやがて自滅を引き起こすほど密集した群れだ。釣り人の記録からすると病は数日でバッタの群れを壊滅させるほどの致死率。

――もしそれを人為的に引き起こすことができたなら。

「リオウ、できるのか？」

「羽羽は……縹家の扉を開けと言った。社寺が研究している可能性はある。蝗害は数十年起こってないから、今、各社寺の蝗害対策がどれくらい進んでるのかはわからないけど――」

「それがわかるのは？」

「……〝外〟の社寺にじかに聞くしかない。そのためには伯母上が遮断してる〝通路〟を開かないとならない。結局は……伯母上の力が必要なんだ……」

迅も秀麗も黙りこんだ。どこでも瑠花の壁にぶつかる。秀麗はその場を行ったり来たりした。胸がモヤモヤした。

璃桜が言った、あの言葉。

『蝗害を何とかしたいのなら、……珠翠をさがすといい』

秀麗は足を止めた。

「……リオウ君、それ、必要なのは瑠花姫の力なの？」

「え？　そりゃ……伯母上じゃなくちゃ無理だ。大巫女でないと」

「それよ。必要なのは、瑠花姫でなく、大巫女の力、なんじゃないの？」

「ええ？」

「リオウ君、お父さん、言ったわよね。蝗害を何とかしたいのなら、珠翠をさがせって。それ、瑠花姫を説き伏せるためにそうしろということではなかったのかも。もしかして、瑠花姫にもう〝通路〟を開くだけの力がないかもしれない――って感じたんじゃないのかしら。だって、ものすごい力が必要なんでしょう？」

「……た、しかに、今の羽羽も、一つ開けるのが精一杯だった」

降るはずのない雪が降る。往年の力は、もう残っていないその証。

かつての羽羽なら、たやすく全門開放できたかもしれない。だが――そう、力は衰えるのだ。羽羽と同じく瑠花もまた。

「お父さんは『蝗害を何とかしたいなら珠翠をさがせ』って言った。つまりそれって――

珠翠なら、次の大巫女になりえる、少なくともそれだけの力が、あるってことじゃないのかしら。珠翠一人で、全ての〝通路〟を開ける可能性が」

〝通路〟が開けば、各社寺と連絡がとれる。かつ大巫女なら、蝗害に関してのあらゆる采配がふれる。瑠花を通すことなく。

「……いや、でも、珠翠にそれだけの力があるなんて、聞いたことがないぞ。最初なんて『無能』だったし、後で『異能』がでたけど、それだって『千里眼』一つって——」

「……確か、次の大巫女候補だった縹英姫も、『先見』の異能しかなくなかったか？」

秀麗とリオウは胡乱な眼差しで迅を見た。本当に、何から何までやたらくわしい。

「……つっこみませんけど、迅さんの言う通り私も茶州で『先見』の話しか聞かなかった気がする。リオウ君、大巫女って、どうやって決まるの？」

「そ、そりゃ、神力の強さで——」

リオウは混乱した。自分が『無能』なため、大巫女とか代替わりに関してはまるで無頓着できたのだ。伯母がああなので、大巫女というものはもとからあれくらいのものを持っているのだろうと単純に思っていた。

「あのねリオウ君、私、瑠花姫に『会いに行きます』って言ったんだけど、……あれ、言わされた気がするのよ。自分の元までこいって瑠花姫に言われたような気が、今ならする」

眠りつづけていた秀麗を目覚めさせ、体力と気力が回復した頃に『御史』に戻した。

朝廷から誰かが——チラリと迅を見る——瑠花を殺しにくるかもしれず、それを阻む一つの駒として秀麗を使うとしても、瑠花の居所を教えなければ意味がない。瑠花なら知っていた場所がわからなければ、珠翠の『千里眼』を頼るしかないことを、瑠花なら知っていたはずだ。そう、珠翠がいなくてはいけない。

なら、瑠花が秀麗にさせたかったのは——珠翠を、自分の元にまで連れてこい、ということだったのではないだろうか。

「伯母上が珠翠を助けろって？　そんなはずはないだろ。牢に入れたのは、伯母上だぞ？」

「助けろっていうのとは、ちょっと違うかもしれない。うーん……なんて言えばいいのかしら……そう、出てくるのを待ってる、そんな感じがする。これるなら、こい、出てこれるなら、出てこい。出てきたときのために、私たちを動かした、って気がする。どうしたって私たちは珠翠の力がないと、瑠花姫のところに行けないんだから」

ひどくあやふやなことを、秀麗は言葉にしようとした。

「……私、瑠花姫はものすごく頭のいい人だと思う。今の私も、多分動かされてる。ならもしかして、珠翠を『時の牢』に入れっぱなしにしたのは、私たちの思っている以上の何かがあるのかもしれない。それを瑠花姫がやってるってことは——多分、縹家にとって大事なことなんじゃないかしら」

「ええ、そのとおりです」

と、誰かが答える。いつからいたのか、古風な装束の巫女が一人、書庫の中に佇んでいた。たたんだ紅い傘と、二胡を、胸に抱いて。

迅の〝莫邪〟がりんと、一つ鳴った。

＊　＊　＊

一番近道、というのが本当かは疑わしかったが、紅い傘は早速役に立った。

「……洞窟の中でも、雨って降るんだな……」

鍾乳洞に入ってすぐ、楸瑛は素直に紅い傘をさすことにした。何せ、石灰岩の岩肌からは水がひっきりなしに流れ落ちて、足許は常に水浸し。頭上からもしとしと氷粒のように冷えた水滴が降ってくる。傘がなければ早々にずぶ濡れで凍死していたろう。大量のコウモリがバサバサ暗中を飛びまわるのは、幻想的というか妖怪屋敷みたいだったが、コウモリの棲み家に不法侵入しているのは楸瑛のほうなので、文句は言えない。

洞窟には人の手が加えられているようでいくらか道らしきものがあったが、鍾乳洞に入ってからは道なんてものは何もなかった。楸瑛は己の『何となくこっち』に忠実に従って、ひたすら進んだ。行く手に石筍の針山がそびえていても迂回などせず（羽林軍のしごきに比べればマシである）、どんづまりでも岩肌の上方に通れそうな隙間があれば、岩をよじのぼり体をねじこんだ。そうこうするうちに、傘があっても結局濡れそぼつことになった。

「そりゃ水も滴るいい男っていうけどさ……それは小雨で髪がイイカンジにしめる程度だから男の色気が出るんであって、この濡れネズミ姿はなんか静蘭のイジメにあった後みたいだよね……」

ぶつぶついいながら奥に進むにつれて、古い人骨や、水流でばらけたらしい骸のなれの果てが転がっていることが多くなった。屍蠟になっているものも多く、何体か眺めて通り過ぎたのち、楸瑛は蠟燭用に少々分けてもらうことにした。ので、途中から松明ができた。つまりは楸瑛は基本的に武官なのだ。優秀な。

（こんな有様じゃ鍾乳洞に入ってから〝干将〟がずっと鳴ってるのも当たり前だな……）

骸だらけの鍾乳洞で幽霊がいない方が変だ。

楸瑛自身、なぜか心臓が早鐘を打ちつづけているし、産毛が逆立つ。松明の火で明るくなるどころか、いっそう暗闇が寄りついてくる。奥へ行けば行くほど、闇が濃くなる。ほの白い鍾乳石が松明の火影で不気味にのびちぢみする。幾度もあちこちの暗がりから得体の知れないものが這いずり寄ってくる気配を感じた。〝干将〟があるせいか、一定以上に近寄られることはなく、それに関しては心底破魔の剣に感謝した。凍りつくような冷気にもかかわらず、楸瑛はびっしょり汗をかき、緊張していた。

ふきでる汗をぬぐった時だった。

妖の気配が、波のひくようにいっせいに後退した。

「藍家直系とはいえ、只人のくせに、この短時間で百間回廊まできおったとはの……」

楸瑛は剣の柄に手をかけて、声の方を向いた。

漆黒の髪と血の如き唇、雪の肌。美しい少女姫の姿が、宙にぼうと浮かんでいた。楸瑛にとっては初めて見る姿だった。九彩江では珠翠の体を使っていたから。

「……縹瑠花、殿ですね。わざわざ珠翠殿のところへご案内して頂けるんでしょうか？」

せせら嗤うかと思ったが、瑠花は強張った顔で紅傘を凝視し、次いで楸瑛に目をくれた。

まるで、思い出したくもない昔を思い出したといった顔だった。

「誰ぞ生きた人間の気配がすると思えば……。まさかと、つい寄り道をしてしもうたわ。〝干将〟ももっておるか……。そうじゃの、気が変わった。そなたのいう通り、案内してやってもよい」

楸瑛は眉を跳ね上げた。

「……理由は？　閉じこめたのはあなたなのに、助けに行く私を案内するなど変でしょう」

「道理じゃな。じゃがもともと時の牢は特殊な牢での。出て行ける者は出て行って構わぬ、そうでなければ死ぬ。そういう牢じゃ。そなたが見てきた死骸の数々は、脱獄できなかった者どものなれの果てじゃ。いうておくが、まだここは時の牢ではないぞ」

「えっ嘘!?　違うの!?　近道ってきいたのに!!」

瑠花は苦虫を噛みつぶしたような顔になる。まるで、誰に聞いたと問いたいが、それもはばかりを覚える、とでもいうふうに。

「……まあ嘘ではないの。只人のそなたが時の牢にたどりつける唯一の経路がここじゃ。一番厄介で長い迷宮じゃが、抜ければ時の牢へ出る。時の牢にいるのはこんなちゃちな霊どもではない。ま、珠翠のところへたどりつく前に、そなたなどとっくに気が触れてしまうであろうがな」

冷ややかに笑う瑠花を、楸瑛は睨みつけた。すべての女人には優しく、が信条だが、惚れた女（本命）の命がかかってる場合は話は別だ。瑠花は珠翠を次の肉体にするつもりかもしれないと、璃桜は言っていた。

楸瑛の気持ちなど瑠花にはお見通しらしかった。

「ふふ、そうじゃの、珠翠が『カラッポ』になったら、わたくしが有意義に使って進ぜるつもりじゃ。じゃが、首を落とされたらそうはいかぬ。手短に言う。張っておった網に魚が引っかかっての。珠翠の首を落として始末しようと、時の牢へ向かう輩がおる」

「——珠翠殿の首を落とす⁉」

「わたくしは離魂しておるゆえ、物理的な力はない。どうしようかと思うておったが、そなたなら珠翠の首を守ることができよう。だから案内してもよいと言うた。さて、どうする？」

楸瑛は剣の柄に手をかけたままでいた。

「……網に引っかかった、ということは、珠翠殿を囮にしましたね」

「……さてな。ふふ。撒き餌に使っておるのは珠翠だけではないゆえ、怒るな。のう？」

暗に、秀麗たちもちゃんと利用していると言ったも同然だ。全然嬉しくない。

「『物理的な力はない』まま、珠翠殿のところへ向かっているということは、珠翠殿を守る気で行くわけじゃないってことでは？」

「うむ」

「……なのに、珠翠殿の『体』を使うつもりはあるって、堂々と言いましたね」

「言うたな。貴重なのでな。今は特に。保護できるならそれが望ましい」

「パンダじゃないんですよ！　寄り道して、私とぶら下げてる〝干将〟見つけて、きたけりゃ案内するっていうのは、私に珠翠殿を守らせて、あわよくば体をのっとろうって肚でしょう」

「だからなんじゃ。きたくなければよい。珠翠の首がころりと落ちるだけじゃ」

楸瑛はうなった。魂胆が見え透いていても、楸瑛が乗るしかないところまで計算に入れてる。が、瑠花の厳しい顔に余裕は一片もない。

降るはずのない雪が降る。瑠花の力が衰えているという、今。

しなくてはいけないことがあるから、力を割いてここへきている。それは彼女自身が認めた通り楸瑛や珠翠に関することではないはずだった。

（……リオウ君は、縹家の内部で何かが起きてる、といったな……）

縹家当主は、縹家を引っかき回している輩がいる、とも。大事が起こっているのだ。なら、確実に楸瑛を珠翠のところへ案内してくれる。

「――行きます。私は珠翠殿を迎えにきたんですから」

瑠花は顔を背け、ぽつりと呟いた。

「……ふん。男は勝手じゃ。ここで廃人になったほうが、いっそ幸せかもしれぬとも考えぬ。……まあよい。では案内をする。この百間回廊を抜けて、玉音の滝を――」

瑠花は急に言葉を切った。

「……まずい、思いの外、早い。時の牢に、もうたどりつきおった。仕方ない……直接飛ぶ。その紅傘、使わせてもらうぞ」

「へ？　飛ぶ？　使う？」

「節約せねばならぬのでな。若い頃は湯水のように力を使ってこのザマじゃ。羽羽のようにつつましゅうすればよかったわ。藍家の〝風〟とは都合がいい。……うむ、ギリギリ間に合うな」

……なんだか、家計簿をやりくりする秀麗をみているようだと楸瑛は思った。

瑠花が楸瑛のそばに近づき、紅傘に触れた。

敬意を表するように、けぶるが如き睫毛を伏せる。

藍州のあたたかな白南風が、極寒の鍾乳洞を吹きぬける。

両足が浮き上がりそうな強い風だった。だしぬけに、楸瑛は気づいた。

瑠花がきてから、妖や霊の気配は、遠ざかったまま一度も近寄らなかった。

……瑠花に関しては、言いたいことも文句をつけたいことも、たくさんある。

けれど、その大いなる力でこの地を守ってきた。

いなくなればどうなるか、もしかしたら彼女こそが誰より知っていて、だからこそ、逃げられなかったのかもしれない。どんなに歪な形をとってでも、何を犠牲にしても。

ならば彼女こそが、まごうかたなき縹家の大巫女だった。

＊　＊　＊

楸瑛は水中を浮遊しているみたいに、上下も足もとも定かでないまま時々きりもみする。真っ暗だった。水流か、風のうなり声なのか、耳もとでゴーッと響いたり、やんだりを繰り返す。

闇のどこかから、しゃくりあげるような小さな啜り泣きがする。

ふりしぼるような、それでいてひそかな泣き声だった。

楸瑛は、その声を知っていた。よるべもなく、振り返り振り返りたどたどしく懸命に歩いてきたけれど、もう、だめだと思ってる。

絶え入りそうな嗚咽に矢も楯もたまらなくなった。

待ってくれ。もう少しだけ。

もう少しで行けるから。

「――珠翠殿！」

初めて、名を呼んだ。そのことに後悔した。名前を呼びながらくればよかった。

声が、闇の彼方に吸いこまれて、尽きる。楸瑛の叫び声も、珠翠の微かなすすり泣きも。

長いのか、短いのか、わからないような空白ののち、楸瑛はどこかに放り出され、落下した。腰の〝干将〟がひときわ大きく震えた。楸瑛にもわかるくらい、どろりとした嫌な闇だった。鍾乳洞と、そこに満ちる闇の種類は全然違っていた。投げ出された瞬間、とぷんと音がしたかと思った。全身の毛穴から闇がもぐりこんで侵蝕してくる。視界がきかずとも不気味なものの巣にいると知れた。胸が悪くなるほどの悪寒で身震いした。眩暈と耳鳴りが激しく襲い、全身から汗が噴き出た。

こんな、ところに。ずっと、一人で――。

何とか、立ちあがった。暗闇と思っていたが、そうではなかった。楸瑛はひろびろとした空間にいた。天蓋がはるかに高く、ヒカリゴケの類に覆われているのか、奇妙に美しい薄青い光に染めあげられている。光の届かぬ足もとは闇の海に浸かっている。不思議な光の中で、折れた花のように珠翠が倒れ伏していた。そばに背の高い男の姿がある。長身の男は珠翠を見下ろし、優美な所作で剣を珠翠に振り下ろそうとしていた。

走って十歩の距離。

楸瑛は一気に縮めた。

腰の〝干将〟が熱を帯びる。楸瑛は無視した。一度でも抜いたら、とりかえしがつかない、そんな気がした。馴染んだ〝花菖蒲〟の剣を抜きはなち、男の剣を寸前で阻み、はじき返した。

男は、眉を顰めた。割って入ってきた闖入者に驚くというより、遊びを邪魔されて不機嫌になるような反応だった。

楸瑛は間髪をいれず二撃三撃とたたみかけ、またたくまに珠翠から男を引き離した。楸瑛の剣をことごとく受けとめたのは見事だったが、楸瑛の方が上手だ。それを男も察したようだった。ますます不機嫌な顔をし、楸瑛から距離をとった。

楸瑛は、ようやく男の顔をまともに見た。〝暗殺傀儡〟のような兇手ではないようだった。楸瑛とさしてかわらぬ年の頃。猫のような目、ゆるく波打つ長い髪、優雅で美しい顔立ちだったが、どこか頽廃的な、気怠い空気をまとっている。

見知らぬ男だった。が、顔立ちの似ている誰かを、知っている気もした。

「――よい腕じゃ。藍楸瑛。見事。褒めてつかわす」

瑠花が楸瑛のそばにいた。瑠花は男を見据え、紅い唇をゆるめた。凄絶な笑みだった。怒りでここまであでやかに微笑めるのかと思うほど。

「……くると思っておったが、ここで珠翠を狙うか。よくよく念の入った策士じゃ。藍楸瑛、ただちにあやつの首を落とせ。それで面倒事の半分は片がつく」

「は⁉」

男の表情が不意に変化した。それまでは、不機嫌さにせよ漠然としたもので、顔の上を漂っているようだった。が、猫のような目を細め、にっこりと、笑ったのだ。

「ひどいことをいうね。藍楸瑛相手じゃ、勝ち目はない。残念。帰ることにするよ」

初めてその男がしゃべった。

男は踵を返し、青い闇にとけるように消えていった。何かの術で実際に消え失せたのか、それともそこらへんに道があるのか、楸瑛には判別がつかない。

忌々しそうに瑠花が舌打ちした。

「……仕方あるまい。あやつを確認できただけでよしとしよう。これで……見当はついた」

楸瑛は意味を問うことも、あの男の名を訊くこともしなかった。どうせ教えてはくれまい。

「……連れてきてくださったことには、お礼を申し上げます。……で？」

楸瑛は瑠花に向き直った。珠翠を背後に庇う形で。

瑠花は、珠翠へ目をやった。瑠花の感情はたくしこまれ、楸瑛には読みとれない。ややあって、瑠花が言った。

「……わたくしも、余分な力を使いすぎた。時間切れじゃ。……藍楸瑛、一つ忠告をしておこう。珠翠を連れ歩こうと思わぬことじゃ。なるべく早く〝干将〟で殺してやれ」

「な――」

「その状態になった珠翠には、遅かれ早かれよくないものが取り憑く。縹家の女は器に最適じゃ。死人にしか憑けぬものらも、生きながら降ろせる。そうなれば手当たり次第に人間を殺して、食ってしまったりする。飢えと渇きは増すのみで、もはや癒えはせぬ。……楽にしてやるのじゃな」

そうして瑠花は消えた。

あとには恐ろしいほどの静けさが虚ろに反響するばかり。薄青い光が呼吸するみたいに時たまあちらこちらで点滅した。

楸瑛は珠翠を振り返った。

折れた一輪の花のように横たわる珠翠を、腕に抱き起こせば、細い腕がくたりと落ちた。鼓動もある。体温も低いけれど、ちゃんとある。楸瑛は珠翠の、ひんやりとした頰に手を添えた。優しく揺すぶった。彼女の長い髪が楸瑛の腕にまつわりつく。

「……珠翠殿……迎えに来ました。起きて下さい」

胸に抱き寄せて囁くと、ぱちり、と珠翠の目が開いた。

ぱちり、ぱちりと、ひどくゆっくりまばたく。

楸瑛の胸がつぶれた。

あの、憂いのたゆたう眼差しでは、もうなかった。

そこにうつるものはもはや何もなく、身体は残っているのに、心だけが、なかった。

「珠翠殿……」

楸瑛は珠翠の髪に顔を埋め、顔をくしゃくしゃにした。

折れた花のような体を強く抱けば、涙があふれた。

間に合わなかった。いつも、自分は。

「一緒に帰りましょう、珠翠殿。……そしたら、ずっと、ずっと一緒にいます」

そのとき、珠翠の瞳孔が蛇のような縦長に変化し、紅く光った。その目がせわしなく動き回り、楸瑛をとらえる。それらは楸瑛の肩口でひそかに起こった。

突如人間のものでないような叫びを発して、珠翠が楸瑛を振り払った。その際に〝花菖蒲〟の剣を抜きとられた。

姿は珠翠でも、目も顔つきも、軟体動物めいた奇妙な動きも、異形だった。

楸瑛はさっきの瑠花の言葉を思い出した。――よくないものが取り憑く。

楸瑛の腰で〝干将〟がまるで抜かれるのを待っているようにいよいよ熱を帯びる。破魔の剣。それは直感だった。〝干将〟を抜いたら最後、ひとりでに珠翠を殺しに行く。

珠翠が人ならぬ身のこなしで楸瑛に斬りかかってくる。体のほうが勝手に反応した。とっさに珠翠の攻撃を防いだ。つづいて力まかせに地面に倒される。

珠翠がのしかかる。まばたいた反射でか、珠翠の目から涙が落ちた。

楸瑛は、避けるのも、組み伏せるのも、やめた。

白刃が振りおろされた。

脳裏に、劉輝の顔が過ぎった。

（すみません主上――）

それでも、これだけは。

剣が突きささった。

切っ先は楸瑛の肩口の、地面をえぐっていた。

珠翠はそのままの格好で、微動だにしなかった。長い髪が流れ、楸瑛の胸にやわらかく落ちかかる。楸瑛はその髪を一房指にからめ、そっとひいた。

「……珠翠殿？」

珠翠が身じろいだ。

はらはらと涙を流しながら、珠翠は楸瑛を見返した。

「……うして、避けなかったの……」

彼女の目は蛇めいた瞳孔ではなくなっていた。あのどこか寂しい翳のある、何とも言えない濡れた瞳。楸瑛がいつのまにか追っていた目だ。

どう、答えようか迷って。

楸瑛は、色男の名が泣くような、間の抜けた――でも、正真正銘真実をいった。

「……泣いている女性には、殺されても無条件降伏なのが、私の譲れない信条なので」

珠翠は〝花菖蒲〟の柄から、手を離した。

楸瑛の頰で、ぺちん、と小さな音がした。叩かれはしたが、ずいぶん優しい叩き方だった。

「……あとで、改めてひっぱたくわ……　〝花〟の自覚がありません……主上がまた泣いてしまうじゃない……。……あの、あのね……訊いても……いいかしら」

楸瑛は両手で珠翠を引き寄せた。珠翠は抵抗しなかった。しどけなく楸瑛に身を預けて、悩ましい吐息をほっとつく。これはいけると思った。弱っている時こそつけこまないでどうする。

楸瑛はとっておきの声で、勝ちをとりにいった。

「……ええ、なんでも。なんでしょう？」

「…………食べるものと水……あるかしら？」

ぐ〜と、珠翠の腹が鳴った。

＊　＊　＊

最後の一欠片に、『絶望』がひょいと手を伸ばした時。

あたたかい風が、珠翠を包みこんだ。

『あなたのためにいつだってここにいるのに』

……誰？　そんな言葉を……誰か私に言ってくれたことがあっただろうか。

南風に乗って、懐かしい香りが鼻腔をくすぐる。白檀の香り。珠翠が好きな香り。

誰かが、珠翠を呼ぶ。

『迎えにきましたよ、珠翠殿』

珠翠が今まさに捨てようとしていた名を。

（……迎えに、きた？）

……私を？

『遅くなって、すみません。……帰りましょう』

珠翠の胸が震える。ふれあって起きる静電気のような痺れで。

その声が、誰のものか、気がついて。

――珠翠のぼやけた頭が覚醒した。

（ちょ、ちょっ、藍楸瑛!? えぇ嘘でしょう!? なんでここに!? どうしていつでもどこでもワラワラわいて出てくるのあのボウフラ男！ 縹家までどうやってきたのよ!?）

長年、後宮戦線にて干戈をまじえてきた珠翠にとって、藍楸瑛の名は弱っていた気持ちに活を入れるのに充分すぎた。あの男が現れて、珠翠が一息つけたためしがない。毎度ろくでもないことが起こるのだ。考えて私。

質問――えー今、今はいつでどこで、何してたのだったかしら私!?

答え――時の牢で、死にかけ。感覚的にはもう三百年くらいたっている気分。

間。

（……ちょっと、待って。待ちなさいあのバカ近衛将軍……。いやー！ 縹一族でもない一般人が、『時の牢』に入ってくるつもり!? 私だってこんなんなのに、何考えてるのあの男はー！ でもそんなバカげたことをやりかねないのがあの男だわ。あ、でも大丈夫よ、『無能』じゃこの最下層までくる方法はないはずだし。……でも、救出と脱出用の経路があったかしら……？ ……大鍾乳洞なら………）

『絶望』が煙のように消失したことに、珠翠は気づかない。

（……ちょっ……『地図』……ないわよね……百年くらい閉鎖してたんだから、あっても百年前の『地図』なんて役に立つわけないわ。鍾乳洞なんて水で地形コロコロかわりまくるし。何、両手ブラリ戦法⁉　あの人本当に将軍なの⁉　頭がいいのかバカなのか全然わからないわー！）

案内人もなく、徒手空拳で自然の大迷宮を大冒険。

自殺志願者かバカしかいない。

珠翠は自分の中に固く封印された異能をさぐった。瑠花によって封じられて、今までそのありかが皆目見当もつかなかったのを、火事場の馬鹿力でさぐりあてる。『目』の『箱』には鍵がかかっていたが、鬼気迫っていた珠翠はお構いなしに力ずくでこじあけた。

『千里眼』を解放する。

八方千里へ視野を広げてすぐ、やたら鮮やかな紅が引っかかった。

（…………藍将軍！　ほ、本当にきてるわ……）

コウモリに不平をいいながら、信じ難い速度で鍾乳洞を抜けている。〃暗殺傀儡〃でもこうやすやすと進めまい。どんな難所も次々突破している。珠翠は今の今まで彼の力量を甘く見過ぎていた——とんでもなかった。珠翠が全力で向かっても、赤子の手を捻るように組み伏せられる身体能力だった。

楸瑛は今まで見たことのない真剣な顔をしていた。九彩江で王を真っ先に助けた時にも垣間見て、少し見直したのだけれど、今はそれ以上だった。

迷わず——なぜわかるのだろう——珠翠のいる方角へ向かってくる。まっすぐに。

『迎えにきましたよ、珠翠殿』

帰りましょう——。

そこで力尽きた。相変わらず珠翠は闇の海に沈んでいる。自分の激しい鼓動と息遣いだけが、珠翠がまだ生きていることを伝える。かろうじて。

鞭打って『千里眼』を使ったことで、もはや指一本動かす力もない。

見透かしたように、魔物どもが闇の海からぞろりと這い寄ってくる。

珠翠は笑おうとした。もう長い間笑っていなくて、頬が動かない。

（藍将軍……あなた、行きは速いけど、……帰りのこと全然考えてないでしょう……）

どのみち、ここから『無事に帰る』方法は一つしかない。楸瑛一人では帰れない。……それを承知でここへきたのだろうか？　……たぶん。

脇目もふらず、珠翠のところにくることしか、考えていない。

……そんなふうに、珠翠のために、一切合財を差しだしてくれる人は、いなかった。大事な人にはいつも世界で一番大事な人がいて、珠翠は一番になったことがなかったから。

『あなたのためにいつだってここにいるのに』

無数の魔物がぞろり、ぞろり、と珠翠を取り囲み、旨い餌にたかるように我先にと珠翠に群がった。魔物を祓うどころか寄せつけぬ力すらついに失せたようだった。珠翠の最後の一欠片くらい、ずんずん入って食ってしまえば呆気なく消えてしまうと、闇の中にうずくまって待ち構えていた魑魅魍魎が、次々入りこんでくる。珠翠の中が魔物でいっぱいになる。

あの『絶望』も、魔物だったのかもしれない、と珠翠は思った。

（……藍将軍が……無事にここから出られるとしたら……たった一つしかないわ……彼を殺せない……王が……泣いてしまうもの……）

もうずいぶん会ってない。寂しがり屋の王を思えば、少し涙が出た。こんなところで、〝花〟の一人を、珠翠のために死なせることはできない。

（藍将軍が私のためだけに縹家にくるはずがないわ……秀麗様が——縹家にきてる……）

……どこからか、懐かしい二胡が聞こえた。

＊　＊　＊

「……本当に……何で、ご飯ある、なんですか、珠翠殿……」

抱きしめさせてくれたのも、単に『お腹が減って力がでない』なんていう身も蓋もない理由だなんて知りたくなかった。楸瑛は片思いの側になってから、王のもって行き場のないなるせなさというものをやっと理解した。昔は面白がって笑っていて、本当に申し訳なかった。

すぐには動けそうもない珠翠のために、上衣を冷たい岩肌に敷いて、珠翠を座らせる。楸瑛の肩にもたれてくれるかと期待したが、そんなドキドキは何も起こらず、きちんと足をそろえて座られた。

「ごめんなさい。もう、本当に、疲れてて……。あ、干し飯……懐かしい」

一応武官なので、非常食を常備している楸瑛は、珠翠のためにそれらを出してやり、くる途中で竹筒に汲んでおいた水も差しだした。

珠翠はもくもくと、干し飯をかじり、嬉しそうな顔をした。栄養はあるが味も素っ気もない乾物ばかりで、味もまずいのに、美味しそうに少量ずつ食べる。

そんな一つ一つの仕草や、表情から、楸瑛は目を離すのが惜しかった。並んで座りながら、薄暗いのをいいことにチラチラ盗み見る。悲しいことに珠翠はたいがい楸瑛が近づくと逃げるか追い払うかのどちらかだったので、こうしてるだけでたまらない気持ちになる。

何かにかこつけて彼女にふれたいのをこらえながら指先がムズムズした。

こんな無粋な話はしたくなかったが、仕方ない。

「……珠翠殿、何があったんですか？」

珠翠はゆっくり竹筒の水を飲む。

「……言葉にするのは難しいのだけれど……。え、と……しいていえば、あなたがくるまで、ひたすらモグラ叩きのようなのをやってたかも……？」

「…………は？」

「私の住み処にのりこんでくるモグラどもを片っ端から殴って追っ払いつづけてたわ……。あなたには、悪いことをしたわね。蛇みたいなあれが最後の一匹だったの。ものすごくしぶとくて」

「？？？　えーと……」

話はさっぱりわからなかったが、楸瑛が鍾乳洞をコウモリと走っていたころ、きっと珠翠も変なモグラ軍団と死闘を演じていたのだろうと思った。

抱き起こした楸瑛はわかっている。あのとき珠翠は、幽明境を異にしようとしていた。生きながら帰らぬ旅を歩きはじめていた。どんな彼女でも、連れ帰って、一生面倒を見るつもりだった。けれど彼女は道をひき返してきてくれたのだ。それは珠翠の言うような、軽々しいものではないはずだった。

楸瑛は珠翠の手をとった。やせてほっそりした手は、簡単に楸瑛の手におさまった。心配しました、ともらす。

大事なことだけ、聞いた。

「……もう、大丈夫ですか」

珠翠はいつも振り払ってきた手を、見つめた。

いくつか、見えていた光景がある。

『……珠翠殿……迎えに来ました。起きて下さい』

珠翠に巣喰った魔物の残り一匹——あの蛇のような厄介な妖はなかなか祓えず、手こずっているうちにとうとう珠翠の体を奪って楸瑛に襲いかかった。

楸瑛が〝干将〟を抜けば、〝干将〟はたちまち妖を葬ったろう。珠翠もろとも。それで構わないと思っていた。だが、楸瑛は抜かなかった。それどころか戦意さえ捨てた。本当に彼を殺してしまうと思って、無我夢中で蛇の妖を退けた。どこにそんな力が残っていたのか自分でもわからない。

「ええ、もう、大丈夫。……でもね、なんで避けなかったのあなたは!! 私が間に合わなかったら、死ぬとこだったのよ。何が女の涙には全面降伏よ!!」

「間に合う？ えーと、それもありますけど、……決めてたので」

「何を！」

「あなたからもう逃げないと決めてきたんです。助けにきておいてあなたを殺すなんて、冗談じゃない。殺されかけたから当座変更で逃げるなんて、カッコ悪い」

珠翠は黙った。

もしかしたら楸瑛は、珠翠の『死んでもいい』という気持ちに気づいていたのだろうか。楸瑛を助けるためには、『いざというときは死んでもいい』という――それは縹家にいた時分からもっていた――諦念を残らず捨てるしかなかった。……もしかして、あの一番しつこかった蛇の妖はその気持ちを養土にする類の妖だったのかもしれない。

本人に全然自覚はないだろうけれど、結果的に楸瑛が二人一緒に救ったのかもしれない。心配したといってくれたことが、珠翠には嬉しかった。

珠翠はなんだかわからない気持ちで、楸瑛の頬をまたぺちりと打った。

「……えーと、今の小さな平手は？」

「そんな気分なの。でも、そうね、あなたがバカなことばかりしてくれるから、私もくよくよ落ちこんでいられなくて、死ぬ気で頑張ったら助かったのだから、……こうしていられるのは、やっぱりあなたのおかげかもしれないわ」

ふと、後宮の時を思い出した。なんだかあの頃も、珠翠が弱気になるたび、どういうわけか楸瑛がやってきた気がする。

「――それで、藍将軍、どうしてあなたが縹家にいるのか、教えてちょうだい。あなたがここで私に会うまでに起こったこと全部」

……珠翠は楸瑛の長い話に耳を傾けた。

「……わかったわ。『お母様』の居場所を知るために、私の『千里眼』が必要なのね」

「……珠翠殿、そのために助けたわけじゃありません」

楸瑛は睨んだ。

「わかってる。皮肉ではないわ。すぐに、帰りましょう。急がないと。私も、『お母様』に会いに行かなくては。一刻も早く。会って……今度こそ」

「すぐに帰るといっても……」

「大丈夫」

と珠翠は言った。薄青い岩の空洞に、軽やかでやわらかな風が巻き起こる。

楸瑛は唐突に気づいた。ここへきたときに充満していた、あの重苦しい嫌な空気が、いつのまにか一掃されている。その力は――。

「そういえば、伝えたかしら。迎えに来てくださって、ありがとう。でも、……あなたとはずっと一緒にいられないわ。私の帰る場所は――もう決まっているから……」

# 第五章　琴の琴の響く夜

九彩江の湖面を思わせる透明な音色が空気を切なく震わせる。

秀麗は〝静寂の間〟に戻り、二胡を奏でていた。書庫で会った巫女姿の娘が秀麗にたくした二胡だった。相当の年代物らしかったが、艶やかで、使いこまれ、惚れ惚れするような音をだした。

「……お嬢ちゃんに、こんなすごい特技があったとは……これ、珠翠たちの役に立つのか？」

「多分。李絳攸のときにもやったんだが、音は道しるべになる。囃子が聞こえればそっちに人がいるってわかるだろ。それと同じ」

二胡が響き始めてから、不安定にぐらつくようだった縹家の空気が、かなり持ち直しているように感じられた。

今も外の雪は降りつづけている。

「……なあ、リオウ。あの紅い傘の姉さん。……人間？」

「いや、幽霊。あの姿はうちのご先祖の高位巫女の誰かだと思う。うちじゃ珍しくないから。化け狐とかも普通に出入りするし、話すし、ご飯も勝手に食ってくし」

「自由だな……妖怪退治が仕事じゃないのか？」

「それは悪さをするやつ。人間に追われて逃げこんでくる妖も、縹家じゃ弱者だ。亡者は生者と違って嘘つかないから、あの女の言うことは、正しいんだと思う」

紅い傘の巫女は『時の牢』のもともとの役目を語ったのち、秀麗に二胡を手渡した。

『〝珠翠〟のために、どうぞ二胡を弾いてあげて。あなたの二胡なら充分ミチビキの音色になるでしょう。助けになるはず。……私にできるのは、ここまでだけれど』

寂しげに微笑み、生者のように優雅な足どりで去っていった。

すっと、誰かがリオウの傍にあった椅子に座った。

（……あんだけ人間らしくて、しかも二胡を『持てる』んだから、きっと生前は相当位の高い巫女だよな……もしかして、どこかの時代の大巫女だったのかな）

何気なく隣を見たリオウは目を疑った。椅子に頬杖をついて、くつろいだ様子で二胡を聴きはじめたのは父だった。

（ち、父上――!?　五十年も引きこもってたのに、出てきた……）

それにしても、椅子は他にもあるのに父が迷わずリオウの隣にきたことが、妙に面映ゆい。

縹家の当主は目をつむって、秀麗の二胡に耳を傾ける。昔、〝薔薇姫〟に二胡を手ほどきしたのは彼だった。

彼女が縹家を去ったとき、何もかも置いて逃げていったのだと思った。

二胡の音色は、もっていってくれたらしい。彼女の心を慰めるために璃桜が習い覚えた、二胡だけは。璃桜の胸が切なさで苦しくなる。

「父上」

息子の呼びかけに目を開ければ、リオウが前を向いたまま、緊張した顔で言った。

「……珠翠のことを、教えてくださって、ありがとうございました」

璃桜は答えることなく、再び二胡に聞き入る。胸の痛みは、やや小さくなっていた。


迅の〝莫邪〟が不意に鳴った。

冬の冷気に浸かったような〝静寂の間〟に、不思議にあたたかな南風が吹いた。風は渦を巻き、ほどけて外へと去ったあとに楸瑛と珠翠を残した。

「……お久しゅうございます、秀麗様」

秀麗は二胡を放り捨て、駆け寄った。

「珠翠!!」

泣きながら飛びついてきた秀麗に、珠翠は破顔した。

＊　　＊　　＊

縹家の当主は、秀麗が二胡をやめた時点で、とっとと帰ってしまった。不思議なことに二胡も、それきり見つからない。

珠翠は別の間で傷の手当てや湯浴みをしている。秀麗は前より寒さを感じない気がして半蔀を開けた。目を丸くした。あれほど降りこんでいた雪が、小雪になっている。

「雪が……かなりやんでる。それに、気温も少し戻ってるわ。これって――」

「本家に力のある術者や巫女が多いと天候の乱れが安定するっていうけど……」

劇的すぎる。

ちょうど珠翠が身支度を終えて〝静寂の間〟へ戻ってきた。リオウは目で珠翠に問いかけた。珠翠は頷いた。

「……時の牢を出たので、半分は、もうそうみたいですね」

「じゃあやっぱり『時の牢』は――」

「……ええ。もとはそのための場所だったみたいです。何百年も変な使い方をしたせいで、だいぶ歪んでしまっていましたけれど……」

珠翠はやつれていよいよほっそりした。花の儚さは変わらずとも、もろい、感じやすいところは消えていた。

当人は着慣れぬ顔だったものの、縹家の巫女装束があつらえたようである。体調は大丈夫だからと珠翠が言い張るので、秀麗はかいつまんで話をした。蝗害のこと、駆除の方法を外の社寺が知っているかもしれないこと、それを訊くには〝通路〟を開放してもらわねばならないこと……。珠翠は聞き終わった後、すぐに言った。

「ではまず駆除法があるかどうか、各社寺に確認することが先決ですね。秀麗様、私がいくつか〝通路〟を開きます。全部は無理ですが、……多分、数個なら何とかなります」

「……できるのか？」

リオウは驚いたように聞き返した。〝通路〟は平時、多くの術者や巫女が使う。それは鍵のかかってない扉を開けるようなもので、たいして力はいらない。だが今は、瑠花が頑丈に施錠している。羽羽でも一つこじ開けるのがやっとだった。

「ええ。……今ならできると思います。でも全部の〝通路〟を開けられるのは、大巫女だけですから、急ぎ瑠花様に会いに行かなくてはなりません」

秀麗は改まって、珠翠と向き直った。

「珠翠――それに関してなんだけれど、頼みがあるの」

「わかっております。瑠花様の居場所を――」

「違うの、『千里眼』で瑠花姫の居場所をみてほしいってだけじゃないの。できるなら、瑠花姫にかわって、今すぐあなたに大巫女の座についてほしいと思ってる。こっちの勝手な都合でしかないけど、珠翠が大巫女になれば蝗害についても、〝通路〟についても最後の決定権を瑠花姫にゆだねなくてすむ」

縹家では何をするにも、結局は『縹瑠花』にぶつかって止まる。瑠花がすんなり秀麗やリオウの頼みをのむこともないだろう。でも代替わりしたら話は変わる。大巫女としての瑠花の力が衰えていると聞いた時から、秀麗はそのことについて考えてきた。

「虫がいいってわかってる。断ってくれても構わない。でも、考えてみてほしい」

「……秀麗様……私も、瑠花様にもう一度会うつもりで、戻ってきました」

珠翠は自分の少し細くなった両腕を見下ろし、決然とした目でそう答えた。

言わなくても、もう、珠翠はその決意をしていることに、秀麗は気づいた。

重くて、でも耐えたら何かを変えることができる、その場所へ。

……だが、すっきりしなかった。珠翠ははっきりとどうするつもりか、言わなかった。

「……珠翠、リオウ君。大巫女って、どういうときに交代するの。隠居ってアリなの？」

リオウはぎくりとする。珠翠はポツリと、告げた。

「大巫女の代替わりは、……時の大巫女が死んだ時のみ、です」

秀麗は素早く珠翠の両の腕をとらえ、告げた。

「珠翠、私は時間がないのを言い訳にして、瑠花姫を変えるより、大巫女を代える方が早いと思ってああ言ったけど、あなたがそのために何かを負うのなら、やらないで。それくらいなら、私が何が何でも瑠花姫を説き伏せる。根気強く何度だって説得して、わかってもらう方を選ぶわ」

リオウは脇でその言葉を聞いていた。リオウも前に、伯母上を殺せば一番簡単ではないかと考えた。白状すれば今も、その思いは消えていない。それに対する秀麗の答えは、こうなのだ。きっとリオウが相手であったとしても。

「……秀麗様、お返事はできません。今回だけは、私の思う通りにやらせてください」

ややあって、秀麗は引きさがった。そうするほかなかった。それから、司馬迅がいないことに気がついた。楸瑛は次の間で仮眠をとっている。とりまぎれている間、迅を見た記憶がない……。

「……リオウ君、瑠花姫の居場所は、縹家の誰も知らないわけじゃないのよね。ごく近しい人は、知ってる。瑠花姫のお世話をする人は絶対いるわよね」

「え？　ああ。そりゃ……」

迅が縹家を周到に調べあげた上でここへきたのは間違いない。迅がとっくに――もしかしたら早い段階で、瑠花の居場所をつきとめていた可能性はある。ただ、今まで時を待っていいただけで。

「――珠翠、もう一つお願い。社寺への〝通路〟を開いたら、藍将軍を連れて向かってほしい場所があるわ。こっちは私とリオウ君でやる」

〝通路〟の間と呼ばれる室で、幾何学模様の光芒を描いて方陣が開き始めた。珠翠と楸瑛はすでに〝通路〟の間を去り、室にいるのは秀麗とリオウのみだ。

これは、仙洞令君と、監察御史の仕事だった。

リオウはあわあわと光る〝通路〟の方陣に踏み入り、低く伝えた。

「仙洞令君、縹璃桜です。大社寺系列の長に、お伺いしたいことがあります」

縹家の社寺のなかでも、この大社寺系が虫害についてもっとも研鑽をつんでいるはずだった。貧しい百姓の信仰を広く集めている社寺のため、農耕に関わる災難ではしばしば駆りだされている。僧らも研究熱心で、学術研究殿にも頻繁にやってくる。何より例の冊子の書き手がこよなく釣り好きな大社寺系の僧とわかったので。

ややあって、〝通路〟から応答があった。

『……やれやれ、やっと〝通路〟が開きましたか。いったい、本家で何が起きているのか……とききたいところですが、先に質問に答えましょう。何でしょうか』

「蝗害が発生している地域があるとの一報を受けました。初期の段階です。バッタの駆除についてお訊きしたい。大量発生して群飛をはじめたバッタを、人為的に壊滅に追いこむのが可能ですか。あるいはそんな研究を耳にしたことはありませんか――たとえば、鹿毛島のバッタに起きたように、伝染病とかで」

沈黙が落ちた。

答えは、簡潔だった。

『あります』

ですが、と声は続けた。

『今、私どもが動くことはできません。――瑠花様のご命令がない限りは』

＊　＊　＊

旺季はすべての書翰に目を通し終え、筆を擱いた。夜は更けていた。欧陽玉はすでに羽林軍の精鋭を率いて碧州へ出立した。旺季も明日の朝には、紅州へ発つ。

（……時間が余った……）

羽羽から時間があれば琴を弾いてほしいと頼まれたことを思いだした。折ふし邸で弾いてはいたが、ここ最近は多忙に紛れとてもそれどころではなかった。それが、心の隅に引っかかっていた。羽羽は酔狂でものをいう人ではなかったし、何よりも、ずっと羽羽の姿を見ていない。

貴陽の空気が、しきりにざわついていた。あまりいい感じがしない。

こういう晩は、頼まれなくても無性に琴が弾きたくなる。

外に出ると月が光っていて、薄雲がなびいていた。

旺季は庭先に琴用の小卓と椅子、あと琴の琴をもちだした。琴の琴は箏と違って気軽に持ち運べる大きさなのがいい。

燭台はつけなかった。庭院の灯籠には火が入っていたし、月と星明かりがあればいい。

旺季は琴の調弦をすると、短い曲を手慣らしにかき鳴らした。二曲目の途中で、手を止めた。

「このような夜更けにお一人で出歩かれるとは、感心いたしませんな、陛下」

どうしようか、迷っていたのは確かだ。

そもそもこんな夜分に旺季が起きているとは思っていなかった。それでも未練がましく帰りかねていると、思いがけず旺季が庭先にひょこっと出てきた。劉輝がためらっているうちに引っこんでしまい、ますます途方に暮れた。と、旺季はまた出てきて庭で琴の支度をしはじめた。旺季が琴を――今では弾き手もまれな琴の琴――たしなむとは知らなかった。なおもぐずぐずしていると、音色が流れ始めた。

多彩ではないけれど、澄んだ清らな音だった。今が盛りと咲いて散る花に似た儚さ……。どうしてだろう、劉輝はその音を懐かしいと思った。

旺季に見つかり、劉輝は首をすくめた。

「その……少し、聴いていてもよいか？」

旺季は呆れたような顔をしたものの、どうぞ、と応じた。

「お好きなように。椅子は演奏に必要なのですすめられませんが」

「……怒らぬのか？　そんな……暇があるのか、とか」

「用事があれば、誰であれいつでも訪ねてくれて構わない、と申し上げたのは私です。陛下でも。用がおありなら、お留まりになればよろしい。ないのなら、お帰りになるべきですな」

劉輝は頷いた。椅子がなかったので、地べたにじかに座った。今日の旺季は、行儀がどうのなどと怒りはしなかった。

琴の調べが流れる。

劉輝は音に誘われ、聞き入った。

懐かしい。また、そう思った。心の奥で、さざなみがたった。

昔、この音を聴いたことがある。誰かが劉輝に聴かせてくれたことがある。

（……そんなわけない）

劉輝の傍にいてくれたのは、清苑兄上だけだった。他には誰もいない。

……そのはずだ。

夢うつつの間に、曲が終わる。余韻に浸っていたが、なかなか次が始まらない。

様子をうかがうと、律儀に調弦していた。

「……一曲ごとに調弦するのか？」

「ええ。多少なりと音が狂いますので」

劉輝はむくむくと好奇心がわいて、琴卓ににじり寄った。

「これが古楽で使われる琴の琴か。なかなか弾き手がいないとかで、余も間近で見るのは初めてだ。箏の琴とはだいぶ違うのだな。琴柱がないぞ。弦も七弦なのか」

返事はない。劉輝はハッと口許を押さえた。

「……お、王にふさわしくなかったか⁉」

「ではなく、昔とまったく同じことを仰ったので」

劉輝は面くらった。昔？

「ええ？　前も、余はそなたの琴を聴いたことがあったのか？」

その問いには旺季は答えなかった。

「……試しに、弾いてごらんになりますか」

「いいのか？」

「教えましょう。調弦から」

劉輝はひるんだ。――調弦から⁉

(適当に弦をはじかせてくれるんじゃなくて、調弦から⁉)

旺季の目が口ほどにものを言っていた。よもや逃げますまいな。

「……………よろ、よろしくお願いします」

旺季が座っていた椅子に座らされる。

「本当は弦の張り方から――いえ、琴の作り方からお教えしたいところですが」

「……………は？　作り方？」

「ええ、この琴の琴も私がこしらえました。時間があれば、これからいい桐の木をさがしに行きたいくらいですな。自ら木を選び、手ずから削りだしてこそ真の琴弾きです。一昔前は、琴人といえば自分で好みの琴をつくって鳴らすものでした。他人がつくった琴など邪道です」

調弦どころか琴弾きの歴史の講義から始まった。なんということだろう。

旺季が野っ原に出かけていって桐の木をさがし、ちまちま削ってつくったと思うと、何とはなし目の前の小さな琴が愛らしく思える。劉輝の前に鎮座する手づくりの桐の琴は、丁寧に手入れがされてた、美しい琴だった。

「まず五弦七徽の沃音をただして、次が七弦の調節――」

旺季に言われたとおり、一弦から七弦までの音程を調弦していく。

「これが、伝統的な琴曲を演奏する時の調弦です。さて、演奏ですが、ここに十三個の印が並んでおりますね。これが『徽』という目印です。一徽から十三徽まで。左手で弦を押さえるときの目安になるものです。左手で弦を押さえて右手ではじくのが琴の琴です」

箏は音調を整えるため琴柱があるが、琴の琴にはない。かわりに、胴の部分に点のような印が十三個刻まれている。

「四徽から五徽の間に座す。目は常に左手だけを見るように。右手はカンで弾く」

「カン⁉」

「目でどの弦か確かめながら弾くのでなく、耳を頼りに弾くのです。だから弾く方の右手は見ない。弦を押さえる左手に集中しなさい。琴譜もないので、曲も耳とカンで覚えて下さい」

またカン。昔、宋太傅の剣稽古でも似たようなことを言われたように思う。「目で相手の動きを追うんじゃねー。カンと体で何となく覚えろ」。……。

劉輝はのみこみが早く、音感も悪くないので、普段使わない指遣いにさえ慣れれば、コツをつかむのも早かった。ぎこちないながら、簡単な曲をゆっくり一曲弾き終わったとき、旺季は拍手してくれた。

我ながら下手くそだったのに拍手をしてくれたのが、劉輝は嬉しかった。

「……旺季殿」

口をついていた。

「……余では、だめなのか、旺季。どうしても？」

月明かりと、灯籠のぼんやりした光が夜の波間を漂っている。旺季は劉輝を見返した。それだけだった。

「……あなたには、嫌いなものがありますか？　陛下」と、旺季が訊いた。

「……嫌いなもの……？」

「いいかえましょう。あなたはきっと、好きなもののために、玉座におられるのだと思います」

旺季は琴をとった。

「……別に、皮肉を申し上げているわけではありません。誰かのため、何かのために玉座に在るのは、決して悪くはない。そう……自分のために王位につくより、ずっといい」

最後のひと言が示す相手は、亡き父――戩華王のように思えた。

旺季は立ったまま調弦し、小卓に戻すと、琴を鳴らした。

「紅秀麗だけではなく、あなたを見守ってきた紅邵可、藍楸瑛や李絳攸、茈武官……そういった者たちのためでもあるのでしょう。あなたの中心にあるのは、愛する者のため、好きなものの望むように在りたいという気持ちなのだろうと思います」

「…………」

その通りだった。それが間違っているとは劉輝は思わない。なのに、口にできなかった。今の劉輝は寝ても覚めても迷夢を彷徨するようだった。行けども行けども霧が晴れない。自分は、確かに何かを間違えている。もっと進めば、もっと間違えそうで、身動きすらままならなくなっていた。

旺季が弾いたのは劉輝も知る曲だった。一羽の鳥が、冬枯れの木にとまっている。どこまでも空と森とが広がっているけれど、鳥はもう飛び廻ることもせず、梢にとまっている。この鳥をどうして射られよう。もう充分に生きることに倦んでいる。もうこれをわずらわすこともないではないか……。切々と琴が歌う。

「……ですが陛下、私は違うのです」

夜風が木をざわめかせ、遠い灯籠の火を揺らす。

「私は、嫌いなもののために、ここまできました」

「……嫌いな、もの？」

「私は、あなたのお父上が嫌いでした」

琴の音は見過ごせぬ一言に降り、打ち消したように見えた。だが、劉輝の耳には間違えようもなく届いた。

先王戩華。血の覇王と呼ばれ、蒼玄王の再来と謳われた王。兄の清苑も敬愛した父を嫌いだといった者はなかった気がした。

旺季の指が弦を一つ、はじいた。一つきりの音は、夜風にのってどこかへ運ばれていった。ふっつりと音は絶えた。

「嫌いでした。弱き者をかえりみず、邪魔者は片っ端から殺戮し、絶対的な力の前にすべてを跪かせる。私はあの人を認められなかった。認めたくなかった。私は、あなたのように愛する者を守るためではなく、嫌いなものと戦い、変えるためにここまできました」

父に抗い、戦い抜いた将軍の一人が、かつての旺季だったと、劉輝は宋将軍から聞いたことがある。

「嫌いなものは、山ほどありました。戦や飢饉や疫病……どこに行っても死体が折り重なっていて、そんなのが『普通』で、私はそんな『普通』が嫌いでした。変えたかった。領地や荘園で人を雇い、不作に強い作物を作付けさせ、乱行の限りを尽くす酷吏や賊徒を絶えず追い払った。まだ国試制もなく、多くの貴族も官吏も無学でした。意味不明のヘンな漢詩ばかりつくって歌宴にふけり、享楽に溺れる毎日。……わかってたのかもしれませんな。もうすぐ何か恐ろしいものがやってくる。破滅の日がくる。わかっていたのに、ひたすら現実から目を背け続けて自滅した。……腐り落ちる前の果実のようでした。もうぐずぐずに崩れて落ちるばかりなのに、奇妙に甘ったるい腐臭を放ちつづけた」

旺季はつづけた。

「……当時の私は、あなたよりも年下で、若く、力もなく……それでも、上に立つ貴族や官吏が変わらねば、話にならないことだけは痛感してました。私が貴族の子弟を指導し、官界に送り出すのは、それゆえです。やがて、戩華公子が起ちました。彼は貴族や官吏に何の期待もしなかった。刃向かう者は一族郎党皆殺しにした。父君は変えるのではなく、情け容赦なく一掃する方法を選んだのです。……即位してからも、そのやり方は変わらなかった。それは、あなたもよくご存じですな」

劉輝の五人の兄公子のうち、流罪になった清苑をのぞいて、肉親は残っていない。公子争いのさなかに暗殺された兄もいたが、生き残った公子も結局は父の命令で処刑された。妾妃も、その一族も。荷担した貴族や官吏も。一人残らず。

あの時の劉輝は、何の感情もわかなかった。もともと兄や妾妃たちを好いていなかったし、助命嘆願など頭をかすめもしなかった。処刑を聞かされても、自分とは関係ない遠い世界の出来事にしか思えなかった。父のやり方が非情だとも思わなかった。それだけのことをしたのだろう。憐憫さえ、わかなかった。

急に、劉輝は自分自身に寒気を覚えた。父親が兄や義母らを処刑していったというのに、何も感じなかった十代半ばの自分が、初めて異様に思えた。

「……父……が、間違ってたと、いうのか？」

今さらそんなことを訊いても、何の意味もないことはわかっていた。意味のない会話。

束の間、旺季は黙った。

「……私ができなかったことを、あの方と霄宰相はやってのけました。おびただしい血が流れ、多くの者が死にました。『仕方がなかった』と皆が口をそろえます。戦を終えるために仕方なかったと。なのに、不思議ですな、当の戩華王と霄宰相だけは、一度もその言葉を口にしたことはないのです。……一度でも言ったなら、私は正々堂々間違ってると言えたのに。もっと違う方法があったと、いくらでも綺麗ごとを並べて糾弾できたものを」

旺季の内には今なお無数の骸の中を馬で駆けていく先王の姿がある。最後の最後まで、何の言い訳もしなかった。俺に期待するな。そう皮肉げに笑い、好きなように生きて、死んだ。後はお前らの好きにやれ、と言い遺して。

己を顧みるような男ではない。だが、別に正しいとも思っていなかった。多くのやり方から、その方法を選んだだけだ。そしてその結果ときたらどうだ。

「……認めます。有能な人材を身分を問わず登用し、国試制を始め、すぐれた思想を広く集めて不要な制度はのきなみ廃した。人を育て、橋や道を再びつくりなおして、……前よりずっと豊かな国になった。何より……長い泥沼の戦を終わらせた。私にはできなかったことをしたあの二人を……間違っているとは、言えません。まだ」

間違っているとは言えない。でも、認められなかった。くすぶりつづける思いのために、今まで駆けてきたのかもしれない。旺季は時折、そんなことを思う。

「……陛下、私はあなたのように『好き』なもののためになどと考えたこともありません。

民の望みを叶えようなどと思ったことも、そんなのが政事の役目だと思ったことも一度もありませんな。そんなのは自己満足でしかない」

「……え？」

「……私が陛下にこんなことを申し上げるのは、これっきりとお思い下さい。──私は、臣や民の『望み』を次から次に叶えるのでなく、民の『嫌いなもの』を減らすのが政事と思ってここまできました。飢饉や旱、水害、疫病、天災の備え、偏見と差別、不正や根拠のない迷信をなくすこと……減らさなくてはならない『嫌いなもの』は山積みで、何をしたらいいかわからないと、迷ったこともありません。正しいとか、間違っているとか以前に、政事がやらねばならぬことです。それに関する他人の評価を気にかけたこともなければ、それをしたことで臣民から好かれるとか嫌われるとか、思い悩んだこともありませんな」

　嫌いなものはありますかと、はじめに旺季は訊いた。

　その意味。

「私は政事が『好き』でしているわけではないのです。葵皇毅も、孫陵王もそうです。……そしておそらくは、紅官吏も」

　劉輝はハッとした。紅官吏と旺季は言った。彼が秀麗をそう呼ぶのを初めて聞いた気がした。

「彼女も、官吏が『好き』で、志したわけではないのでしょう。好きという移ろいやすい感情では、あそこまでできはしない。どんな仕事でもそうです。つらくても続けるのは、それ以上の理由があるからでしかない。食べるためでも、家族を養うためでもいい。もう二度と見たくない光景、味わいたくない思いがある。見てみたい世界がある……そんな風に」

初めて会ったとき、秀麗は劉輝に呟いた。二度とあんな思いはしたくない——と。

『人の力で何とかなることだって、いっぱいあるのよ』

だから官吏になりたかった、と。

劉輝がエサを投げるように簡単に与え、呆気なく取り上げてしまった『願い』。

旺季は再び琴を爪弾いた。子守歌のような優しい調べだった。劉輝はどこかで聞いたような気もしたけれど、思い出せなかった。曲は短く、すぐにやんだ。

「……私は陛下が恵まれてるとは思っておりませんし、愛するもののために玉座に在ることが間違っているとも言いません。それも一つの有り様でしょう。……少なくとも私のように、嫌いなものと悪戦苦闘している間、気づけば愛する者を次々亡くすという愚は犯さないですむ」

風に揺れる灯籠の火と、夜の波間を流れる琴の音、のびちぢみする影が、いっそう劉輝を不安定にする。

「……ですが、後悔はしていません。迷い悩みながら、それでも自分で決めて歩いてきた道です。だからこそ、陛下、私は信じられないのです」

旺季の目が劉輝にそそがれる。

「嫌いなもののためにここまできた私は、愛するもののために玉座に在るあなたを、そのやり方を、信じることができません。好きでないものは後回しになり、置いてけぼりです。私たち門下省にずっとされてきたように。陛下、あなたが無視なさってきた間も、私たちはいたのです。あなたにお仕えするため、臣下の一人として、お側にいたのです。ずっと」

存在していたのに、声を上げていたのに、いないものにされてしまった、世界の半分。

「愛するものが変われればあなたも変わり、喪えば深く絶望する。明日も明後日も世界は続くのに、その時きっとあなたは昨日と同じあなたでいられないでしょう。清苑公子の時と同じく。父君のように平然と朝議に出る強さもない。そのお優しさゆえに」

劉輝は言い返せなかった。

王になりたくないと後宮に引きこもっていた理由は、まさに兄ゆえだった。秀麗のために女人登用をすると言い、結婚したくないと逃げ回った。藍州へ行ったのも、『楸瑛を連れ帰るため』だった。

旺季はそのすべてに文句をつけ、反対した。劉輝は何一つ聞き容れなかった。そう、劉輝は旺季が苦手だった。彼の厳しさは愛情でもなんでもないのを知っていたからかもしれない。単に彼の『仕事』でしかなく、劉輝を快く思っていないのも伝わってきた。そんな旺季を劉輝も避けたがるようになり、話をまともに聞かないできた。

『あなたは王なのです。この国をあまねくしろしめし、万民を肩に負っている。一度の誤りが惨事を招くこともある。……そのとき後悔するのでは遅いのです』

旺季は違った。劉輝を好きではなくても、私情抜きに耳の痛い意見をし、必要な時に必要な忠告をしてくれた。好き嫌いで人を選び、一切を台無しにしたのは劉輝の方だった。今、それが全部跳ね返っているだけなのだった。

「あなたや、あなたの考え方が悪いとは思いません。しかしながら私とは相容れない。好きなもののために在り、そのために生きれば、いつだって世界は心地よい。嫌いなものはなるたけ考えたくないというのも、当たり前のことです。ですが、この朝廷——何にもまして王は、そうであってはいけない。それが私の信念であり、生き方です。この先も曲げるつもりはありません。……あなたではだめか、という問いへの、返事です」

あなたではだめだと。劉輝へつきつけた。

「陛下、私には見たい世界があります。戩華王と霄太師の遺産が残っているうちに、やっておかねばならないことがあります。今しかできないことが。……でも、あなたでは、到底無理でしょう。あなたは今が人生最悪みたいな顔をなさっているが、私の知る中で、今がもっともましな時代です。それでも、あなたには重すぎた。仕方のないことです。玉座は霜の如く冷たく、無慈悲で、孤独な場所です。なのにあなたは、その孤独が一番耐えられないお方だ。耐えてもいいと思える理由が、まだ見つからない。……違いますか」

「…………っ」

「つらかったら、もう逃げても構いません」

旺季は淡々と言った。

劉輝はよくのみこめなかった。ぼんやりと問い返した。

「……逃げ、ても、いい……？」

「ええ。これから――私が朝廷を不在にする間が、あなたにとってもっともつらく、苦しく、その身に重くのしかかってくる時となりましょう。正直、あなたに耐えられるとは思っていませんし、耐えろとも、もはや言いますまい。あなたが、これ以上踏み留まれないと思ったのなら、藍州に行ったようにどこか遠くへ逃げればよろしい。……ただし、それが最後です。二度と玉座に戻る日はこないとお思いください」

劉輝の胸を激しい感情がつきあげた。

こみあげてくる熱い塊は怒りに似ていたけれど、悔しさや、惨めさや、情けなさ――あらゆる思いがゴチャゴチャに入り混じって、火のように劉輝をのみこんだ。今までのどんな非難より、糾弾より、辛辣な言い草より、一番こたえた。逃げてもいい、頑張らなくていいと言われて、こんな目も眩むような感情がこみあげるとは思わなかった。

旺季はもう引き返さない。旺季を引き止める万に一つの望みもなければ、劉輝に期待することも、金輪際ないのだと知って。

涙がしたたった。あとからあとからあふれて、止まらなくなった。押し殺そうとしてもどうにもならず、子供のようにしゃくりあげた。

もしかして秀麗も、こんな思いをしたのだろうか。劉輝に官吏をやめてくれと——官吏でなくてもいいと告げられたも同然のあの夜、どんな思いで「いいのよ」と言ったのだろう。どんな気持ちで、劉輝に微笑んだのだろう。

呆気にとられたような沈黙のあと、目の前に白い手巾が差し出された。

絹でもなんでもなく、縫いとりもない、ありふれた綿の布だ。身だしなみはきちんとしているけれど、過分なものはなく、指や耳を飾る宝石も、たいして高価でもないことを、劉輝は気づくようになった。旺季を気にかけるようになってから、ようやく。そう、好きなものしか見ていなかったから。

いつだって、劉輝は気づくのが遅すぎるのだった。

「……あなたという方は……私の前で、よくメソメソとお泣きになれますな。いっそ感心します」

「す、すまぬ。……こ、こんなふうに、泣くつもりじゃ」

霧の中にいても、わかることはあった。これからは意見をきく、というだけでは、旺季の心は変わらぬこと。言うことをきく相手が秀麗から絳攸、悠舜、そして旺季へと変わっただけだ。そんな態度こそが、おそらくは旺季が背を向ける理由なのだ。そして今の劉輝には、他に語りかけるどんな言葉ももっていなかった。旺季もそれを知っているのだろう。だからこそ、あなたではだめなのだと、告げたのだ。ただの事実として。時間切れになったことを。

旺季が溜息をついた。

「……あなたは本当に、変わりませんな。失礼ながら、どうしてあのご両親から、あなたのような公子が生まれたのか、今でも不思議です」

そばで、旋律が響く。過去に引き戻される。兄が王宮から忽然と姿を消して、一人で後宮を彷徨っていたとき。

どこかから流れくる、琴の音色を子守歌に、一人で眠った頃があった。

（あれは）

あの琴を弾いていたのは……。

劉輝の嗚咽がやむころ、曲も終わった。どこでも終われるようにつくってある曲のようだった。

「……そろそろお帰りください、陛下。夜が明けます。明るくなり次第、私は紅州へ発ちます。時間が惜しいので、ご挨拶はせずに行きます。……これが最後となりましょう。お別れです、陛下。次にお会いする時は――」

旺季は言葉を切り、続きを言うことはなかった。劉輝も予感していた。次に会う時は、お互い何もかも今とは全然変わっているのだろう。劉輝と旺季が、形だけでも続けてきたものに終わりがくる。こうして会い、話すことも、これが最後かもしれなかった。

永遠にこの椅子に座っていたかった。

やがて、劉輝は、のろのろと椅子から立ち上がった。

薄ボンヤリと、夜が明けていく。東の昊が、闇色から藍色に薄まっていく。それを見ながら、告げた。

「……旺季殿、紅州を頼む。救ってくれ……」

奇妙な沈黙が落ちた。いや、奇妙な眼差しで旺季は劉輝を見つめた。

もしかしたら、と旺季は思った。王は、今までの会話のどれでもなく、そのたった二言を伝えるために、旺季邸を訪れたのかもしれなかった。

欠けたところが埋まれば、自分よりも王にふさわしいと言ったという紅邵可。

旺季は、スッと両手を組んで頭を垂れた。王に対する礼を。

「――御意」

劉輝は頷くと、ぼんやりとしたまま、踵を返し、去っていった。

王の姿が見えなくなるまで見送ってから、旺季は深々と息を吸った。夜明け前の、ひときわ冷たく、澄んだ甘い空気が、肺をいっぱいに満たす。

最初にあったざわつくような嫌な空気は、どこかへ消え去っていた。

# 第六章　すべての門が開くとき

瑠花は高御座で一人休んでいた。

離魂のせいでひどい疲れを覚えていた。目をつむるたびに体が回復を貪るのか、時間が飛ぶ。不意に、人の気配を感じて瑠花はぱちりと瞼をあげる。高御座の間へ悠然とやってくる男に、皮肉げに笑う。

「帰ったのではなかったのかえ」

「一つ、忘れ物をしてね」

男は歌うように返し、抜き身の刀身をツッと指でなでた。

「そのしわがれ首を、一つ」

木の首でも狩るかのように、剣が瑠花の首筋めがけて一閃する。

瑠花の首が落ちようとする間際。

誰かが割って入った。――別方向から二口。〝干将〟と〝莫邪〟。

凶剣を受け止めるや、一人が剣をはじき返し、もう一人が男を蹴り飛ばした。

避けきれず、兇手は転がり飛んだ。

楸瑛は身構えながら、肩すかしをくった気分だった。迅が瑠花を助けるとは。

迅も迅で楸瑛がここにくるとは思いもしなかった。

「……お嬢ちゃんの差し金か？　まったく、どんどん頭がよくなってくなぁ」

「秀麗殿は、半分くらいは、お前の可能性があるって言っていたぞ」

「ぴったりだぜ。半分くらいは、俺だった可能性もある。だがもう半分は、瑠花を生かせって言われてたね。張ってたが、やっぱりきたな……」

迅に蹴り飛ばされたにも拘らず、少しも痛みを感じていないかのように、兇手はすぐに起き上がった。楸瑛は目を剥いた。大迷宮で珠翠の首を落とそうとした男だった。

迅は男に切っ先を向けた。迅は男を知っている様子だった。

「瑠花にはやってもらうことが残っててね。まだお前に殺させるわけにはいかないんだよ」

兇手はつまらなそうに、肩を竦める仕草をした。男の波打つ長い髪が揺れた。

次いであっさりと踵を返した。迅が追わなかったので、楸瑛もその場に留まった。

瑠花はチラと迅に目をくれた。

「わたくしを守るという言を紅秀麗は律儀に貫いて、自分の代わりに藍楸瑛をよこしたか。じゃが、……そなたが、くるとはの、迅。いいのか？　わたくしを助けても」

「わかってるだろ。あんたでないとできないことが、まだ一つくらいは残ってる。だから生かすほうを選んだのさ。ま、これで俺の役目は終わり。あとはこいつらに任せる」

迅は楸瑛へ向き直った。この縹家では、束の間子供の頃に戻れたようだった。

あるはずのない時間だった。

迅は楸瑛に、〝莫邪〟を放り投げた。

「返すぜ。俺が持って帰ったら、まずいだろ。……じゃあな、楸瑛」

楸瑛はそれを受けとった。迅はその場から出て行った。

選んだ主を裏切ることはないことを、お互いよく知っていた。


「『お母様』……」

迅と入れ替わりに、珠翠が瑠花の高御座へ進み出た。

瑠花は珠翠を見下ろす。

「この大巫女の高御座へ、直接〝通路〟をつなげて藍楸瑛を送りこんだか……」

誰もが縹家から出ていったきりの中、この娘だけが、戻ってきた。

昔、槐の大木まで逃げながら、引き返した、かつての瑠花のように。

『時の牢』で一千刻を正気で耐え抜き、瑠花のわけた力にも潰されることなくすべて器に満たしきった。

「……ふん、ギリギリで、まにおうたようじゃの、珠翠。当代の大巫女は一人のみ。二人は立たぬ。わたくしを殺して、大巫女になるか」

瑠花の坐す高御座の手前に、数段の白木の階がある。珠翠はそこで止まった。瑠花と真正面から向かい合った。〝暗殺傀儡〟であり、〝風の狼〟でもあった珠翠なら、やすやすと命を奪える距離。楸瑛は少し離れたところで見守っていた。交わされるのは縹家の問題であり、楸瑛には手も口も出せないことだった。

「――いいえ、お母様。言ったはずです。私は変えるために戻ってきたんです」

瑠花は既視感を覚える。……十数年前、同じことを言って嫁いできた娘がいた。

「認められないことは、いくらでもお母様と戦います。私は、殺すために帰ったのではないのです。変えるために、……助けるために、帰ってきたんです。お母様が一人で抱えて、少しずつ形を変えていったものを、元に戻して肩代わりするために」

「…………」

異能を封印され、幾たびも洗脳され、果ては時の牢に放りこまれ、それでも牢から脱出した。縹家を変えるというその目的さえ同じであるにもかかわらず、最後の最後、すべてを粛清しておしまいにした瑠花とは、珠翠は違う道を選ぶという。

自分と同じ筋書きになると考えていた。……この結末は、予想外だった。

「お母様……リオウ様と監察御史紅秀麗様が、お待ちでいらっしゃいます。このたびの蝗害において、縹家一門のすべての知識を解放し、救済に動いてもらいたいとの、正式な要請です。お母様……長い間、〝外〟に閉ざしていた門を、開きましょう。縹家のあるべき姿に戻る時です」

「……小娘が、いいよるわ」

不思議と珠翠から、瑠花に怖じ気づく気持ちがなくなっていた。

珠翠は『耳』の異能を解放した。『時の牢』を出て、珠翠は多くの異能を操れるようになっていた。

『耳』をすませば、〝通路〟を介して交わされている秀麗らの会話が聞こえてくる。

「ここは、私が抑えます。お母様、縹家全社寺は……数十年発生していない蝗害の察知では出遅れましたが、追って確認、すでに各社寺、このたびの蝗害を縹家における第一級災害と認め、おのおの分に応じてすべての救済準備を終えていたそうでございます」

「……すべての準備が終わっている？　中位以上の術者と巫女は残らず神域の守護に駆りだした。そんな暇はなかったはずじゃ」

「準備を調えていたのは、異能のない一族や、代々社に仕える者たちです。縹本家・仙洞省との連絡も寸断されながら蝗害を察知し、それぞれ独自の判断で動いていたとのこと。かつて瑠花様が、知識とともに縹家から送り出してくださったとき、そうせよとおっしゃったとおりに——と」

「…………。覚えておらぬな」

瑠花は呟いた。本当に覚えていなかった。このところ、記憶することが困難なのは確かだ。あらゆることがたちまち霞の中に消えていく。だが、そのせいではあるまい。覚えていない。それがかつての自分との差に思われた。蝗害より先にするべきことがあると指一本動かさなかった。……昔の自分なら、別なことを指示しただろうか。いつ何時も怠るなと戒めた自分——そう、紅秀麗のような頃の自分であったなら。

「ですが、大巫女縹瑠花の直々のお下知がなければ動かぬと、全社寺ことごとく、リオウ様の説得も、紅御史の説得も、突っぱねております。お母様の無事を確かめるまでは断固動かぬと」

リオウの名は、瑠花の注意をひいた。無能でもできることがある、瑠花や璃桜がやらぬのなら、自分がやる——と。

それを瑠花は『聞いて』いながら黙殺した。

だが、縹家の全社寺、異能などなくとも、とうに蝗害への対応を調えていた。

見誤っていたのは、瑠花のほうだったのかもしれない。弱き者を、何もできない者だと、いつしか思っていたのかもしれなかった。

「縹家全社寺、すべて準備ができております。あとはお母様のご命令のみ。どうぞ、おでましを。私が、輔けます。すべての〝通路〟も私が開きます。ここを離れられなかったために、動くことができなかったのなら、今は違います。私が——抑えてみせます」

降るはずのなかった雪。それも、今ごろはすっかりやんでいるだろう。

それは瑠花ゆえではない。

目の前の、大巫女たるすべての資格と神力を有しながら、瑠花の残り僅かの寿命が尽きるまでは、補佐をするという、若い大巫女候補の力だった。

「お母様、一族は七十年の長きにわたって、お母様にお仕えしてきました。彼らには他の『大巫女』や、大巫女候補ではだめなのです。今はまだ、お母様の言葉が必要なんです」

迅が言っていた、瑠花にしかできない最後のこと。生かした理由。

瑠花は白木づくりの椅子に、頬杖をついた。

「では、仕事じゃ。渡すぞ。耐えよ」

いっそ素っ気ない仕草で、瑠花は手を一振りした。

――どん、と珠翠の全身にすさまじい負荷がのしかかった。息が詰まった。

奔流のように体から神力が流れ出ていく。生気を根こそぎ吸い上げられるよう。

よろめき、膝をつき、かろうじて正座をし、息を整える。目の前がチカチカした。

（……こ、こんな……ものに、八十年――ずっと）

一人っきりで、耐えて。

「力の出ていく流れを自分で調節して配分を加減せよ。〝羿の神弓〟が壊れた碧州の結界修復を最優先に。いまだ神域が不安定な藍州と茶州もしっかり支えよ。かてて加えて〝通路〟も残らず開いてもらう。やると言うたな」

別の意味で眩暈がしそうになる。今まで瑠花が複数の術を同時に操るのを当然と思っていたが――とんでもなかった。なのにどこぞの誰かにバカスカ神器を壊されて――こんなに引っかき回されれば、瑠花がぶち切れるのも無理はない。珠翠も切れる。ふざけるな。

「……神器を壊したバカを見つけたら……絶対タコ殴ってやります……」

「わたくしは殺すつもりであった。甘い」

瑠花はにべもなく言い放つ。肉体から離魂し、少女姫の姿になる。

行きしな、少し、笑っていたように思えたのは、珠翠の気のせいだったであろうか。

＊　＊　＊

「だから！　用意できてんなら一刻も早く開けろってんだろ⁉　なんでわかんねーんだこのクソヒゲジジイども！」

「リオウ君……だいぶ柄が悪くなってるわよ」などとは今の秀麗はいわなかった。まったく同感だった。このクソヒゲジジイども。顔は見えないがクソヒゲジジイに違いない。

「そうです！　これは仙洞令君と御史からの正式な要請です。焦眉の急なのはおわかりでしょう。可及的速やかに、可及的スミヤカに前向キなご判断を。ぐずぐずしてると、うちの冷血キョンシー長官がそちらの社に殴りこんで、ぺんぺん草一本残らない惨めな状態になりますよ⁉　その時後悔しても遅いんですよ⁉」

　手を替え品を替え、しまいにはやけのやんぱちに脅し文句（？）で凄んでみたものの、社寺を統轄する長老らは頑として譲らなかった。二人が頼む前にとっくに蝗害の対応準備はし終えていることが判明。後は動くばかりならすぐにやってくれといくら言っても、誰一人としてきかない。どうも本家との連絡がつかなくなったことで、瑠花に——縹本家に由々しき事態が起こっていると思っているらしい。

（うう、そ、そのとおりなんだけど！）

埒があかないため、いったん小休止となった。

説得が失敗に終わり、秀麗は肩を落とした。

「……璃桜さんのいってたの、本当だったのねぇ。確かにこれ、リオウ君がお父さんに当主譲ってもらってても、たいして変わらなかったかも。どころか、リオウ君が瑠花姫に何か悪さして当主になったんじゃないかって、勘ぐられて余計変なことになってたかも」

リオウは容易に想像がついておののいた。確かにそうだ。ただでさえ二代続けて評判の悪い男当主で、これでリオウまで勝手に当主交代していたら一悶着も二悶着も起こり、収拾がつかずに蝗害どころではなかったかもしれない。今は譲れないといった父は、もしかしたらそれも見通していたのだろうか。

「瑠花姫と珠翠のほうは大丈夫かしら……」秀麗は顔を曇らせた。

リオウは〝通路〟に一人で寄った。

幾何学模様の〝通路〟の方陣が、淡く光る。リオウが呼びかけるより先に、向こう側から声が聞こえた。

『リオウ様、そこにおられますかな』

聞き覚えのある嗄れた声は、最初に話をした翁だった。〝外〟の縹家系社寺でも影響力のある大社寺を統轄している。翁は縹一門だが、異能はなく、若い時分は僧として行脚したという。順調に歳を取って七十を過ぎたはずだと記憶している。

「ああ……いる」

『クソジジイ連中が頑固ですみませんな。私たちは、昔の瑠花様を知っておるので』

秀麗は気を遣ってくれたのか、近寄ってはこなかった。

『リオウ様、正直、驚いております。失礼ながら、少し前までの物静かなあなた様とは、まるで別人の変わりようです』

褒め言葉でないのはわかっていた。いてもいなくてもいい存在でいた、ということ。

「……伯母上は、積み重ねてきたものがあって、俺は何もしてこなかったからか」

『そうです。たとえそれが何十年昔の功績であっても、私たちを守ってきたのは瑠花様であって、あなたではない。お父君もそうです。縹家はか弱い者、無力で、虐げられ、なすすべがなくて逃げてきた者たちの辿り着く最後の避難場所で、瑠花様だけが、そこをずっと一人で守ってくださったのです。リオウ様、あなたの言いたいことはわかります。昔の伯母君とは違う——と』

「…………」

『違うかもしれません。神事系で何が起きているのかは定かではありませんが、第一級災害の蝗害においても門を閉じ、いまだ何のご指示もないのは……もう昔の瑠花様ではないのかもしれません。この数十年、縹家の空気が少しずつ、重く、澱んでいきました。あの方が変わってしまったことをじかに知りたいのかもしれません。そうしたら、前に進めます。瑠花様がお変わりになっても、若かりし瑠花様が私たちに与えてくださったものも、旅立つ私へくださった餞も、色褪せることはありません』

「翁……」

『リオウ様……お父君は、ほんとーに何もなさらない方でした。私どもが従うわけがありません。でも、これから先のあなた様に対しては……わかりません。あのおっかない大巫女に逆らってでも、助けに出ろとおっしゃるのは、瑠花様を思い出しますよ……。ですからリオウ様、決めました。──私はあなたに従いましょう。まあ、今回だけは』

リオウは目を丸くした。

「……え？」

『蝗害は第一級災害。わかっております。数十年起こってないですが、前の蝗害を私ははじかに知っております。思い出したくもない惨い十年でした。瑠花様を待って、いつまでもぐずぐずはできない。私の判断で大社寺系の全門開きましょう。例の駆除法も教えます。……私の知る瑠花様ならばきっとそうせよとおっしゃるでしょう』

「──そのとおりじゃ」

冷厳なる氷の声が響いた。大喝されたわけでもないのに、空気が震える。

瑠花の姿が立ち現れる。

秀麗もハッとした。

「瑠花姫！」

ちらりと、瑠花は秀麗を見た。

「……木っ端御史に、このわたくしが動かされようとはの。紅御史」

「はい」

瑠花を前に臆さず、姿勢をただし、両手を低く組み合わせる。――対等な礼。

木っ端御史と縹家の大巫女が対等じゃと？　生意気じゃ。

だが、ついに瑠花を引きずり出した。縹家にやってきた時は弱り切り、べそべそしていたくせに、ついには縹家秘蔵の蝗害駆除のとっておきまで見つけ、大社寺系から引きずり出した。

「わたくしを呼びつけるとは、よい度胸じゃ。会いにくるのはそなたの方ではなかったか」

「うっ、す、すみません！　蝗害の方をやっつけてからと思って」

十悪最上位の謀反より、紅秀麗は数万の人間がまたたくまに死ぬ蝗害を優先した。

『助けに出ろとおっしゃるのは、瑠花様を思い出しますよ……』

この娘は、瑠花さえ、僅かだろうとも、変えた。いや、むりやり思い出させた。

少し前の瑠花ならば、救援要請など歯牙にもかけなかったろう。少なくともタダではなく、何らかの駆け引きの末によって、やってやったに違いない。たとえば、九彩江で見聞きしたことを忘れ、今後も御史台は縹家に一切の手出しをせぬこと、というような取引と。

当然そうするつもりだった。

この縹家の最終決定権は、瑠花が握る。秀麗やリオウには縹家は従わない。瑠花が動かなければ、何一つできはしない。どんな取引でものむしかない。そのはずだった。

『ですからリオウ様、決めました。――私はあなたに従いましょう。まあ、今回だけは』

……もしかしたら、取引を蹴っ飛ばしても、この娘とリオウは望むものを手に入れたかもしれなかった。そして皮肉なことに翁を動かしたのは『昔の瑠花』なのだ。

ふっと、頭に霞がかかる。自分が曖昧になる。瑠花はかろうじて霞を振り払う。

今も、そういう取引をもちだすことはいくらでもできる。当初の予定通りに。だがそれは蝗害による何万もの死者と、保身とを、平気で天秤にかけていたということでもある。

「珠翠から話は聞いた。――紅御史、そなたの要請、朝廷からの正式な要請と見なす」

瑠花の背後で、すべての〝通路〟が、光芒を描いて開いていく。

瑠花が瑠花であるための誇りが何であったか、この娘は思い出させた。

それでいえば、紅秀麗は瑠花を揺り動かした。無条件で、瑠花にこの言葉を言わせるくらいには。

「――受けよう、紅御史。縹家は神事の一門なれど、其は本質にあらず。古の槐の誓約により、か弱き者の擁護者、最後の砦こそが縹家の存在意義。誰であっても、助けをこうものの手を振り払うことはまかりならぬ。それが縹家のまったき誇り、絶対の不文律じゃ」

瑠花のその言葉を、〝通路〟の向こうで縹家全社寺の長が聞いた。

「わたくしの言葉がないと動けぬじゃと？　くだらん感傷などバッタにでもくれてやればよいわ。――命ずる。今すぐ、縹一門ならびに全社寺の門を開けよ」

長老たちは胸に迫って声が出なかった。瑠花の声を耳にすることも、もう絶えてなかったのだった。

「全社寺、門戸を開き、朝廷ともども民の救援に出よ。朝廷もこの十年で少しずつ備えてきたようじゃが、まず当座のぶんしかあるまい。各社寺に蓄えてある南梅檀(ミナミセンダン)、食糧、医薬、知識、防除と駆除、すべての解放を命じる。備蓄食糧については百年分の即時放出を許す」

秀麗は聞き間違いかと思った。

「ひゃくねん⁉」

「……ああ。あるんだ。伯母上の指示で、医薬と食糧は常時百年分備蓄してる。縹家の社寺は総数で数千社、畑も山もある。ほとんどが治外法権で、税も安い。だからできるんだ。……州府はその蓄えをぶんどりたくて、縹家と始終バチバチやってるけど、今この時ださなきゃ意味がない」

瑠花がしげしげとリオウを見た。

「……そうじゃ。すべてはこのような時のためじゃ。蝗害用の鳥使いも残らず出せ。風を読み、星を読み、気候と土地を読みながら暮らしてきた縹家じゃ。各地の風向き、湿度、気温、地形全部計算に入れ、朝廷とともに対処を命ず。――よいか、そなたらが各社寺を拠点に築いてきたものの真価が問われる時じゃ。人里に降り、人を助けよ。――縹家の誇りを、忘れずにあれ」

〝通路〟の向こうで長老らがいっせいに跪拝(きはい)する。

「御意。瑠花様……瑠花様からもう一度そのお言葉をきける日を待っておりました。嬉しく存じます」

涙声で誰かがそう呟いた。翁の声に聞こえた。

──長い長い間、固く〝外〟に閉ざされていた縹家の門が、すべて開かれる。

〝通路〟から光が消え失せ、静寂が戻った。

「……今上陛下の代わりに、心からお礼申し上げます。縹家の大巫女、縹瑠花姫」

今度秀麗が瑠花へしたのは、最上の敬礼だった。

「……そなた、どこまで察しておる」

「……そうですね。ひとつ目は、朝廷がてんてこ舞いしている隙に、縹家の要であるあなたをどさくさで殺して、縹家の弱体化を狙ってる人がいるらしいこと」

無表情で、瑠花は続きを促した。リオウは隅で横になって眠りこけている。思い悩むことも多かったに違いない。長老たちと話を詰めている途中で、緊張の糸が切れたように舟をこぎはじめ、寝てしまった。大人びてはいても、まだほんの少年だった。秀麗も瑠花も会話は小声だった。

「珠翠の首が、誰かに落とされかけたと藍将軍から聞きました。目的は『大巫女になりえる娘を先回りして消す』か、『縹瑠花の次の体を始末する』くらいしか思いつかない。私が狙われたのも『瑠花姫の次の体になりえる』と考えれば、繋がります。……つまり、あなたに大巫女でいてほしくない人がいる。首を落とせば、いくらあなたでも依代にできないのでしょう」

「その通りじゃ。朝廷から私の口封じに誰ぞがくるのは予想がついた。依代の肉体を殺しても、わたくしは本来の体に『避難』すればよいだけじゃが、さすがに使える体がなくなれば、今までのようにはゆかぬ。数を減らすのも効果的じゃ。二つめはなんじゃ？」

「私を襲ってきたのは、〝暗殺傀儡〟でした。あなたの忠実な配下であるはずの」

「…………」

「リオウ君は、縹家の内部で何かが起きてるといってました。縹家を引っかき回している輩がいるとも。朝廷の『誰か』と繋がっている内通者がいる。身内が火種をバラまいている。だから私に構っている暇がなかったんです。火消しと内通者さがしをしなくてはならなかったから」

瑠花は秀麗を見つめた。

「こたびはそなたがわたくしを呼びつけたが、もとはそなたがわたくしのところへ会いにくるはずであった。——今宵、高御座で待つ。続きは、そのときじゃ」

＊　　＊　　＊

その宵——。

瑠花は、まめまめしく働く若い巫女をそばへ呼び寄せた。立香は、瑠花が大巫女としての役目の大半から解放されたことをことのほか喜んでいたが、かわりを珠翠が務めていると知ると、不愉快そうにした。本当に、わかりやすい。

「……立香。こちらへ」

「はい」

立香は小走りに高御座へきて、瑠花の足許に跪いた。

瑠花はそのほっそりした顎をすくいあげる。立香は頬を紅らめた。

「……そなたであろう」

「え？」

「あやつと内通し、〝暗殺傀儡〟を勝手に貸し、多くの手引きをし、情報を流したのは？」

各地の神器を守らせるために、中位以上の巫女や術者が本家からいなくなり、『無能』ながら立香は瑠花の近くに侍して身の回りの世話をするようになった。瑠花もまた余分な術を使わずにすむよう、『目』のかわりに立香に情報を扱わせた。

立香は戸惑ったようにした。

「内通って……」

「手始めは藍州じゃ。そなた、あやつに藍州の神器の話をしたな？」

思い当たる節があるのか、立香の顔が強張った。

「ニセモノの鏡の話に興をひかれ、おそらくそのあと、あやつは人をやって試しに本物の宝鏡を割ってみたのであろ。それで縹家や碧家がてんやわんやになった。それを境に藍州で奇妙な長雨がはじまったことも、あやつなら勘づいたに違いない。そして碧州の〝羿の神弓〟が無惨に折れた。あやつに酌でもするうち、酒の肴になんぞとそそのかされて幽門石窟のことや、何やかにや、スルスル口をすべらせなかったか」

「……茶州のことは……何も……」

「茶州のことはあやつのほうがよく知っておろうて」

瑠花は物憂げに言う。

「その……話したかもしれませんが、話のついでです。どこが神域なのかわかっても、普通の人間では、迷って神器まではたどりつけないのでしょう？　あの方は普通の人ですよね」

「……さて、どうかの。だいたい普通の人間が、中身も普通の人間だとは限るまいよ」

我ながら言い得て妙だ。実に久しぶりに、ああいう類がでてきた。後ろに何が憑いていようが関係なしに、もとから妖星の星に生まれついた稀な人間だ。天文においては予期せぬ来訪者として、占者らの読みを狂わせる。かてて加えて、魔物じみた頭脳。

「そなただと確信をもったのは、『時の牢』に珠翠を狙って侵入者がきたときじゃ。まっすぐに珠翠の首を落としにきおったわ」

『時の牢』へ珠翠を助けに入った輩がおる、捨て置け、と立香にいったすぐあとだ。

「……あやつはのう、知っておるのじゃ。わたくしが『捨て置け』と言う場所に、目的のものがあることをな。そなたはわたくしが『珠翠が死ぬなら、それでよい』といった言葉を『殺してもいい』ととって、時の牢への入り口を教えたな」

立香は押し黙った。そのとおりだったので。珠翠が牢から生きて出てくれば、また瑠花のわずらいとなるし、殺した方が後顧の憂いがないと思ったのだ。かといって、珠翠の体に瑠花が入るというのは、ちっとも嬉しいことではなかったから。……首を落とせば依代にはできなくなる、と教えた。

立香の頬を指先でなぞり、ふう、と瑠花は甘やかな吐息をついた。

「……立香、そなたはまんまとあやつの掌で踊らされはしたが、わたくしに仇なす気でやったとは思わぬ。わたくしの命令と偽って〝暗殺傀儡〟を紅秀麗へ差し向けたのも、紅秀麗がわたくしをひっとらえるつもりだとでも、あやつに耳打ちされたからであろ。それで紅秀麗の抹殺を選んだ。わたくしの命令に逆らってでも。……違うか？」

立香はようやく、瑠花が静かに怒っていることに気がついた。

「立香、わからぬか。そやつは自分では何一つ手をくださぬで、すべてそなたに――『縹家』にやらせておることを？　それこそわたくしや縹家の首を絞めるということに気づくべきじゃったな」

「瑠花様」

「一族でまんまと踊らされたのは、何もそなただけではない。こたびの神域侵入や神器の破壊には、術者の力がある程度必要じゃ。若い者の間では、藍州の宝鏡が壊れて喜んだ輩がおるようじゃ。今の縹家は政事から爪弾きでよくよく軽んじられる、これを機に縹家の威信を回復する……とかの。それで碧州の幽門石窟や茶州に同行したものがおった。そう報告がきた。馬鹿馬鹿しいことに、神器を壊してまわったのは、他ならぬ我が縹家の者だったということじゃ」

縹家の者の仕業としれたら、威信の回復どころか凋落することは夢にも考えないらしい。威勢よく気炎を上げる面々は、その火を『誰』から焚きつけられたのかを忘れ、自分たちの考えだと信じこんでいるのだろう。

「……不満は芽吹きやすい。似たようなことを、若い一族同様そなたも吹きこまれたようじゃの。うまく仕向けられて、あやつの言う通りに情報を流してやったのじゃな」

だって、と立香は呟いた。

「だって、私は縹一族でもなくて、異能もなくて、体も使っていただけなくて、何も瑠花様のお役に立てません。でも瑠花様が日ごとに弱っていかれるお姿を黙って見ていられなくて、私で力になれることがあればって、思って――」

神域で大事が起きたらしいと噂が立ってすぐ、本家から異能のある巫女がいなくなった。そのお陰で無能の立香でも瑠花の側近くに上がれるようになった。こよなく気高く近寄り難いほど美しい瑠花に召され、立香は夢にいるようだった。少しでも長く瑠花に侍していたかった。名を呼ばれるたびに喜びと幸福に包まれた。叶うなら騒ぎが長引いても構わないと密かに思ってもいた。

縹家のため、瑠花のため、と言われて――。

「つい――あの人――」

「立香」

ぴしゃりと、瑠花は遮った。

「――それ以上は、言うな。よいか、この先生涯、二度とその名を口にするな」

立香は口を真一文字に結んで、瑠花を見つめる。今も一途な憧れと慕わしさしか、立香にはない。

……自分の咎なのであろう。瑠花はそれを受け入れた。こんな風にひたぶるに敬慕し、献身しつづけてきた立香や一族をいつしか瑠花は顧みなくなり、いない者のように振る舞った。行き場のない愛の苦しさを瑠花もまた知っていたにもかかわらず。

瑠花は怒らなかった。静かに立香から指を離し、手で合図をした。

「……連れて行くがよい。殺さず、どこかへ閉じこめておけ」

〝暗殺傀儡〟が、立香を両脇からとらえる。初めて立香の顔を恐怖が覆った。瑠花に見限られ、嫌われることへの恐れで。

「瑠花様!! お願いです、おそばにいさせてください!」

瑠花は答えなかった。連れて行かれる立香を、姿が消えるまで見守った。

隅の暗がりから、こと、と沓音がした。

秀麗は灯火のあるところへ進みでた。

「名を聞きたかったか？」

「それは、もう」

「知れば、立香もそなたも、命はないぞ。……そういう相手じゃ。覚悟せい」

「それでも、この話の終わりには、聞かなくてはならない名前になります」

「……では、何の話をする」

何の話をする、と言われ、秀麗は少し考えた。

「今回、司馬迅――迅さんが『誰か』の命令によって、縹家にきました」

「そうみたいじゃの」

「九彩江で、迅さんはあなたと一緒でした。この時の迅さんは『誰か』によってあなたに一時的に貸し出されていた。兵部侍郎の件では逆に相手が珠翠を借りていたと思われます。今年の夏まではそんな風に利害が一致すれば協力関係を結ぶこともあった。迅さんの『主』は、以前言っていた、朝廷の『大官』ですね？」

瑠花は訊き返した。

「そなた、司馬迅の選んだ主君は察しておるか」

秀麗は目を伏せた。リオウの母親の話から、もはやどう考えてもそれしかない名前を。

「……門下省長官旺季様、ですよね」

瑠花は微笑みを浮かべたのみで、是とも否ともいわない。

「司馬迅が『何者』で、どんな目的で縹家へやってきたと思う？」

「考えてはいます。当たっているかはわかりませんが」

「司馬迅はの、半分は、わたくしを殺すつもりでおった」

　秀麗は黙って続きを待った。

「わたくしは全〝通路〟を遮断しておった。それを旺季がどう思ったかはわからぬ。封鎖の理由をさぐらせるためと、こたびの蝗害(こうがい)において縹家が――わたくしがどう動くか、あるいは動かないのかを、駆除法を探索がてら迅に申しつけたのであろう」

　瑠花の口から初めて旺季の名がでた。

「迅はこう言い含められておったはずじゃ。『瑠花の意向と縹家の動きを確かめろ。縹家の人間で蝗害を知り、自ら動く者があれば、助けて構わぬ』」

　思い当たることはあった。迅はリオウに「敵じゃない。今のところ」といい、手を貸した。「蝗害については俺も命令を受けている」と秀麗にも、協力してくれた。

「旺季はあれで甘くもない。『誰も動かないのなら、お前が動かせ。引き換えに瑠花が何かの取引を持ちかけてくるなら、交渉はお前に任せる。いざとなったら本体の居場所をつかんで人質にとってでも脅せ。それでも坐視(ざし)する腹なら、殺せ。羽羽殿に一時的に縹家の全権を移譲させる。何もしないなら、いるほうが厄介だ』くらいは言うたかもな。ただし――」

「……ただし『その見極めがつくまでは、瑠花姫を殺すな』……？」

迅は本来の縹家のあり方も、昔の瑠花が戦乱や天災のつづく中で人々の寄りどころとなるよう腐心したこともよく調べていた。社寺を束ねる長老らの、瑠花への傾倒の深さをみても、瑠花の殺害は最後の手段だったはずだ。ということはやはり――。

「……あなたが、殺しにくると思っていた兇手っていうのは、迅さんじゃない」

瑠花は口をつぐんだ。

「なら、迅さんの主の旺季様の命令でもない。じゃあ、他にいる。てっとりばやく、あなたを殺したほうがいいと思っている人、そしておそらく立香さんの裏にいた『大官』が、別に」

「紅秀麗」

瑠花は立香を止めたように、遮った。

「本当にその先に踏みこむ気か。そなたが後宮送りになったのも、そのせいじゃぞ。大人しくしておったほうが身のためじゃ。藪をつついて蛇を出すこともあるまい」

「出すのが私の仕事ですよ」

「出せば頭から食われるぞ」

秀麗は既視感を覚えた。食われる。前に、誰かに同じようなことを言われたように思う。誰だったか、思い出せない。

「この話が終わるまでには、聞かなくてはならない名前だと言ったはずです。……奇妙だったんです。迅さんといて、いつも何かがはまらない感じでした。でも二人いるなら――」

わかる」

さっき瑠花はたぶんわざと撒き餌を投げた。迅が来たのは封鎖の理由をさぐるため――。

「迅さん――旺季様は『封鎖の理由を知らない』ってことですよね。それには関与していない。少なくとも縹家の一連の内幕に旺季様は深く関わってはいない……。なら、立香さんをそそのかして縹家を引っかき回した『誰か』は旺季様とは別の人物。だから目的も違う」

旺季が迅を送りこんできたのは、蝗害で縹家を駆り出すためだ。ダメなら瑠花を殺す札も用意してあるが、目的ではない。だが、もう一人は違う。縹家の内部に悶着の種をばらまき、仕上げとばかりに瑠花を始末するという、そのやり口。

「狙いは、あなたの力を徹底的にそぐことでしかないように見えます。利用し終えて、用が済めばとっとと縹家もあなたも厄介払いして、後顧の憂いにならないように叩く。……だから、あなたは確実に自分を殺しに誰かくると思った」

「あっさり死ぬわけにはいかぬ。少なくともあの時はな。……今となっては、殺しにくる必要もなかろう」

瑠花の言葉通り、相手はほとんど目的を遂げた。瑠花は大巫女の座を譲るほど追いこまれ、異能がどれほど衰えたかも露呈した。替えの体に移るだけの神力さえ、残ってないのかもしれない。それならば、何もしなくても瑠花の寿命はもう――。

「……珠翠に代替わりしたとしても、各州の災害と神域の異変の対処で、しばらくは表の政事(まつりごと)に関わるどころではない。おそらくはまだつづく——」

瑠花は浮かぬ顔つきで言い止(さ)した。

「もう一つ……気になっていることがあります。……あなたは九彩江で王に『王にふさわしくない、もっとふさわしい者は他におる。認めないのは縹家だけでもない』と言ったと聞きます」

さすがに瑠花は答えなかった。

秀麗の気持ちが沈みこんだ。奮いたたせようとしても、その言葉の前にはかなわなかった。認めないのは縹家——瑠花だけではない。

「……多分、そうなんだろうと、思います」

この半年、御史台で手がけた案件を切り絵のように繋(つな)げて浮かび上がるものがある。迅は秀麗の前で、もはや『主君』が旺季だということを隠さなかった。秀麗に知られても問題ないところまできている。そんな風に思えてならない。

少しずつ少しずつ張り巡らされていった糸が、蝗害を一つのきっかけとして、劉輝をからめとろうとしている——。

おそらく、瑠花の思う王にふさわしい者と、旺季のそれとでは、違いがあったのだろう。そこに至るまでは協力する。その先は権謀術数の入り乱れる政争に突入する。結果、瑠花が出し抜かれたのだ。

「……どうして、劉輝ではいけなかったのですか。あなたの『ふさわしい者は他にいる』

という言葉は、半分以上は思っていただけ、だったんじゃないかと思うんです」

瑠花を知ってからは、ますますその思いが強くなる。

彼女が劉輝の首をすげ替えるつもりだったなら、もっと容赦なく、あらゆる駒（こま）を駆使して追いつめていったはずだ。今、誰かがしているように。

なのに、瑠花のやり方は中途半端だった。中立という縹家の不文律を破ってでもやる、という強靭（きょうじん）さが感じられない。劉輝を追い落とすのに手を貸してもいい、という程度の手の出しようだ。だからこそ、ここまでつけこまれる隙となったように思える。劉輝が王にふさわしくないと思っているのも、他にふさわしい者は別にいると思っているのも、真実かもしれない。けれども、瑠花が動くに足る理由とは思えない。

瑠花には答える必要のない問いであった。だが、結局は、本音に近いものを呟（つぶや）いた。もう二度と誰にも言わないであろう本心を。瑠花を迷わせたものを。

「……あの男の息子ということに、どこかでこだわっていたのかもしれぬな」

紫戩華。

神事の縹家が玉座を左右してはならぬ。それが瑠花の信条だった。だが、あの男だけは、どうしても認められなかった。不文律を自ら踏み破った時から、瑠花は少しずつ変わっていったのかもしれなかった。時たま思い出したように手を出したのは、時たまあの男の息子というのを思い出したのと同じ頻度だったかもしれない。そんな半端な気持ちのままでは、あの男に足をすくわれるのも道理だった。

「少なくともあの若い王より玉座にふさわしい人物がいるのは、確かじゃ。事実、あらゆる点で立ち勝っておる。そう、あらゆる点で。血筋もな」

秀麗は言葉を失った。……血筋？

「他の輩のように是が非でも、という思い入れはない。じゃが、わたくしも器量を認めてはおる。あれが王になっても悪くはないと思う心が僅かにあったゆえ、手を貸した。あれがもっともふさわしいと思っていたわけではないが……なっても縹家に異存はない」

瑠花にここまで言わしめる人物ならば、他の官吏たちの胸中は推して知るべしといえた。

秀麗は最後に訊いた。

「瑠花姫、聞かせてください。縹家を追い落とした人の名前を」

秀麗の顔つきを見て、瑠花は溜息をついた。そして一人の名を呟いた。


その名をきいた秀麗は、うつむき、長いこと黙っていた。

「――わかりました。瑠花姫……治外法権のここから出れば、私はあなたを捕まえます。この領地から、もう二度と――離魂でも――〝外〟にお出にならないように」

それが、瑠花を守るための言葉なのか、御史としてのただの通告なのかは、瑠花にはわからない。

どちらにせよ一度でも瑠花が〝外〟に出れば、言った通りにするのだろうと思った。

それは、好ましかった。

「〝外〟へ帰るのか」と瑠花は訊ねた。

それはいくつもの意味がある言葉だった。

その体で、と、秀麗には聞こえた気がした。

「その名を聞いて、この領地から出れば、寿命より早く死ぬことになろう。この縹家にいれば、難を免れる。縹家でも仕事はどっさりあるぞ。珠翠と……弟は、泣いて喜ぶであろうな。わたくしには……もう新しい体は必要ない」

次の大巫女が、ようやく決まったのだから。

白い棺(ひつぎ)の娘の話は、出さなかった。紅秀麗の答えはもう聞いた。瑠花と同じようで、好みは違う。

今度の返事も瑠花の好みではなかった。

「帰ります。〝外〟へ。蝗害(こうがい)で走り回らなくちゃならないし」

秀麗はこうつけ加えた。

「まだやることが残ってるんです」

瑠花も昔、同じことを言った。まだやることが残っているのに、と。あの時の瑠花は泣いて『白い娘』の体を使った。だがこの娘は笑って出ていく。自分のままで。

瑠花には、秀麗の肉体があとどのくらい保(も)つかだいたいの予想がついた。だが伝えはしなかった。

「もう少しだけ、頑張ってきます」

瑠花は首を傾げ、訊いてみた。考えていったことではなかった。転がり落ちた感じだ。

「何のために」

「――自分のために」

「そうか」

瑠花はもう一つ、思い出した。昔は、そう言った者を、餞とともに縹家から送り出したものだった。

自分の道を見つけた、幸運なものへの旅路に祝福を。

「なら、送り出すほか、仕方がないようじゃ。……幸運を、祈ってもよい」

秀麗は踵を返し、高御座の間を後にした。

# 終章

　紅い色が、闇の中からゆるゆる滲んで、古風な巫女装束をまとった少女の姿になる。紅い傘を優雅に畳み、永遠の静寂のなかをすべるように眠る瑠花の元まで来た。瑠花の元には常時彼女を守る〝暗殺傀儡〟が控えているのだが、どういうわけか誰も巫女に気づかなかった。

　巫女は瑠花の頭をあやすように撫でる。瑠花のきつい顔が、ほんの少しやわらぐ。

「……瑠花、今まで本当によく、頑張りましたね……。一族で初代の私に次ぐ、長い……長い時を、ただの一度も逃げることなく……。あなた自身が歪んでしまっても……」

　巫女は仰向き、目を閉じた。いつもは葬られた槐の木の根方で微睡む彼女ではあったけれど、時たま、強烈に揺り動かされ、今のように『姿』をもつこともあった。それはたいてい、誰かが助けを求めている時で、何もできないくせに、彷徨い出てしまう。瑠花のことはずっと見ていた。縹家の澱がつもるごとに、変わり、狂っていった瑠花。

　瑠花を変貌させたものは、誰からも愛されないことだったのか、孤独だったのか。それとも右手で人を助けながら、左手で冷然と血の粛清をし、多くの人間を殺してきた歪みか。

……そのすべてか。

羽羽が出ていき、瑠花を止める者は誰もいなくなり、強大な神力と孤独は徐々に彼女を蝕んだ。血の繋がった弟なら、自分を愛するかもしれない。そんな『希望』でしか精神の均衡をとれなくなり、いつしかすべてが璃桜中心になった。一族や〝外〟からも目を背け、まるでぐるぐるねじくれた円環のように、すべてが停滞した。

眠る瑠花は、憑き物が落ちたかのようだった。

「——どなたです！」

珠翠の声に巫女は振り返る。

瑠花を恐れても、珠翠は自分の意志で瑠花の元に戻ってきた。何度拒絶されても、瑠花に会うことをあきらめなかった。

一人きりで縹家を守ってきた瑠花の孤独は、珠翠によって変化した。誇り高さだけでは、瑠花の心を守ることはできなかった。それでも最後に瑠花を正気に戻したのは、かつて彼女を彼女たらしめていた誇り。紅秀麗やリオウによってとり戻したもの。

「……よく『時の牢』から、出てきましたね、珠翠。瑠花の時を思い出しました」

珠翠は紅い傘を認め、戸惑った。秀麗や楸瑛から、紅い傘の巫女のことは、聞いていた。幽霊の類は縹家には珍しくない。でも彼女は他のモノとは違う気がした。

「珠翠、縹家はか弱き者を守るための、最後の砦。その大巫女たるには、神力だけではだめです。どんなに苦しくても、決して逃げない強さが必要なのです。なぜなら大巫女が一度でも逃げたなら、必死で助けを求めてここまできた『子供たち』を、見捨てることになるからです。……瑠花は本当に一度も逃げなかった……」

巫女は昏々と眠る瑠花の頰を、愛し子にするように撫ぜた。

「『時の牢』は、本来はその強さを試す場でした。自分がどんなにつらくても、最後まで誰かを守るためにあれるかどうか。生きることをあきらめない強さがあるか。今まで使うことのなかった力を振り絞った時、結果的に神力の幅が広がるだけなのです。迷宮は、外部からの救出経路で、あんな風に牢にして、廃人にしたり死なせたりするものではなかった」

巫女が心を痛めて道案内をするようになったのは、いつからだろう。それも、救おうとする人がいなければかなわない。彼女はとうに死んでいて、できることなどそれくらいしかなかった。

瑠花が『時の牢』に放りこまれたのは、七歳かそこらの幼い頃。瑠花が死ぬ思いで出てきたとき、生来の絶大な神力を自在に扱えるようになり、もはやいかなる術にも洗脳にもかからなくなっていた。……瑠花が弟をつれて槐の神木まで逃げてきたのは、それからまもなくのことだった。

「……珠翠、縹家の大巫女になるということは、自己犠牲ではなかったのよ。縹家の娘が巫女として一生を天空の宮に縛られる——そんな風に言われるものではなかった。他とは違うモノ、うまく生きられない者、助けが必要な誰かを受け入れるために、私は縹家を興したの。人とは違う『異能』があっても、疎外されたり貶められたりしないところ。誰もが『自分』を見つけて、労り合って暮らして行けるように。……いつから、こうなってしまったのかしらね……」

珠翠は口を開こうとしたが、声が出なかった。夢の中の出来事のようだった。

「歪んだやり方ではあっても、瑠花なりに、それだけは守ろうとしてくれた。でも……もう限界だと思った。終わりにしてあげたかった。楽にしてあげたかったわ。でも、まだなのね」

まるで眠る瑠花と話をしているよう。

「……そうね、こうなってしまったからには、まだあなたの力が必要かもしれないわ。あともう少しだけ、頑張りなさいな……」

巫女は紅い傘をサッと開いた。珠翠に、嬉しそうに微笑みかける。

「あなたのことも、可哀相で見ていられなかった。あなたの受けた責め苦は言語を絶するものでした。せめて体を魔物の巣にされないようにしてやりたかった。でも、見くびっていましたね。

ありがとう珠翠。瑠花を殺さないでくれて。殺さないこと。道を見つけること。それも、私の信念だった。でも、気をつけなさい。まだ、終わってはいないわ……」

……珠翠が次にまばたいた時には、その場にはもう誰の姿もなく、珠翠は今まで誰といたのかさえ、忘れてしまっていた。

＊　＊　＊

紅州――紅本邸に、一人の訪問者があった。

訪ねることを伝えてはいなかったが、取り次いだ女性は訪問者を見るやすぐ「こちらへ」と邸の奥へ誘った。

女性は離れに案内した。庭のほうから滝音が微かに聞こえる。

「こちらです。人払いはしてあります。紅州州牧としてお忙しい中、足をお運びくださり、ありがとうございます、劉志美様。……義兄を、よろしくお願いいたします」

劉志美は断りもせず、中に入った。広々とした居間は無人だった。居間は庭池をのぞむ亭めいたこしらえの釣殿につづいており、黎深はそこに座ってボンヤリ庭院と池を見ていた。無視しているのではなく、本当に志美に気づいていないようだった。

志美は呆れ返った。十年以上前の国試を――今では『悪夢の国試』とか呼ばれているが――思い出す。黎深とはあの時からの付き合いだが、アホらしいほど進歩がない。

志美はよそゆきの態度を捨てた。

「……黎深、あんたねぇ、国試ん時にアタシ言ったでしょ？　『カレから連絡してくれるまでアタシからはしないんだから！』なーんて勘違いやってると、悠舜とはそれきりよ、って」

　黎深はやっと振り返り、志美を睨みつけた。

「……志美」

「きーてるわよ。あんた王都で全然仕事しなくなって、悠舜に散々メーワクかけて怒らせたあげくクビにされたんですって？　バッカねえ。いわんこっちゃないわ」

「うるさい。お前、自分がもう五十のオッサンだってこと、わかってるのか？」

　劉志美は鬱陶しいことを言われて嫌な顔になり、うなじの髪をかき上げた。

「いーじゃない別に。こっちの話し方のが楽なの。州牧の時はちゃんとオッサンぽくやってるわよ。文句言うのはアタシよ。こないだの経済封鎖はアタシも散々メーワクかけられたわよ。あげくンな忙しい時に州府の紅家系官吏も次々辞めるってゆーし。あん時は温厚で優しいアタシもぉ、――てめぇら今すぐ残らず墓場に埋めてやんぜ、ってつい刃物投げちゃったわぁ」

　ウフ、と笑う。実のところ今思い出しても頭にくる。

「諸悪の根源のあんたを何度ぶん殴って畑に埋めようとしたかしれやしないワ。でもいーわ。あんたのそんなカカシ顔見たらね。聞いたげるわよ。悠舜と何かあったんでしょ？」

　黎深の表情が硬くなった。志美はふふんと鼻で笑った。

「……やっぱりね。わかるわよ、それっくらい。昔っからそーじゃない。あんたが何かやらかして、どーしていいかわからないってマゴマゴするのって、悠舜の時だけじゃないの」

よそ目には黎深に振り回される悠舜、と映っているのだろうが、逆だ。悠舜は絶対黎深の言うことを聞かないし、考えを曲げもしない。誰もが傍若無人な黎深に屈する中、悠舜だけは最後まで譲らず、あべこべに黎深を動かし、折れさせてきた。黎深がどうあがいても、動かすことができないただ一人の相手だった。今も、なお。それは兄の邵可と似ているようで、決定的に違う点がある。——『赤の他人』ということ。

「ホラ、意味不明でもいいから、何かのたまってみなさいよ。聞いたげるから」

黎深はウンともスンとも言わない。言いたくないというより、混乱しきっているような沈黙だった。志美は初めて黎深の弱音を聞いた気がした。今まで正確に動いていたカラクリ人形が、バラバラに壊れて理由もわからず、途方に暮れているみたいに見えた。

いや、カラクリ人形がある日、自分が人間だったことに気づいたように。

黎深の傲慢さは、他者への無関心の裏返しだ。それゆえ人の気持ちを汲むことを知らない。一人で完結していた黎深の頑なな世界。それが、壊れかけていた。何があったかはわからない。だが悠舜はついに黎深を精密なカラクリ人形からただの人間にしてしまったのだ。

黎深はかすかに開きかけた唇を結局は固く引き結び、そっぽを向いた。捨て鉢で、ふてくされている。

「……あのねぇ黎深、アタシがなんでこのクソ忙しー時にわざわざきたか、わかる？」

「…………」

「アタシたちの中で悠舜の運命を変えられるとしたら、あんただけだと思ってるからよ」

黎深がかすかに反応した。

「ヘコんでんじゃないわよ。悠舜をテコでも動かせないのは、あんただけじゃないのよ」

黎深に悠舜は変えられない。

だが、それは黎深だけではない。志美も、鳳珠（ほうじゅ）も、飛翔も、みんな同じだ。やわらかな微笑みに秘められた、誰よりも強い意志の持ち主。こうと決めたことは、翻さない。かつて茶州に行くのを、同期の誰も止められなかったように。志美はぽつんと呟（つぶや）いた。

「……アタシねぇ黎深、悠舜が尚書令になった時、ああついにこの時がきちゃった……って、思ったわ。もう絶対引き返さないって決めて、戻ってきたんだって」

それまでの悠舜は長い休暇にいるようだった。

「……あの悠舜が尚書令を引き受けたのよ。ちょっと尚書令うまくやってー、そのあとどっかの州牧とか尚書とかテキトーに歴任しちゃってぇ、ブナンに退職金もらってノンキに老後ぉなんて、そこらの低俗高官みたいなこと、悠舜が考えると思う？　徹底的に、絶対譲らない覚悟で、『何か』をやるつもりで帰ってきたに決まってんじゃない」

悠舜が尚書令を引き受けるとしたら、一回こっきりだろうと、志美は思っていた。

その一回にきっとすべてをぶちこむ。

最初で最後。

……正直、なぜ、今なのかと、志美は思う。あの甘ったれた王や側近たちがヘマをやらかすたびに、もろに悠舜が余波を被る。後始末にかかりきりで、悠舜が貴陽へ帰って半年、王の尻ぬぐいしかできていない。黎深が悠舜を辞めさせたがったのもよくわかる。

歴代最高難度といわれた年の状元、しかも悠舜は国試初の平民状元として、国試派にとっても特別な存在だった。彼が尚書令になったということは、国試から初の平民宰相が出た、ということだ。それは、王と距離を置いていた国試派を一挙に取りこみ、貴族派との争いを有利にする、考え得る限り最強の一手だった。実際、紅州州府の貴族官吏たちも、悠舜の中央帰還を知るや気色ばんだ。逆転の切り札となりえた鬼才・鄭悠舜を、王は自らの言動で残らずフイにし、見事凡手にしてのけた。あれには白い灰になりかけた。

（……もう、超弩級のおばかさんな若者たちよネー……）

別に国の未来を見据えて悠舜を尚書令に迎えたわけでは全然なく、先王が茶州に隠していたとっときの切り札を、『なんか黎深よりスゴイ人が茶州にいるらしい』程度で呼び戻したとしか思えない。春からこっち、危機感をもって怒濤の攻勢をかけてきた貴族派が、この馬鹿馬鹿しい顚末に胸を撫でおろした程度なら、まだよかった。だが事態はそれをこえて、最悪に転がりつつある。

（ていうか、そうなるように画を描いて、動いてる『誰か』がいるのよねー……）

紅一族を手の上で転がしたことといい、朝廷に、凄まじく頭のいい『誰か』がいる。間違いなく悠舜と互角だ。悠舜はかろうじて最後の一線を拾ってきたが、王や側近の考えナシの行動に山ほど足を引っ張られ、王手はそう遠くない。志美や藍州の姜文仲が中央へ帰ろうにも、もはや簡単にはできなくなった。

正直、もうダメかも、と半ば志美は思っている。

（……旺季殿に兵馬の権をあげちゃった時点で、勝負はついたかもネ……）

それもいいかもしれない。志美は旺季を知っている。志美は兵士あがりで、一度だけだけど、彼の下で戦ったことがある。結果は負け戦(いくさ)。当たり前だ。十倍以上の兵力差だった上、相手は死の公子とアダ名された先王で、敵軍には司馬龍(りゅう)とか宋隼凱(しゅんがい)とか霄瑤璇とか悪名高い破壊魔神どもがゾロゾロいて、ご飯が食えるという理由だけでテキトーに従軍した下っ端志美も、あのときはさすがに、何その人の皮かぶった牛頭馬頭(ごずめず)軍団！　反則じゃないのぉ!?　と叫んだものだ。もうコレ死ぬ、絶対死ぬ、従軍先チョー間違えたと、しくしく友人宛(あて)に遺書を書いた。

（……今思えば、よく死ななかったモンよねぇ……）

生き延びた時、アタシ超すごくない!?　と呆心(ほうしん)した。今なら旺季や孫陵王が指揮官だったおかげだとわかる。相手が悪すぎた。のちにそれは奇跡の負け戦と、言われた。

戩華王はもういない。そして紫劉輝は紫戩華ではないと、朝廷は気づきつつある。

先王が死んで、数年経って、ようやく。

尚書令の辞令を受けたのは、悠舜自身が決めたことだ。

……『何』を心に秘めて、悠舜は帰ってきたのか。

何にせよ、己の身や命など、もはや悠舜は構うまい。

「……悠舜の決断は誰にも変えられないかもしれない。でもね、悠舜の運命を変えることはまだできるかもしれない」

黎深の手の中で扇が揺れた気もしたが、気のせいだったかもしれない。

「……それだけ、言いにきたのよ。アタシがあんたにこうして旧友として会いにくるのは、多分これっきり。――さよなら、黎深」

志美は黎深に背を向けた。去る間際、耳のいい志美にしか聞こえないくらいの囁(ささや)きが落ちた。「……悠舜から足を奪ったのは、私かもしれない」カラクリ人形みたいなぎこちない声だった。志美は振りかえらなかった。慰めることもしなかった。

「――だから？　紅家が今まで奪ってきた中じゃ、一番ささやかなモンだと思うわよ」紅州州牧の声で冷ややかに言い捨て、出ていった。

黎深はぱちりと、扇を閉じた。

＊　　＊　　＊

絳攸が彼の室を訪れたのは、夜更けだった。文の返事に、その時刻なら多分体が空くと書いてあったからだ。行ってみれば、人払いはすんでいた。

名乗ると、どうぞ、という聞き慣れたものやわらかな声が、扉の向こうから応じた。

絳攸は中に入った。

「……すみません、こんな時分に。うかがいたいことがあって、きました。悠舜殿」

悠舜は微笑んだ。

# アナザーエピソード

# 空の青、風の呼ぶ声

遠く遥かな向こうから、声が聞こえる。

それは忘れえぬ、優しい兄姉の声。

『こら燕青！　また喧嘩をしたそうだな。コソドロみたいにこそこそ帰りおって。悪いことをしたと思うならおとなしく怒られろ。そうでないなら堂々と帰って怒られろ!!』

穏和な父親のかわりにガミガミ説教し、悪戯の尻ぬぐいをしてくれた長兄。

『いやーっ！　また傷だらけで帰ってきて!!　燕青、泥んこの服を隠すのは許すわ。家中にペタペタ足跡つけるのも百歩譲るわ。でも怪我を隠すのは絶対に許さないわ！』

利発で、いつも毅然と美しかった上の姉。

どう見ても家業の商人には向いてないとぼやく長兄に、次兄はくすくす笑った。

『確かに商人には向いてませんね。そうだ、私と一緒に官吏になってもいいね。強くて優しい子だから、きっと向いてるよ。……一緒に官吏になる？』

大好きな次兄に優しく頭を撫でられ、燕青は得意げに胸を張った。

『なる！　小兄上は弱いから、僕が守らないとさ。あくとく官吏は、悪いテシタがたくさんいるから、小兄上、きっと捕まっちゃうもん。だから僕はたたかうカンリになって、小兄上を助けるんだ』

長兄が呆れ返る横で、日頃は物静かな下の姉がめっと窘めた。

『……燕青、これだけは覚えておいてね。ガキ大将でもいいわ。でも喧嘩は本当に大事なものを守るときだけにするのよ。強くて優しい子になってね』

カタン、と車輪が音をたてて廻る。幸と不幸が隣り合わせなら、宿命の車輪を廻す神は次の歯車を弄びながら、嗤ってその幸福を見ていたのだろうか。

差し伸べられた次兄の指が燕青の頬に触れると、――ごとり、と兄の腕が落ちた。床は血の池に変わり、うつろな目をした兄の首が転がった。

むせるような血の臭い。真紅に染まった世界。いつまでも響く朱い水音の中で塵のように転がされ、バラバラに切り刻まれた愛する家族。

叶えられなかったたくさんの優しい約束。

そして夢のような現実は終わり、悪夢よりも凄惨な『今』が始まる。

にぃ、と嗤う声で、彼は目覚める。

『十年は、お前を覚えておいてやるよ。それだけあれば充分だろ？　ただし、十年経ったら忘れるぜ、浪家の三男、浪燕青。お前が十五になるときまでな』

あの暑い夏の日から、その言葉だけが燕青の現実となった。

# 序

（ころしてやる）

目の前が真っ赤に染まっていた。

燃えるように熱い体を引きずり、燕青は顎と肩を使って山を這いずった。両の手足は折られて使いものにならなかった。左頬にはぱっくりと赤黒い傷が口を開け、じくじくと耐え難い疼きを少年にもたらした。世界は陽炎みたいに歪んでいた。

一日目は数えた。二日目から生きる方に集中した。三日目から数えるのをやめた。起きれば、獣のように目についた草や土を喰い、時折降る雨水をすすっては、太陽と影を頼りに西に這いずった。狼や野犬の群れが何度か彼を囲む気配もしたが、少年の憎悪に気圧されるように去っていった。

（ころしてやる）

昼も夜も、脳裏に血の池が明滅する。赤い池にぷかりと浮き沈みする、家族の切れっ端。残骸。なれの果て。毬のように放り投げられた虚ろな表情の母の生首。

『新しいご子息の誕生、お祝い申し上げます。わたくしめ、流れの絵師なのですが、貴家のお噂を耳に致しまして。お慶びとご健勝を祈念してご家族の肖像を描くおつもりですとか……。どうでしょう、皆様の肖像画はわたくしに描かせて頂けないでしょうか』

噛みしめた奥歯が、金臭い。

『強くて優しい子になってね』

ごめん小姉上、おれ優しくなれない。這いずってでもあの男を殺しに行く。この手で殺して復讐する。それが『悪いこと』でも。だってそうしないと生きていけない。

兄上や姉上みたいに強くないから、そうしないとひとりで生きていけない。

（わすれたくないんだ）

どんな凄惨な記憶でも、燕青に残っているものは記憶だけだったから。

忘れないまま生きてゆくには、糧が必要だった。

――復讐と憎悪。それがないと死にたくなる。

（ほんとうはいまだってしにたい）

みんなと一緒の場所に行きたくて行きたくてたまらない。

のろのろと這いずっていると、近くで、獣の息づかいがした。

銀色の狼が少し離れたところから燕青をうかがっていた。あまりにも大きかったのと、朦朧としていたのとで燕青は現実だとは思えなかった。

狼がのそりと近づく。銀の毛並みが綺麗で、燕青は少し、見惚れた。

（この狼になら喰われてもいいなぁ……）

ふと、そんなことを考えた。

急に、どっと疲れてしまった。

（おれ、もう死んでもいいんじゃん？）

考えてみれば、死にたいと思ってるのに、なんで這いずってるんだろう。あの男に復讐するったって、いまだに山もおりられないし。一人だし。全身骨折してるし。復讐なんてムリムリ。生きろ！　とか言われたわけでもなし。なんか本気でこの狼に喰われて死んでもいい気がしてきた。

（だっておれ、まだ五歳なんだよ）

そうだ。まだ五歳なんだ。あの鬼みたいな男が「十年は待つ」とか言ったけど、ふざけんなよ。十年たったっておれまだ……十五？　じゃん。十五の兄ちゃんくらい、おれだって勝てるぞ。伝説の武闘老師にでも弟子入りしない限りカチメねぇに決まってる。

（よし、決めた。死のう。おれのジンセイ今日で終わりだ。狼にくれてやらぁ）

と、顔の横に巨大な狼の前脚がぬっと現れた。近くで見るとマジででかい。燕青を丸呑みできるくらいの巨軀だった。

狼はフンフンと燕青のにおいを嗅ぎ回り始めた。狼の胸まわりの毛にふさふさと顔をくすぐられ、燕青は硬直した。時折のぞく真っ白な牙も、顔の近くをうろつく爪も、燕青など紙のように引き裂けるほど鋭い。ややあって、鼻先でごろんと仰向けに転がされた。ずい、と狼と真っ正面から目があい、燕青の全身から冷や汗が噴きだした。

（こ、こ、こ、こえー!!）

燕青はおののいた。怖い。超怖い。あの男には怖いなどと思わなかったのに、死ぬ気が失せるくらいその存在に圧倒された。

ぐあ、と熟れたように真っ赤な口腔がのぞく。燕青は覚悟して目をつむったものの、顔を舐められただけだった。舌なめずりのつもりか、燕青の腕や足をぺろぺろ舐め回す。

燕青はたまりかね、ついに飛び起きた。

「こここのヤロー！　喰うならとっとと喰えよ！　怖いだろおれが!!　……って、アレ？」

燕青は体を見回した。……両手両足がバキボキ折れていたはずだった。のに。

「……なんで立てんのおれ？」

つい狼に訊いてしまった。本当にでかい狼だった。「お座り」してるくせに燕青の背丈よりも大きい。狼は燕青を無視し、のそのそどこかへ立ち去ろうとする。やたら人間くさい狼だ。燕青は慌ててふっさりしたシッポに飛びついた。

「あっ、待てこいつ！　行くなら喰ってから行け！　馬鹿にしやがって。おれ、おれはなぁ！　死にたかったんだぞ。治してくれなんて言ってねー！　治ったら――ちくしょう、生きるしかないじゃん！」

初めて燕青は泣いた。

死ぬ理由がなくなってしまって、燕青は号泣した。よくわかんないが、元気になってしまった。歩いて、山を下りて、あの男を捜せる体に。もう死ねない。もう、生きるしかない。家族の死んでしまったこの世界で。

一人きり復讐の刃を研ぎ、ひたすらあの男を追って。そうしていつか、家族が願った自分じゃなくなる日がくるだろう。死ねば今のままの自分で逝けたのに、もうダメだ。もうダメだ。

坊主か復讐かを選ぶなら、燕青の答えは一つしかない。

燕青は狼のシッポで涙と鼻水をぐしぐしぬぐった。狼は迷惑そうにシッポを引き抜こうとしたが、燕青は放さなかった。全部こいつのせいだ。鼻水くらい何だ。

「責任とれこのやろー！　いいか、お前覚えとけよ。おれ馬鹿だから忘れるかもしれない。おれの家族は世界一だ。おれ幸せだった。毎日めちゃめちゃ幸せだった。父上と母上が好きで、怒られてばっかだったけど兄上も姉上も大好きで、妹は超可愛くて、弟はサルみたいだったけど、だんだん人間ぽく可愛くなってたんだ。おれくらい毎日シアワセだった五歳児はいない!!」

叫ぶと、燕青は地面に仰向けになった。

そう――なんて幸せだったのだろう。

「でも、そんなシアワセいっぱいなおれとも、今日でお別れだぁ……」

消えかけていた憎悪が再び蘇ってくる。

脳裏に、あの男の嗤い顔が点滅する。自分が変わる音がする。それは断絶の音。優しい家族とは、道を異にするきしみ。

――さあ、あの男をコロシニ行コウ。

にぃっと、燕青は笑う。

生かしたことを、後悔しろよ。

「……見てろよあいつ……十年後、絶対、ぶち殺してやる……」

——復讐の幕が上がる。

それが自分の人生だと、燕青は悟った。

気を失う前に、少しだけすすり泣いた。

愛する家族との永遠の決別と、もう二度と戻れない昔の自分を憐れんで。

その様を見ていた狼は、ややあって哀れな少年に寄り添い、守るようにシッポで包みこんだ。


——


——八年後。

「うおりゃああ隙ありぃぃいー！」

燕青は棍を片手にイノシシを追っかけ、山の中を大爆走していた。

投げた棍が命中し、イノシシがもんどり打って転がる。すかさず捕獲しようとした燕青を、巨大な銀色の狼が遮った。燕青はムッと腹を立てた。

「コラー邪魔すんな銀次郎っ！　そいつは俺とお師匠の今夜の晩飯なんだぞっ」

銀次郎などと勝手に名前をつけられた山のヌシが、燕青に向かって低く唸った。

「なんだよ銀次郎……って、ううっ！」

倒れこんだイノシシの傍に、わらわらとうり坊たちが寄り集まってくる。

「母イノシシだったのか……」

それまで必死で逃げていた母イノシシが、子供を守るように燕青と向かい合う。

「くそぅ、うりうりと出てきやがって……しゃーねぇ、見逃してやらぁっ」

威勢のいい啖呵を切って元きた道を引き返しながら、燕青の腹が鳴った。今日は腹一杯肉が食えると思っていただけに、余計腹ぺこになった。ぐぉ〜ぐるるる〜とものすごい音をたてる燕青の腹の虫に、銀次郎もたじろいだ。燕青は恨めしげに銀次郎を見た。隣をのしのし闊歩する銀色の狼は、燕青が十三歳になった今も、ちっとも小さくなった気がしない。

「くそー晩飯また魚じゃん。肉くいてー。肉肉にくー」

ぶつくさぼやく燕青の服を銀次郎がくわえ、鼻面で器用に背に放りのせて走り出した。

銀次郎は庵のある山頂でなく、なぜか山麓に向かいはじめた。燕青が首をひねると、獣の唸り声が聞こえてきた。銀次郎に遅れて燕青も気がついた。

（人の気配——）

燕青が棍を握り直すや、銀次郎が大きく跳躍した。男が一人、一頭の熊と対峙している。

夕闇で、男の持つ白い刃が光る。

「ばっかたれー！　クマ相手に命張ってんじゃねぇ!!　早く下がれ！」

燕青は銀次郎の背から飛びおりる。人影が素早い身のこなしで後ろに飛び退る。下がれとはいったが、本当にできるとは思わなかった。一瞬の半分、その男と目が合った。

振りかぶった棍を熊の眉間にぶちこむ。頭蓋が砕ける感触が燕青の手に伝わってきた。

熊が仰向けに倒れて動かなくなると、背後の男が剣をおさめた。

「ありがとう。助かった」

燕青はくわっと振り返った。

「助かった、じゃねぇ。麓の村長さんにいわれたろ。日暮れになったらこの山に入るなって」

一目で貴人としれる男だった。立ち姿には隙がない。本職ではなさそうだったが、抜けば滅多に負けることはないだろう。若い頃はだいぶ鳴らしたに違いない。だからといって、熊相手に剣を抜く馬鹿がいるか。

「何考えてんだ。命は一個しかないんだぞ！　一目散にケツまくって逃げろっつーの！」

そのとき、男の後ろからひょこっと何かがでてきた。燕青は目を丸くした。

「……うり坊じゃん。なんだ、さっきの母イノシシの子供か？　はぐれたのか――って」

燕青は顔を引きつらせた。

「……あんたまさかうり坊一匹助けるためにクマ相手に剣抜いたんじゃないだろな」

男はばつが悪そうにした。

「……君だって、私一人を助けるためにクマ相手に戦ったじゃないか」

燕青はあんぐり口を開けた。……ここにものすごい馬鹿がいる。

「俺はいーんだよ！　強くて若いから！　年寄りなんだからムリすんな！」

「君は若いのでなく子供というのだ」

「くわー。死にかけといてつべこべゆーな！」

「ところでさっきの、銀色の狼がこの山のヌシか？」

「銀次郎？　あ、くそ、忘れてた。置いていきやがったなアイツ」

あれだけ大きい獣のくせに、空気に溶けこむようにいなくなる。

「銀次郎？　銀はわかるが、なぜ次郎なんだ？　太郎はどこにいるんだ？」

偉い貴人が真顔でそんなことを訊くのが、燕青はおかしかった。ヘンな奴だ。

「昔俺んちにあった梅の木が梅太郎だったの。だからあいつは二番目で銀次郎」

梅の木と勝手に兄弟にされている山のヌシに、男は思わず吹き出した。

燕青は死んだ熊をよっこらしょと背負った。体積からすれば燕青の三倍はある。男から見ると、少年が頭からかじられてるみたいである。その熊をどうするんだと男が聞きかけた。燕青の腹がぐぉぐきゅるるる～と猛烈な音を立てた。今にも死にそうな腹の音だった。

（食うんだな……）

聞く前にわかったので、男は聞くのをやめた。うり坊まで食べられそうだったのでこっそり逃がしてやった。

「まったく、あんた何しにこんな夕暮れにノコノコ山に入ってきたんだ？」

「伝説の武闘老師と名高い南老師に会いに来た。私の名は――」

茶鴛洵、と彼は名乗った。


「うまー！　すげーうまい！　じっちゃん、料理上手だな！」

燕青のねぐらは銀狼山の山頂近くにある。熊をかついで小屋まで茶鴛洵を案内すると、お礼にと彼はクマ鍋をつくってふるまってくれた。一口ほおばり、燕青の顔がパッと輝いた。あまりの美味しさに椀をかっこむ。

「こういう野戦料理なら、若いころよくつくっていたからな」

「へー。てっきりお師匠をふんじばりについにお役人がきたのかと思ったけど、クマ鍋のうまいお客なら大歓迎。あーよかった」

茶鴛洵は自分が実は『中央のお役人』なのは黙っておこうと思った。

「なぜ？　老師が何かしたのか」

「いやー……お師匠、ちょっと常識がない人だからさー……」

実際はちょっとどころではない。

燕青もいい加減大雑把だが、お師匠は根本的に人として大雑把だった。貨幣というものを知らず、山麓の村で飼ってる牛や羊を勝手にかっぱらい、畑の大根を引っこ抜き、リンゴ畑のリンゴを猿のごとく荒らし回っていた。「よーし燕青、今日は今すぐできる山での楽な生き方を教えるゾー」などというお師匠にノコノコついていった燕青は、その所行にぶっとんだ。

(山賊じゃんか!!)

山での楽な生き方って！

いま思い出しても背筋が凍る。お師匠の浮世離れっぷりといったらない。

麓の村人は村長を始め、やたらノンキな人が多く、「燕青どん、構わん構わん。この山はヌシ様のもんで、わしらは裾を間借りしとるだけじゃ。獲れたもんは全部ヌシ様の好きにしていーんだべ」などと銀次郎とお師匠をごちゃまぜにし、腹ペコお師匠が軒の吊るし柿を盗み去ってもお地蔵様にお供えする感じで見逃してくれていたが、ついに誰かの堪忍袋の緒がぶち切れてお役人を呼んだのかと思った。

「近隣の村人は、みんな南老師と君に感謝していたぞ。盗賊を一掃してくれたと」

「あー……そ」

「浮かぬ顔だな」

燕青は箸をくわえながら渋い顔をした。

山の迷惑ザルのごとく好き放題しまくりなお師匠を説き伏せ、人様のお役に立とーよ！と二人で用心棒をやりはじめてからだいぶ経つ。確かに近隣の村から盗賊は消え、今では銀狼山の用心棒は〝殺刃賊〟と並んで音に聞こえるほどになった。が——。

「実際は何も変わってねーもん。役人が盗賊と癒着してるからな。いくらとっ捕まえたって即釈放。またどっかで悪さやってるぜ。役人の意識を変えなきゃ話になんねーよ」

空になった燕青の椀にクマ汁を注いでいた鴛洵は、手を止めた。

「燕青……君は、いくつだ？」

「ん？　十三」

鴛洵は呟く。

「……正反対だな」

「ん？　俺？　誰と？」

「この国の二番目の公子と」

「公子ぃ⁉　なんじゃそりゃ。つかじっちゃん知り合いなんか。実は超エライ人⁉」

清苑公子に燕青のような明るさがあったなら――いや、せめて一人でいい、燕青のような屈託のない友人がいれば――と鴛洵は思う。

燕青とは反対に、すべてが氷のような公子だった。自ら子供であることを捨てた少年だった。優秀すぎるほど優秀な、第二公子。

彼はもういない。鴛洵が貴陽を出たあとに起こったことを思えば、苦い思いがこみあげる。だが鴛洵の体は一つしかない。第二公子の流罪を止められなくても、自分が茶州に帰還した目的は果たさなくてはならなかった。

「銀狼山の用心棒に、依頼があってきた」

燕青は椀から顔を上げた。そうだろうと予想していたから、驚かなかった。そのときまで、燕青はいつも通り、気楽にくつろいでいた。次の言葉を聞くまでは。

「――依頼内容は、〝殺刃賊〟の壊滅」

燕青の顔から太陽のような明るさは消え失せ、一切の感情が仮面を外すように削げ落ちた。人好きのする瞳は冷えた虚無にかわり、ぞっとするような奈落となって闇に沈んだ。

だしぬけに、凍りついたような沈黙が破られた。

「オイ、そこな招かれざる客人、そういうことは弟子でなくわしにいえ」

鴛洵が驚いて戸口を振り向けば、一人の男が立っていた。

燕青は、くわえ箸で目をぱちくりさせた。

「あれー、お師匠！　めずらしーね、出てくるの。知らない人なのに真っ赤になって逃げださないし」

「何を言う。わしも進歩するのだ。師匠だから、弟子のお前より日々一歩進んで三歩下がるほどに成長しとるのだ」

「退化してんじゃん！」

燕青はもう元通りだった。

今しがたの怖気のくる表情は錯覚かと、鴛洵は目をこすった。と、『お師匠』が今度はクマ鍋を挟んで鴛洵の向かいに座っていた。ずいぶんと印象的な男だった。骨っぽく、高い背、獣を思わせる虹彩、腰まで伸びた長い銀髪には、一筋だけ真紅の房が混じる。端整とは言えない顔立ちなのに、いつまでも見ていたい不思議な魅力があった。年齢もよくわからない。三十代といわれても、五十代といわれても納得できる気がした。男――南老師はじろじろと無遠慮に鴛洵を眺めた。鴛洵が名乗ろうとすると、横の燕青がお玉で鍋底を叩いて怒り出した。

「お師匠!! せっかくつくってくれたクマちゃん鍋、一瞬で全部喰うなよ!!」

　鴛洵が鍋を確かめると、ついさっきまでたっぷりあったはずのクマ鍋が一滴残らず消えていた。そんなバカな。座ってただけのはずなのに。

「俺はいーけど、鴛洵じっちゃんは俺によそってくれてて、一口も喰ってなかったんだぞ! お客にシツレーだろっ」

「そーか。じゃ、馳走になった。帰れ」

「お師匠! こんな夜に帰すつもりかよ! この人は依頼にきたんだぞ」

　南老師はうるさそうに耳をほじった。

「燕青。外で銀次郎と一緒に遊んでこい」

言うや否や燕青の頭を片手でわしっとつかみ、炊事窓から外へ毬のように投げた。燕青はつっかえ棒と一緒に、「ぎゃー」と叫んで吹っ飛んでいった。

　鴛洵は呆気にとられた。宋隼凱に話を聞いてはいたが、やることなすこと想像の上をゆく。

南老師は鬣さながらの銀の髪を揺すった。野放図さとは裏腹に、その髪は神獣の毛並みのようで、その目にひたと見つめられれば、本当に野生の獣を前にしている気になった。

「燕青の宿命を揺り動かし、ここから連れ去る、招かれざる客よ。だがうり坊を助けたことで、おぬしは山の客人となった。話を聞こう。しょうがないから」

うり坊を助けたことを知っていても、鴛洵はなぜか不思議に思わなかった。銀次郎が山のヌシなら、大人のような子供のような彼は、まるで山の神のようだと、思った。


燕青は小屋の外に積み上げた干し草を寝床に、銀次郎の白い腹を枕にしながら夜空を見上げていた。いつもなら晩ご飯が終わったらすぐ眠たくなるのだが、今夜は目が冴えて眠れそうもなかった。

『――依頼内容は、〝殺刃賊〟の壊滅』

気が昂ぶる。心臓が脈打ち、視界が真っ赤に染まっていく。

左頬の傷が熱をもって疼いた。燕青は意識して深く息を吸いこんだ。

不意に、銀次郎が起き上がり、燕青は白い腹からふり落とされた。干し草から引っ張り上げてくれたのは、鴛洵だった。

「あれ、鴛洵じっちゃん、どしたの？　話終わったの？」

「ああ。それで南老師から、寝るなら外の干し草で寝ろといわれたから」

「おしょーは！　俺の寝床貸すよ！」

「いや、干し草でいい。昔はよくこうして眠った」

　銀次郎はぶらぶらとどこかへ行ってしまった。銀次郎もお師匠と同じで、人がくるとサッと姿を隠す。

　日向（ひなた）の匂いがする乾いた干し草に二人並んで横になった。

「……燕青、依頼は取り消す。忘れてくれ」

　燕青は長い長い間、黙っていた。眠ってしまったのかと鴛洵が思ったとき、不自然な声で応答があった。

「……お師匠に聞いたんだな、俺のこと。ありがとじっちゃん。でも行くよ」

「燕青……」

「俺さー、馬鹿なんだ。読み書きもろくにできねーの。ちゃんと教わったはずなのにさ」

　燕青は星を仰いでいる。

「……馬鹿なんだ。家族のことは忘れても、あの男の顔も声も全部覚えてる。アホじゃん俺。逆だよ。でも、俺に残ってるのは、それだけなんだ。だからこの山を下りて、俺は俺の世界に戻る。それがどんなに先のない真っ暗闇でも、——俺は、俺の家族を皆殺しにしたあの男をぶっ殺しに行く」

『家族』の記憶はとうに朧（おぼろ）になってしまった。夢の中でさえ顔が判然としなくなったのは、いつからだったろう。あれだけ忘れたくないと思っていたのに。

家族の顔も忘れてしまった今、もう誰のためでもなかった。ただ自分のために、燕青はこのハチャメチャで、でもどこよりも守られた大いなる世界から、出て行く。

『お前が止めても、燕青は行くだろう。たった一人でも。お前ではなく、運命が自分を呼んでいると気づいたから』

鴛洵の胸がつかえた。

燕青は目を閉じる。

この山でお師匠と銀次郎と過ごした八年は燕青を守ってくれたが、彼の世界ではなかった。いや、そうすることができなかった。

燕青はかつて自分に課した誓いを、ついに忘れることも捨てることもできなかった。凍えた憎悪が消えてなくなることはなかった。ただ時が止まっていただけだ。燕青の心の片隅にはいつも、凝った闇がうずくまっていた。

（ごめん、お師匠。銀次郎）

彼らを選べなかった燕青は、銀狼山を出て、自分の世界に戻るのだ。

五歳の夏の日から、変わることなく血を流しつづける赤い眼裏と、今日まで手放すことができなかった憎悪とともに。

南老師は、崖の高みで星を見ていた。そのうしろに、銀色の狼が控える。

「ギンジロー、なぜ燕青を連れて来た？」

銀色狼の名は別にあったが、今では誰もがそう呼ぶようになってしまった。

（……憐れだったのです）

銀色の狼が答える。

（憐れという感情を、あのとき初めて知ったように思います、我が君）

「起きるなり私が焼いてた牛の丸焼きにかぶりついて、尻に火がついてワーワー駆け回ったあげく、頭から川に飛び込んで川底に頭をぶっけて気絶してた子供のどこが憐れだったんだ」

（……ええまああのときは、自分の見たものが錯覚だったかと思いましたが）

魚と一緒にどんぶらこと川を流れていく燕青をくわえて拾いあげたのは銀次郎だ。物凄いアホな子供に呆気にとられて眺めてしまい、助けるのが遅れた。

銀次郎はふっさりと尻尾を揺らした。この自慢の尻尾で鼻水をふいた人間は、あとにも先にも燕青だけだろう。……錯覚などではありはしない。

（……わたくしは、燕青が壊れる時に立ち会いました。壊れる前の燕青が、わたくしに幸せだったことを覚えてろといいました。忘れるかもしれないから、と）

幼い少年が憎悪に塗りつぶされるのを、銀次郎は垣間見た。

あの時、殺せばよかったのかもしれない。銀次郎は今もそう思うことがある。もともとそうするつもりで赴いたのだった。異様な殺気で獣さえ退け、何日も山を騒がせる異物を排除するつもりで。気まぐれを起こして子供の怪我を治してやった時も、銀次郎はその子供に関心はなかった。歩けるようになったら、とっとと山を下りるだろうくらいの、軽い気持ちだった。

だが、子供は泣いた。なぜ助けたのかと。もう生きるしかない――と。

もう生きるしかない。そう言って、燕青は陶器がカシャンと砕けて土塊に還るように、静かに壊れていった。あの魂切るような叫びを、銀次郎は忘れられない。

(ここへ連れてきてしまったのは……わたくしの後悔、かもしれません)

「……銀次郎、本当はの、燕青の命数はあの日に尽きる宿命であった」

銀次郎は息をのんだ。

夜昊では満天の星がまたたいている。

(わたくしが……天命を変えたのですか)

「違う。変えるのはいつでも燕青だ。お前を呼んだのも、お前の気を変えたのも燕青なのだ。燕青のもつ太陽の星は周囲をあまねく照らし変えうるが、太陽を変えることは誰にもできぬ」

燕青が偉大なる銀色狼を変えても、燕青がついに変わらなかったように。

だが燕青の星は、正しくは太陽の狂気。常は光に隠されて見えないが、いつでも影のように闇がついてまわる。太陽が狂えば、誰にも止められぬ。そんな危うく揺れる天秤の真ん中を、燕青は平気な顔で爆走してきた。

自分を支配する男の鎖を断ち切る日だけを見据えて。

この八年、燕青は勝手に強くなった。特に剣への執念は凄まじかった。

　最初は刃物を見るたびに、痙攣と嘔吐を繰り返した。それでも剣を握りつづけた。剣稽古は一日のうち僅かだったが、そこに心血を注ぐかのように異様に上達した。正確には剣技でなく、殺す技術だけが跳ね上がった。燕青は技も型も一つも覚えなかった。獣が牙で狩りをするように、獲物を確実に仕留めることだけに集中した。

みるみる殺し方だけうまくなった。剣をもったときの燕青の動きはまるで別人だった。稽古が終われば手入れも早々に剣を藁の下に押しこめる。たまに風で剣がのぞいていたりすると、嫌そうに蹴っ飛ばす。なのに三日に一度はその藁の上で寝る。

燕青の八年間は、そんな風に過ぎた。

剣は燕青の『狂気』そのものだった。

間違っていると思いながら、厭いながら、どうしても手放せなかったもの。

一日の僅かであってもそこにすべてをぶちこんだように、傍目にいかにお気楽に見えても、燕青の過ごしたこの八年は、一人の男を殺すためだけにあったのだ。

……だが、約束の十年目まで、あと二年の猶予があったはずだった。

星屑の中に、息も絶えなんと明滅する小さな星がある。

「弟子を呼んだのは、あれか……」

燕青が銀次郎を呼んだように、今また星の軌道を変えても、燕青を呼ぶ者がいる。燕青が山を下りなければ、あの星は落ちる。今生で燕青とその星の主が出会うことはないだろう。

行くのはいい。だが、そのあとは？

『お師匠……目の前がずっと真っ赤なままなんだ。血が流れ続けてるみたいに』

一度、どうしても剣が手に吸いついて離れないと、泣きながら燕青がやってきたことがある。

『間違ってるって、わかってる。こんなに苦しい。でも他にどうすればいい？』

苦しみ抜いて出した答えさえ、間違っていると知っている子供。八年間のほとんどを太陽の下で笑って過ごした。引きずる影だけが闇に染まっていたとて、誰が間違ってるといえる。潰れそうな燕青の心と同じ重さの『正解』を教えられる。

南老師は答えられなかった。何一つ。ただ約束をあげることしかできなかった。

『……お前がお前でなくなる日がきたら、わしの手でゆっくり眠らせてやる。お前の家の梅太郎の根もとに埋めて、塵になるまで銀次郎と一緒に毎日遊びに行こう』

すると燕青は、ほっとしたように笑い、剣を手放して眠りについた。

……だが、お前が塵と消えたら、私も銀次郎もひどく悲しいだろう。

消えてしまった二年をこんなに惜しもうとは、南老師は思わなかった。

# 二

「茶鴛洵殿が動きましたか……」

〝殺刃賊〟の根城・梁山に築かれた居城で、報告を聞いた男はポツリと呟いた。序列第三位、ずば抜けた頭脳で縦横に機略を駆使することから、〝智多星〟と呼ばれていた。

「茶鴛洵とかいうやつが銀狼山に行ったからといって、それがなんだ？　銀狼山程度に何ができる？　この十年、官軍でも俺たちに手も足もでなかったものを」

副頭目の瞑祥は皮肉げに言った。もう十年近く一緒にいるが、瞑祥はいまだにこの男が好きになれなかった。かつて瞑祥の担当だった計画立案を一手に引き受け、瞑祥以上に鮮やかにしてのけることも、頭目・晁蓋の鶴の一声で序列第三位になったことも気にくわないが、何より腹の中がまるで読めないのだ。得体が知れない。

とはいえ〝殺刃賊〟の中で、まともに話のできる数少ない相手であることは瞑祥も認めていた。

「銀狼山には何度も略奪を邪魔されて目障りな輩だが、所詮小勢だろう」

〝智多星〟はややあって、思慮深く、そうですね、と答える。

「……少し、気になっただけです。くれぐれも注意を怠りませんよう」

やけに素直に引き下がったことが、いっそう瞑祥を苛つかせた。結局、〝智多星〟が何をしても、癪に障るのかもしれなかった。瞑祥は会合の最後に、竹簡を連ねた巻物を放り投げた。

「今月の新入りだ」

巻物の厚さに、〝智多星〟は眉を顰めた。

「……だいぶ、入れましたね」

「子分を補充せねば仕方あるまい。毎日ぞくぞく〝小旋風〟に殺されるからな」

〝智多星〟の顔つきが険しくなった。

「〝小旋風〟を仕留めたヤツは大幹部昇格、および金百両をくれてやると約束したのはお頭だ。私じゃない。死人が出続けるのも仕方あるまい？」

「それだけではないでしょう。攫った村人を〝小旋風〟に差し向けてると聞きましたが？」

瞑祥はくつくつと嗤った。

「〝小旋風〟のお陰で、くだらない毎日にも楽しみができた。見ていて面白いぞ。日に日に剣技が冴えていく。堕ちていく一方なのに、未だにお高くとまってる。どんなに薄汚れても自分は特別と自惚れているらしい。可愛いじゃないか。まるで馬鹿な生娘だ。綺麗で傲慢で、愚かな少年を踏みにじる時ほど快感なものはないな」

〝智多星〟は瞑祥を非難するかわりに、こう言った。

「……まるでご自分のことを言っているような口ぶりですね」

次の瞬間、〝智多星〟の頬に赤い筋が走った。少しして傷口が裂け、血が流れ落ちた。

深手ではないが、治るまでひどく痛む傷だった。

「失礼……気に障りましたか」

落ち着いた声音に、瞑祥は忌々しげに舌打ちし、足音高く出て行った。

〝智多星〟は斬られた傷を手巾で押さえながら、竹簡に目を通した。

ふと目がとまった。年齢の欄に、異様なほど若い数字が記されている。

――十三歳。

しかも最難関の武芸部門で入っている。ということは、中幹部級の猛者を十人抜きしてのけたということだ。事実だとすれば、〝小旋風〟にも比肩しうる。

「出身地は……梅太郎があるとこ……？」

彼はつい微笑した。

名は、浪燕青。

彼はその名を口中で呟いた。

＊　＊　＊

「アダ名？」

首尾よく〝殺刃賊〟にもぐりこんだ燕青は、まるで十年前からいたかのような顔をして、教育係兼兄貴分となった男の後をついて歩いていた。我ながら違和感がない。

「おお。手柄を立てるか、一芸に秀でりゃあアダ名がつく。たとえば台所とゆー戦場で皆の肉を毎日一心不乱に屠(ほふ)ってる曹正(そうせい)のアダ名は〝操刀鬼(そうとうき)〟だ！　ヤツは元肉屋よ」

「台所……」

「ま、イチイチ名前なんざ覚えてられねぇのよ。それでなくともアホアホが多いからな。昨日も誰が一匹魚を多く食ったかで大喧嘩(おおげんか)よ。だから俺は言ってやったわけよ。バカヤロー！　全員で次の日のお通じの量を比べりゃ一目瞭然(いちもくりょうぜん)だ・ろ⁉　ってな。俺はなかなか頭脳派だからな」

　燕青はなんだか自分も頭脳派になれそうな気がしてきた。

「頭脳派っていや、〝智多星〟だな」

「〝智多星〟？」

「序列第三位の大幹部よ。頭がいいからそうつけられたらしい。名前は忘れた。ほらな、アダ名は便利だろ。忘れねぇ」

　確かにそうだ。アニキみたいな人のためにアダ名は必要だ。燕青は頭脳派になれそうどころか、すでに頭脳派な気がしてきた。めでたくアホアホの仲間入りを果たしたことに気づいてないアニキよりは向いてる気がする。

「軍師って奴だ。デカい強盗(タタキ)は全部〝智多星〟が計画してるってハナシだぜ」

　燕青は気のないそぶりを装い、訊いてみた。

「すげーね。どんな奴なの？」

「それが謎でな。古株なのはちげぇねえが、大幹部でも会った奴はほとんどいねーらしい。頭脳派はとかく考えすぎて鬱々と引きこもるからな。俺も覚えがある。雨の日に使うアマガッパあるだろ。由来は『雨と河童』に違いないという歴史的発見に辿り着くまで一晩中眠れなかった」

燕青は目を点にした。……そうだっけ？

（アマガッパってなんか……別の漢字じゃなかったっけ）

『雨河童』じゃなかった気がする。でも字面はそれっぽい……。ぼやぼやーっと漢字が浮かびかけたものの、途中で消えてしまった。『雨と河童論争』に紛れてあやうく〝智多星〟の名も忘れかけた。恐るべしアニキ。やっぱ頭脳派なのか！

「アニキもアダ名があるの？」

「たりめーだ。ふっふっふ、俺のは超カッケーぞ。聞いて驚け。俺のアダ名はな――」

アニキはふんぞり返って披露した。

「〝短命二郎〟だ!!」

「〝短命二郎〟!?」

燕青は驚いた。短命二郎！

（どーゆー反応を返す俺!?）

とりあえずスゲー？　確かにスゲー。誰がつけたか超気になる。とりあえず拍手？　時間稼ぎにブナンだよな。とりあえず超カッケー？　演技が重要だぜ俺。

〝短命二郎〟アニキは燕青が声も出ないほど感じ入っていると勘違いし、ひどく気分を良くした。可愛い舎弟ができた。

「よしよし、お前にゃあ俺の弟分としていずれ〝短命三郎（サンロー）〟のアダ名を許そう」

燕青は飛び上がった。嫌だそんなマヌケで不吉なアダ名!!

「アニキ!!　アニキと違って俺超長生きするつもりだから別のアダ名がいいよ！」

アニキはポカリと燕青の頭を殴った。

「バカヤロー！　勝手に俺の寿命を縮めんじゃねー！　『俺と会ったが百年目、おめぇの命（タマ）もここまでヨ』ってことだ！　短命なのは俺と会った相手だ相手！」

「まぎらわしいよ！」

「うっせー！　ヒネってるといえ！」

燕青はまたポカリと殴られた。何はともあれ頭脳派とはほど遠いアダ名だ。大体アニキは賄い係なのになぜそんなアダ名が。

「ま、なんかアッと驚く手柄か名を上げることでもしねーと、アダ名はムリだがな。たとえば〝小旋風〟を倒すとかな」

「〝小旋風〟？」

アニキは今までとうってかわって真剣な顔になった。

「……おい三郎（サンロー）、誰かが〝小旋風〟のことを言っても相手にすんじゃねぇぞ」

「え？」

「おめぇは確かに強い。中幹部十人抜きしたときは見事だった。それに馬鹿で可愛いヤツだ。俺は気に入った。いいか、命が惜しけりゃ〝小旋風〟には近寄るな。報奨につられて挑んだやつがもう百人近くあのガキ一人に惨殺されてる。あいつは魔物よ。……人間じゃねぇ」

見張り窓から風が吹きこんだ。根城は梁山の地形を利用して大小いくつもの寨からなっている。山城もあれば水辺の砦もあるという。今、燕青がいるのは小さな山の寨で、どこでも木々のざわめきがする。見張り窓からは明るい日が射していた。燕青はそこから昊を見上げた。

……なぜだろう、誰かが彼を呼んでいるように思う。

ずっと、銀狼山にいるときから。

『生き延びなさい』

誰かがそう囁いた。

濡れた綿や布が傷口にあてがわれ、薬がすりこまれる。かつて清苑と呼ばれていた彼は、激痛に何度も絶叫し、暴れた。それでも相手は辛抱強く手当てを続けた。

混濁する意識の中で、繰り返されるその囁きだけが耳に残った。

『生き延びなさい……たとえ奈落の底でも』

……なぜ？

なんのために？

——目覚めてから、幾度となく彼はその言葉を考える。

死体が五つ、むきだしの地面に転がっている。報奨目当ての賊の一味もいれば、身なりから旅人や風来坊としれる輩もいた。日は射さず、必要な時のみ松明や灯火がともされる。燃えさかる松明の向こうから、ひどく粗末な身なりをした男が、〝殺刃賊〟の手下に突き飛ばされて震えながらこけつまろびつ入ってきた。

〝殺刃賊〟にさらわれてきた村人は歯の根を鳴らしながら、ひっきりなしに辺りを見回した。広々とした洞窟だった。松明の火で、奥まで様子が見通せた。炎は地面に転がる五人の死体と、一人の少年を照らしていた。まだ年端もいかぬその少年は、両の足首に枷をはめられ、鎖で鉄の寝台に繋がれていた。片手には錆びてボロボロの剣を下げている。

この子供を殺せれば解放してやる——瞑祥という副頭目がそう約束した。それが生きて帰れる唯一の道だった。村人はガタガタ震えながらも与えられた鉈を握りしめた。

少年ににじり寄った時、目が合った。魔物の如く底なしの虚ろな目に、村人はわなないて鉈を取り落とした。少年の腕が動く。村人は首をかっ切られて絶命した。噴き上がった血飛沫にも、少年は眉も動かさなかった。村人の首から何かがぽとりと落ちたとき、少しだけ視線をくれた。地面に転がったのは玩具の、小さな笛だった。

次の人間が引き出され、死体はすぐ七体に増えた。

少年はよろけた。傷の手当てもろくにしておらず、両足の鉄枷は重石と同じだった。瞑祥は岩壁にもたれながら終始嗤って見ている。用心深く、鉄の鎖と剣の届かない場所で。

瞑祥が飛刀を投げた。

防ぐのが遅れた。かつて扇のごとくやすやすと操っていたことが信じられないほど、剣も体も重かった。飛刀が右肩に刺さる。彼の意地を足もろともぐらつかせるには充分だった。地面に片膝をついた。

瞑祥がおもむろに彼のほうへ歩き出す。

『生き延びなさい』

……なぜ？　なんのために？

彼のすぐ脇に村人の青ざめた屍骸があった。饐えた血と死の臭い。煌びやかな朝廷と同じ腐臭。だが、ここはもっとむき出しで、生臭く、どぶの底めいていた。

瞑祥が近づいてくる。的確に、容赦なくいたぶり、彼の誇りを踏みにじり、挽きつぶして愉しむ男。底もなく、毎日ただ果てしなく堕ちていくだけの奈落。

このどぶの底で、それでも生きよという意味はなんだ。

剣を握る手に力がこもった。

瞑祥が注意深く足を止めた。この美しい獣に僅かでも余力が残っていると火薬よりも危険と知っていたので。

だしぬけに、ノンキな声がした。

「ふーん。そいつが噂の〝小旋風〟ってやつ？」

洞窟の入口から少年がスタスタやってくる。瞑祥はくわっと怒鳴り飛ばした。

「この小猿!!　また貴様か。何しにきた」

瞑祥はいちいち新入りの顔など覚えないが、この小猿は別だった。

〝殺刃賊〟に入って半月というもの、ろくなことをしない。服の洗濯をさせれば生乾き、膳を運ばせれば肉だけ消えてる、小猿の剝いていた野菜の皮ですべってスッ転んだり、小猿がウッカリ小麦粉の袋を瞑祥にぶちまけて全身真っ白けになったこともあった。序列二位の瞑祥相手にも言いたい放題。かわいげはないわ、瞑祥をちっとも敬わんわ、やることなすこと神経を逆なでする。何より、燕青を見ると胸がざわざわした。

小猿は、柄にもなく真面目な顔で〝小旋風〟へ目を向けていた。瞑祥はつい気をそそられた。しおらしくすればそこそこ見られる顔をしているものを。

「誰かに〝小旋風〟の話を聞いたか、小猿。挑戦してみるか？」

燕青は〝小旋風〟を見た。

衣服はボロ切れ同然で、全身血がこびりついている。両足に鉄の枷をはめられ、寝台の脚に鎖で繋がれている。うつむき、息遣いだけが微かに聞こえた。顔は長い前髪に隠れて見えなかった。燕青は最後に、少年が握りしめる血と脂で刃こぼれした剣に視線を投げた。棍を抱きながら、あのさ、と声をかけた。

「お前、そろそろその剣と縁切ったほーがいいぜ。それとも、離れないのか？」

〝小旋風〟が面を上げた。

二人の視線が交錯した。

このとき〝小旋風〟もまた声の主が、自分と年格好の変わらない少年であることを知った。少年は憐憫も嘲りも侮りも浮かべておらず、まっすぐな眼差しを注いでいる。

それは、彼が生まれて初めて出会う目だった。何の打算もなくその身を案じ、将来を懸念する目。けれど彼にはそれがわからなかった。

彼は今まで、人を信じずに生きてきた。誰もそんなふうに彼を心配することはなかった。たった一人の弟以外、決して他人に心を開くことがなかった彼は、ただ訝しんだ。

燕青もそのことに気づいた。溜息と一緒に髪をかき混ぜる。

「……しょーがねぇなぁ。離れないんなら、俺がやってやるよ」

棍をとって向き合う。〝小旋風〟はハッとした。どうということもない立ち姿なのにどこにも隙がない。正統な武芸の基礎をとことんまで反復し、骨身に染みこませて初めてできる何気なさだった。

そこに、燕青の愉快な兄貴分〝短命二郎〟が血相変えて駆け込んできた。

「オイ三郎!! 〝小旋風〟と会ってくるって、おめー人の話ききやがれ！」

「ゴメンアニキ。なーんか気になってさー。でも心配しなくて大丈夫だって」

噂を聞きつけてぞくぞくと物見高い連中が集まってきた。誰が〝小旋風〟を殺せるか、それは〝殺刃賊〟の中でも今や一大娯楽になっていた。

「じゃ、やるか」

燕青は〝小旋風〟ににっと笑いかける。

〝小旋風〟は面食らった。

「……そろそろ正気に戻ろうぜ。俺が手伝ってやる。遠慮なくこい。俺は超強いから、お前がいくら暴れたって、絶対殺せねぇぞ。よかったな？」

清苑はこのとき、心の片隅で小さく安堵した。

生き延びなさい、と、誰かが言った。

その声に従ったわけではない。

ただ、泣き声が聞こえるのだ。もうずっと、泣いている声がする。

『さ、さびしい、のです』

——あの声が、彼に剣を振るわせる。

このどぶの底のような暗がりで、それでも生きているのが自分でも不思議だった。

毎日腕が上がらなくなるほど人を殺し、動けなくなると暝祥に組み敷かれ、犬の如く投げられた食い物を口に入れる。

（なぜ）

こんな奈落で、気づけばまだ生きようとしている。何のために。

……それも、やっと終わる。

これでもう、誰かを殺さないですむ。心とは裏腹に、腕が動く。今までと同じように、今度も体が生きようとしていた。

「……おまえの願いを叶えてやるよ」

燕青のあるかなきかの囁きを耳にしたのは清苑だけだった。

## 三

ぺた、ぺた、と誰かが湿布を貼っている。包帯がおそるおそる巻かれていく。薬臭さと、乾いた藁と、爽やかな夏の風の匂いがした。不思議に思って清苑がぽっかりと目を開ければ、見覚えのない粗末な天井が映った。

途端、「ぎゃっ」と誰かが飛び退いた。

「三郎！　おお起きちゃったぞー!!　交代だ交代！　俺はもー行くからなっ」

逃げていく男と入れ替わりに、陽気な足音が近づいてきた。警戒する様子もなく、清苑の寝ている寝台を無造作にのぞきこむ。足音そのままのやたら脳天気そうな顔。棍はもっていないようだったが、左頬の傷には見覚えがあった。

「よー。元気？　起きられるか？　なんか食う？　鍋に粥あるぜ」

「……なぜ」

燕青はそれまで口がきけないのかと思っていたので、ちょっと驚いた。顔と同じく、綺麗だが温かみのまったくない声だった。ズコーンと地盤沈下しまくっている。

（ユーレイみてー）

そこにいるのに、生きていない。

「殺さなかった」

陰気くさい単語をつなげるのに少しかかった。意味を理解した燕青は呆れ果てた。

「はあ？　アホかお前。そんなこともわかんねーの？　馬鹿じゃねーなら少しは自分で考えろ。わからなかったら教えてやるよ」

清苑はムッと眉を顰めた。生まれてこのかた馬鹿といわれたことはない。

「俺に殺されたかったら、メシ食って体力つけて、もっと鍛えろっつーの。俺がうっかりぶっ殺しちまうくらいにな。とにかく俺は昔から弱い者イジメはするなってガミガミ言われて――」

燕青は口をつぐんだ。

（誰に？）

なくした思い出を一つ燕青は見つける。……それは、長兄の言いつけ。

「で、お前、名前は？　いちいち〝小旋風〟なんて長ったらしくて呼んでられるか」

清苑は再びだんまりを決めこんだ。

燕青は別段気にしなかった。手負いの動物は子ブタだって気が立っているもんだ。

「名無しか。じゃ、勝手につけるぞ。ゴローでどうだ。よし今からゴローな」

ゴロー⁉　彼は無言でいられなかった。

「なんだそのふざけた名前は」

「ふざけてねーよ。俺んちもう梅太郎と銀次郎がいるから欠番だし、アニキは俺を三郎（サンロー）って呼ぶしさ。シローだとなんか不吉っぽいからゴロー。いいだろ」

「いいわけあるか。絶対いやだ」

「わかった。通り名とかほしーんだな？　じゃあ『ぶっ飛びゴロー』でどうだ」

体さえ弱ってなければ本気でぶっ飛びたいと元公子様は思った。こんな屈辱は初めてだ。

「どうだだと？　断固不服だ！」

「じゃあ『やさぐれゴロー』」

「ゴローから離れろ‼」

仕方なく燕青は「ヤケッパチ」「こけし」「もやしボン」「青びょーたん」「坊ちゃん」などと提案したが、片っ端から却下された。さすがに燕青も腹が立った。

「ナニサマだお前は！　んじゃ、タカビー」

清苑はひるんだ。面と向かって言った奴は初めてだ。

「う、うるさい。だいたい貴様に私の名前を勝手につける権利があるのか！」

「あるんじゃゃん？　俺、報奨もらう代わりに、お前をもらったから」

清苑は体を強張（こわば）らせた。

「……貴様の命令など誰が聞くか」

「全っっ然期待してねーよ。でも俺の子分になった以上、メシも寝床も用意するし、怪我の手当てもしてやる。誰の手出しもさせねぇ。今はおとなしく寝てろ」

戸惑ったような沈黙ののち、不審と警戒の色が差した。

「……お前に……何の得がある」

「得？　ねーよ別に。お前、スズメとかワンコロとか拾ったことねーの？」

清苑は、ポツリと呟いた。

「……弟なら……拾ったことがある」

「弟ぉ⁉　お前んちじゃ落ちてんのか。誰が怪我したうり坊みたいな奴に見返りなんか期待するか。まったく何トゲトゲしてんだ。心配しなくても回復したらちゃんと『野生に帰れ』って叫んでやるよ」

——帰れ？

（どこへ）

清苑は皮肉げに嗤った。

そんなおめでたい言葉を信じるほどの愚劣さは持ち合わせていない。今まで清苑はそうして生きてきたし、これからもそうだ。清苑は変わることのない不信と猜疑心を燕青へ向けた。

「私が信じるとでも思っているのか？」

「好きにしろよ。別に俺は困んねーし。信じる信じないはお前の自由だからな」

清苑は虚を衝かれた。一方の燕青は当座の名前に悩んだ。

「名前……名前ねぇ……名前……――シュクセイ」

あれっとマヌケな声を漏らした。この名前は――。

不思議だ。こいつといると、忘れていた大事なものを思いだす。

「……お前の名前、セイな。嫌なら本名教えろよな。俺は燕青。浪燕青だ」

「……浪燕青、だと？」

「そう。んじゃ、粥よそってくるわ。アニキは賄い係だからメシはうまいぞ。着替えは足元に置いてある」

燕青が鍋のほうに向かう。清苑は無意識に剣をさがしたが、どこにもなかった。

そこはどこかの砦らしかった。狭くて粗末な小部屋に寝床とおぼしき筵が二つ並んでいる。大小の着物もあったので、燕青とアニキとやらの寓居のようだった。手の届くところに木の小窓があったので押し開けてみたら、熱い日と風が吹きこんだ。彼にも命を吹きこんだかに思えた。やっとのことで身を起こせば、足枷はなく、鎖で鉄の寝台に繋がれてもいない。替えの服はくたびれていたものの、小ざっぱりとしていた。

胸に何かが当たった。小さな笛が首にかかっていた。

殺した村人がもっていた笛のように思えた。

さっき燕青は笛のことを口にしなかった。たとえこの笛を今清苑がむしりとり、投げ捨てたとしても、燕青は何も言わないような気がした。

『好きにしろよ』

自分で考えろといった、あの言葉のままに。

……好きにしろ？

枷は外れた。けれどどこへ逃げ、何をしたいかもわからない。清苑には何も残っていなかった。何一つ。公子でない自分は、このどぶの底のような場所から抜け出す理由が見つからないほど、虚ろだったのだ。

『……おまえの願いを叶えてやるよ』

自分でもわからない私の願いを、お前は知っているというのか？

「ナニ宇宙の真理を見つけヨーみたいな顔してんだお前。ほい、粥」

つき出された木の椀を、清苑は見つめた。食べるのは、生きるということだ。このどぶの底で。食べなければいずれ死ねる。

「なんだ、あーんしてほしいのか？　甘ったれだなぁ。怪我人だから三日だけな！」

「違うわー！　誰がそんなこと言った!!」

繊細な葛藤など微塵も察しやしない燕青に、清苑は断食する気も失せた。

服を着ると、椀を燕青から奪った。自在鉤に鍋が吊られていたので、そのそばにあぐらをかいて椀の粥を食べはじめる。

燕青は感心した。椀をもつのもつらいはずなのに、素振りにも見せない。いっそ感心するほどアッパレな意地っ張りだ。それに、そう、家族もこんな風に綺麗な仕草で食べていた。寝床でモノを食うなと始終叱られたことも蘇ってくる。こいつを見てると、本当にぽろぽろと思い出してくる。

「おかわり、食う？」

清苑は無言で椀をつきだした。なんて高飛車なヤツだ、と思いながら燕青は鍋の木蓋をとった。まあメシを食う元気があればいい。

「そーだ。お前頭よさそーな顔してるけど、字、書ける？　アマガッパって書けるか？」

清苑は無視しようとしたが、こいつに馬鹿と思われるのも屈辱だと思い直し、燕青からお玉を奪いとった。柄の先でがりがりと書く。

『雨合羽』

燕青は、頷いた。そうだ、これだ。『雨と河童』は間違っていた。

（やっぱアニキは頭脳派じゃねーわ）

「すげーじゃん。頭いーなお前」

「書けない奴が馬鹿なんだ」

燕青は頭をかいた。

粥を平らげると、清苑は遠慮もへったくれもなく、一つしかない寝台を再び占拠した。

燕青に背を向けて横になる。最後に聞いた。

「……お前は……なぜこんなところにいる」

燕青は左頰の傷をなぞった。小さく笑った。答えは簡単だった。

「〝殺刃賊〟をぶっ潰すためさ」

——翌日清苑は腹を壊し、三日間のたうちまわるハメになった。原因は夏場に鍋に入れっぱなしで腐っていた粥だったが、同じ粥を食ってピンピンしていた燕青と〝短命二郎〟アニキはそろって不思議がった。燕青に「お前あちこちか弱いのな」などと憐れまれた清苑は、燕青をぶちのめすまでは絶対ここに残ると固く決意したのであった。

＊　＊　＊

「そうですか……〝小棍王〟と渾名がついたのですか」

〝智多星〟はくすくすと笑った。

対して瞑祥は苦虫を嚙み潰したような顔である。華麗なほど軽やかに仕合を制し、〝小旋風〟を打ち負かした燕青には、その場で渾名がつけられた。

勝者には望む褒美が〝殺刃賊〟の鉄則だ。新入りが大金や地位を求めれば揉めるが、〝小旋風〟を舎弟にするだけということで文句を言う幹部はいなかった。小猿が計算していたわけがなかろうが、結果的に引き連れてきた大勢の仲間が証人になり、揉み消せなかった。瞑祥が面白かろうはずがなかった。

「いいのか？〝小旋風〟を野放しにして。放すくらいなら殺しておくべきだと思うがな」

「何を今さら。ならば枷のあるうちに殺しておくべきでした。枷があっても死体の山を築いた少年です。枷が外れた今、誰が彼を殺せますか。そもそも私は〝小旋風〟をあなたの玩具として看病したのではありません。それに〝小旋風〟は殺せない『客人』なのでしょう？　お頭とあなたが〝闇夜〟から預かったと聞いています」

瞑祥の片頬が神経質に反応する。〝殺刃賊〟に莫大な資金援助をしている〝闇夜〟のことは、仲間内でも晁蓋と瞑祥のみの秘密であった。それを晁蓋がいつ頃か〝智多星〟にも話したと見え、時々こうして口の端にのぼらせる。それも瞑祥の癇に障る。

「……別に殺すなとは言われていない。好きに飼えと言われただけだ」

まるで〝殺刃賊〟が手下のような言い草、と〝智多星〟の浮かべる薄笑いが如実に語っていた。

「本題に入りましょう、瞑祥。……内通者がいるようです」

瞑祥の苛立ちがかき消えた。副頭目の顔に変貌する。

「確かか？」

「恐らく。……このところ、各地で襲撃に失敗して州軍に掃討されることが増えています。情報が漏れている可能性があります。手下の素性を洗い直してください。茶鴬洵が帰還している折でもあります。時期が時期です。気になります」

「……銀狼山の仕業か？」

「わかりません。が、州軍と繋がっている間者がいるのは確かです。調べてください」

淡々と告げる〝智多星〟を、瞑祥は皮肉まじりに嘲った。

「……すっかり〝殺刃賊〟の一員だな」

「それがお頭との『約束』ですから」

〝智多星〟は何の気まぐれか、晁蓋がどこからか連れてきた男だった。

素性も、名も一切明かさぬ。晁蓋に訊いても「どうでもいいだろ」としか返ってこない。

一度でも手を抜けば殺す、晁蓋は〝智多星〟にそう告げ、〝智多星〟は今も生きている。

瞑祥が知っていることといったら、それくらいだった。

長年〝殺刃賊〟にいても、穏やかな瞳の色を変えぬこの男を、瞑祥は今も信用しない。

「……最近、お前もまるで仕事をしてないな。茶鴛洵がウロウロしてる今こそ本領発揮したらどうだ。第三位の参謀だろう」

沈黙の後、予想外にも〝智多星〟は同意した。

「……わかりました。お頭に諮った後、許可が出れば私が手がけましょう」

実現すれば、久々に〝智多星〟が差配する大仕事となる。彼の立案した襲撃で失敗は皆無。もし茶鴛洵を討ち取れたなら、〝智多星〟の大金星になる。

今さら単なる当てこすりだったとも言えず、瞑祥は行き場のない怒りを蹴りつけるように、〝智多星〟の室を出ていった。

（気にいらん）

瞑祥はここずっとイライラしていた。〝小旋風〟が自分の掌から『逃げた』ことも、自分が〝智多星〟の手下のように思えることも。何もかもが気にくわなかった。

（お頭もお頭だ。何を考えている）

力と恐怖という二つの掟で好きに生きるのが〝殺刃賊〟だ。だが当のお頭は〝殺刃賊〟に無関心だった。面倒事は全部瞑祥に押しつけ、そのくせ〝殺刃賊〟の存続には妙に固執した。

『あと二年はやる。それまでは大人しくしてろや、瞑祥』

……あの言葉を思い返すたび、瞑祥は芯からぞっとする。晁蓋にすべてを見抜かれているのではないかと思うこともあった。そんなことはありえない。無双の強さは認めるが、それだけだ。日がな一日飲んだくれ、今では配下に顔を見せることも、幹部会に出ることも滅多にない。ましてや、瞑祥がひそかに〝闇夜〟と連絡をとっていることなど知るはずがない。

瞑祥は足を止めた。愛憎ないまぜにもつれあった薄暗い自嘲が、口の端に滲んだ。

晁蓋は今でも眼差し一つで瞑祥の魂を握り潰し、従属させ、犬のように這いつくばらせることができる唯一の男だった。今でも。だから瞑祥は先の見え始めた〝殺刃賊〟にこうして留まっている。晁蓋を見下しながら、屈服している。光の当たらない心の片隅で。

……それでよかった。瞑祥にとって〝殺刃賊〟は晁蓋そのものであり、それ以外に何の意味ももたなかった。だが〝智多星〟がやってきてから、瞑祥の中でねじくれながらも保たれていた均衡が崩れていった。

十年前のように晁蓋の腹心が自分だという明確な自信があったなら、瞑祥が〝闇夜〟と連絡を取りあうことはなかったろう。

ふと、お頭の好きな酒の匂いをかいだ気がした。とんと山頂のねぐらから下りてもこないお頭だ。根城まできているわけがない。こっちから久しぶりに酒でも一瓶さげて会いにいってみるか——そう気持ちが動いたものの、結局爪先を向けたのはお頭のねぐらとは逆だった。別に、もういい。瞑祥は瞑祥で好きにするだけだ。

もうすぐ瞑祥は〝殺刃賊〟など自分から捨ててやるのだから。

……一人になった〝智多星〟の居室に、どこかから酒の匂いが忍び入ってきた。〝智多星〟はゆるりと顔を向ける。影を切り取ったような大男がそこに立っていた。気まぐれにくる彼は、気配でなく酒の匂いで訪れを告げる。

「ようこそ、お頭」

晁蓋は返事のかわりに、ふらりと〝智多星〟に近寄る。相変わらず、濃い影のような男だった。顔より影の記憶が残る。

「また碁でも打ちますか？」

晁蓋は黙って碁盤に陣取り、酒の瓶を脇に置いた。〝智多星〟は盤に並べていた碁石をひとつずつ指先で拾って黒と白の小壺にしまいこんでいく。

「戦になりそうです。大きな仕事になるでしょう。私が立案します」

晁蓋はじっと〝智多星〟を見つめた。両眼は酒に濁っていたが、刃物のように鋭い。

「……いいだろう。『約束』を忘れるな。一度でも手を抜いたら――」

二人の眼差しがぶつかる。いまだかつて一度たりとも屈服しなかったように、〝智多星〟は今度も晁蓋を真っ向から見据えた。

「わかっています。私は死なない。だから、手は抜きません」

晁蓋は瓶からじかに酒をぐい飲みして、訊いた。

「賢い参謀。〝殺刃賊〟で一番の殺人鬼は誰か、知ってるか？」

〝智多星〟の掌中で、碁石が鳴る。ええ、と彼は答えた。

「――私です」

晁蓋は愉快そうにした。晁蓋が築き上げた屍の数を、その立案を以てたやすく超えた参謀。微風の吐息を思わせる声で、無慈悲な襲撃を指示してきた。たとえこの小さな室から一歩もでなくても、彼こそが〝殺刃賊〟で最高の殺戮屋だった。

もっとも罪深き、奈落の底の賢者。

燕青はその晩、一本の木の上で、幹に背を預けて目をつむっていた。夜風が頬を撫でたので、目を開けた。

誰かが彼を呼んだ。胸の奥がざわめき、燕青は深く息を吸いこんだ。

……なぜだろう。その呼び声は、埋もれていた記憶を呼び覚ましていく。

「思い出した……姉上たちの名前。ガコウ姉上とジョエイ小姉上」

忘れていた願いがこだまする。

『強くて優しい子になってね』

ごめん、と燕青は静かに涙を流した。

ごめんな小姉上。

俺はきっと、その願いをきけない。

＊　＊　＊

# 四

燕青が夜ごとふらりと外へ抜けだすことに清苑が気づくのに、いくらもかからなかった。

清苑はある晩、後を追った。理由はない。単に気になっただけだ。

『〝殺刃賊〟をぶっ潰すためさ』

……桶の底がぶん抜けたようにアホな奴だ。毎晩密偵の真似事でもしていて、瞑祥あたりにとっくに目をつけられていても驚かない。

月が明るかった。燕青は月影にチラチラ浮かびあがっては隠れる。

清苑もまだ体が本調子ではなかった。山の中で一度燕青の姿を見失い、木々の奥で再び見つけるのに、少し、かかった。

燕青は一本の木の根元に片膝を立てて座り、右腕を押さえていた。右手の甲を額に押しつけて。清苑は怪訝に思った。怪我などしていないはずだが。

やがて、燕青が右手を下ろした。手で隠れていた顔が月明かりにあらわれる。清苑は息をのんだ。

闇の目と、身震いがくるほどの殺気は、他に見る者があれば鬼か魔物と思ったかもしれない。

燕青は見たこともない顔をしていた。

完全なる無表情。

なぜか、清苑は燕青の右手に、剣を見たように思った。――柄まで血まみれの。

燕青は緩慢に仰向く。祈るように月に喉をさらす。

夜風が燕青の髪を舞い上げ、無の顔を隠した。

「……月には、月桂樹の生えた宮殿があって、美女が住んでるって、さ」

清苑はとっさに、何を言われたかわからなかった。燕青は清苑へ向けて、いつも通り陽気に笑っていた。

「それって、ほんと？」

燕青はまだ自分の右腕をつかんでいる。いつも通りに見せかけているだけだった。離れていても燕青の緊張が伝播し、清苑の肌を刺した。

燕青は清苑を近寄らせないために会話をしていた。構わず清苑は燕青の前まで行った。

燕青は気に入らない顔つきをした。

「寝ないと余計頭が悪くなるぞ」

「しょーがねぇだろ。眠れねーんだよ」

毎晩か、と訊こうとして、やめた。別に……自分には関係ないことだった。

清苑は木の枝を折り、枝の先で地面に字を書いた。

「姮娥。月に住むという仙女の名だ」

「へー。これか。姉上が、月の仙女と同じ漢字だって自慢してたけど」

『姉上』という呼び方が、清苑の注意をひいた。ずいぶんとらしくない。……いや、そうでもない。清苑は試しに訊いてみた。

「姉の名はなんだ？」

「ガコウとジョエイ。……多分」

清苑は驚いた。地面に漢字を書く。娥皇。女英。

「……神代の王に嫁いだ伝説の美人姉妹の名だ。共に賢妃として名高い」

「へー。じゃ俺は俺は？　何かあったりすんの？」

清苑は仏頂面で黙りこんだ。

〝浪子〟燕青。神話にも英雄譚にも載っていないが、人々が一番親しむ名前。強く精悍で、粋な出で立ち。弓と拳を握れば敵う者なく、誠実で知勇に秀で、琴が好きな伊達者でもある。目元涼しく一朶の翠花を髪に挿し、腰には斜めに差した扇が一本。輝く玉環を腕に連ね、颯爽と現れる彼は、富貴も栄達も求めず、弱きを助け強きをくじく。

誰からも愛される民話の快男児。それが〝浪子〟燕青。

何となく癪にさわり、清苑は物凄く安直に説明した。

「ご近所の何でも屋で有名だ」

「あっ、なんだよ父ちゃん。俺の名付けだけ手ぇ抜きやがったなー。でも銀狼山の用心棒はご近所の何でも屋だったから、父ちゃんすげぇ……」

「？　何ぶつぶつ言ってる？」

「いや何でも」

清苑は前に一度過ぎった疑問が、また頭をもたげてきた。名付けからすると、燕青は教養の深い家の生まれのはずだ。なぜ燕青は〝殺刃賊〟にいるのか。

「いったいお前の家族は何をしてる」

「眠ってるよ」

燕青は笑った。自らも眠るように目をつむる。

「みんな、眠ってる」

まるで、朝になれば起きるかのように。

その言葉の意味を察し、清苑はサッと燕青から顔を背けた。

清苑は聡明だったが、人の心を斟酌するのに慣れてはいなかった。そんなことをする相手がいなかった。だから不用意な言葉を後悔することもしないできた。

こんなときに何を言えばいいのか、謝り方も慰め方も、清苑にはわからない。

『〝殺刃賊〟をぶっ潰すためさ』

……燕青の家族は殺されたのだ。〝殺刃賊〟によって。

さっき目にした、燕青の暗い形相を思いながら、清苑は呟いた。

「……お前には、もうできるだろう」

復讐を遂げられる力がある。

燕青は、ああ、と頷く。

「できるよ。けど、それじゃダメだろ。晁蓋を殺して、瞑祥を殺して、手当たり次第に手下をぶっ殺して、力尽きてくたばって、満足するの……俺だけじゃん」

「……何？」

「それじゃ、だめなんだよ。だから、できるけど、やらない。……やらない」

燕青は自分を戒めるように繰り返した。

〝殺刃賊〟にいると、否応なく蘇る。

壁も天井も血で染まった邸、五体を裂かれた家族、絵師を装ってやってきた瞑祥の顔。

ともすれば狂おしい殺意に呑まれかける。怒りや憎悪より悪い。復讐でさえない。そんなのはただの殺人鬼だ。あの鬼のような男と同じ。

けれどそれが、彼の重ねた八年だった。

「俺……壊れてるからな。剣をもてば、きっとお前でも殺しちまう。頭よくねーから、そんな風にしか生きられなかった。一度壊れたら二度と戻らねぇから、抜くのは、いっぺんだけって決めてる。それだけは、間違うわけにはいかない」

深い深い水底に沈む、閉じた箱の中身があふれでないよう、押さえつづけてきた右手。

祈りを捧げるように月に仰向いた。

狂気を抱えていても、燕青は太陽だった。決して箱を開放しない。強靭な意志で蓋を押さえこみ、いつか力尽きたら、誰かを壊す前に自分を壊すだろう。……清苑と違って。

その一度以外に剣を抜くことがあれば、燕青はもはや生きてはいない気がした。ふらりとどこかへ姿を消し、二度と誰の前にも現れないような気がした。

こんな男を、清苑は知らない。

「なあセイ、お前が拾ったって弟さ」

ぴく、と清苑は身じろいだ。

「待ってるぜ、きっと。だから早く帰れよ。お前の居場所はここじゃねぇだろ」

清苑の表情を見てとり、燕青はつづけた。

「でも、どこにも行く場所がないなら、俺とくりゃいいさ。全部終わったら行こうぜ」

「……どこへ」

「お前が笑えるとこ。俺がぐっすり眠れるとこ。……誰も殺さなくてすむとこ」

そんな夢のような場所を探しに。

一緒に行こう。

燕青が言うなら、そんなばかばかしい夢も、叶(かな)いそうに思えた。

清苑は嗤(わら)おうとした。嗤えなかった。理由は知らない。

清苑は胸に下げた笛をとって、吹いた。月夜に笛が鳴る。次第に燕青の強(こわ)ばりがとけていった。心地よい眠気が、久しぶりに燕青に寄せてくる。

「なあセイ……」

笛の音を聞きながら、燕青は呟いた。

「……一緒に、行けたらいいよな」

燕青自身の行く末を言っているように清苑には聞こえた。

＊　＊　＊

清苑は体が治っても出て行かなかった。かといって何をするでもない。燕青がアニキに野菜の皮剝きを命じられても、子分のはずのセイは優雅にくつろいでいる。唯一夜になると笛を吹き、燕青はかたわらで寝る。周りは〝小旋風〟を手なずけたと驚き、燕青と、ついでに燕青の兄貴分の〝短命二郎〟の評判もオマケで上がった。

燕青は清苑の隣で平気で梁山の陣図を描き、人数や砦の配置、兵糧や武器庫の場所、罠や仕掛けの詳細を記し、清苑に簡単な字まで教わった。やがて清苑がすっかり回復した頃、砦へ忍んできた南老師に「新しい弟子」などと勝手に紹介した。

清苑は耳を疑った。

「南老師⁉　あの⁉」

「知ってんの？」

「馬鹿お前――南老師に八年も師事してきたのか⁉　ありえん。どんな豪傑が訪ねても会わない幻の武闘老師で名高いのに、なぜお前みたいなアホアホを弟子にしたんだ‼」

「アホアホ⁉　幻ってか、恥ずかしがり屋だ。恥ずかしがり屋だからもじもじして出てこれねーだけだろ」

「ばかな。何が恥ずかしがり屋だ。あの宋将軍でさえ、ひと月通い詰めても三日しか相手をしてもらえなかったと聞いたぞ！」

「誰それ。つか銀狼山でひと月野宿して生きてるなんてスゲーな。覚えてる？　お師匠」

「ハテ……そーいや、ひと月ほど毎日『たのもーたのもー』って叫びながら山を走り回って、結局何を頼みたいのかついに言わなかったナゾの押しかけならいたのー」

燕青は宋将軍という人を不憫に思った。とはいえ、どっこいどっこいな気もした。南老師はムッと口をとがらせた。

「そうだ。そのあと家にうまい羊をくれるという置き手紙があったから、喜んで出かけていったら、いきなり羊飼いに襲われてのー。全部の羊をもらうのに三日かかった」

清苑は放心した。それが『宋将軍、伝説の武闘老師に会うの巻』だったらしい。宋将軍は得意げに「三日で俺は戦術の妙法を会得した」と自慢していたが、おそらくヒッジ妙法は南老師にしか使えない。

そんなこんなで日々は過ぎていった。南老師は気ままに梁山をぶらぶらし、清苑を鍛錬に付き合わせた。たまりかねて燕青に抗議すると、燕青は大笑いした。

「同じ匂い感じたんじゃん。仲間だと思ってさー。付き合い下手で友だちナシ」

清苑は絶句した。

燕青の傍でふと仰向けば、鬱蒼とした木々の合間に、紺碧の夏の昊があった。深い井戸の底にいるようだった。奈落の底でも、燕青の傍では闇でなく青い昊がある。

……目を離せば、燕青が死ぬような気がした。すべてが終わった後に、燕青が生きている気がしなかった。だから、留まったのかもしれない。

『生き延びなさい』

清苑はあの言葉をいった男を捜したが、どこにもいなかった。

奇妙に平穏に時は過ぎ、やがて幹部が内通者を捜しているらしいという噂が清苑の耳に入ったころ、燕青は〝短命二郎〟アニキと共に、瞑祥に呼びだされた。

牛頭馬頭の立像が睨み下ろす小堂で、子飼いの手下に囲まれて晁祥が待ち構えていた。

「よくきたな。州府の犬め」

晁祥は顎をしゃくった。――燕青の隣を。

「〝短命二郎〟阮小五」

五

燕青は阮小五を振り仰いだ。

阮小五はまじろぎもしなかった。

「元は州府の役人だったそうだな？　よく〝殺刃賊〟で二年も辛抱したものだ」

燕青はぶったまげた。役人!?　しかも州府の役人といえば、難しい試験に及第しなくてはなれないはずだ。確か小兄上がそうだった。

（マジ!?　メチャメチャ騙されたぜ。本当に頭脳派だったんかアニキ！）

燕青があんまりアホに大口を開けていたので、その場の面々は燕青を無関係だと信じた。

そのくらいアホ面だった。

「残念だったな。〝智多星〟の計画にはお前の行動も織り込み済みだ」

初めて阮小五の顔色が変わった。

「まさか……俺に偽の情報を――」

「よく働いてくれたな〝短命二郎〟。冥土の土産に教えてやる。東華(とうか)郡府の急襲は明日だ。時間もないことだ。今すぐ始末をつけよう」

瞑祥が大刀をとる。阮小五は燕青を見なかった。おそらくは燕青を巻きぞえにしないために。

(……アニキ、俺のこと知ってたのか?)

阮小五が外と連絡を取っていたのなら、鴛洵と接触し、燕青のことを聞いた可能性はある。だから燕青を引き取った。そして燕青に自分は見捨てていいから逃げろといっている。

「小猿、庇(かば)い立てすれば貴様も寝返ったと見なすからな」宣告すると、瞑祥は大刀を阮小五に振り下ろした。燕青は腰を落とし、手にした棍(こん)で大刀を弾(はじ)き飛ばすと、瞑祥を蹴(け)り飛ばした。壁際まで。

瞑祥と燕青の目が交わる。瞑祥の奇妙な引っかかりが解ける。小生意気な目。浪燕青。絵師のふりをして赴いた家で出会った――。

(――浪家の三男!!)

燕青は阮小五をひっつかんだ。

「――逃げるぞアニキ」

「三郎(サンロー)!? 馬鹿お前――」

「見捨てるわけないじゃん。可愛い舎弟をもって、ちょー幸せだろアニキ」

騒然とする小堂に手下が駆け込んできた。

「副頭目、大変です！　西の兵糧庫が火事です!!」

燕青はニヤッと笑うと、そのまま阮小五を引きずり、中央要塞を飛び出した。

「兵糧庫はセイだな。助かったなー」

燕青はぬけぬけと自分たちの棲み家に戻った。消火に招集されたものと見え、小さな寨はガランとしていた。兵糧庫の火消しで手が回らないのか、のうのうと居室に戻るとは思わなかったのか（多分後者であろう）、追っ手はこなかった。

阮小五はカンカンに怒った。

「三郎このばか！　とんまめ！　お前、お前という奴は——」

燕青は耳をかっぽじった。

「あのなーアニキ。馬鹿はどっちだよ。なに瞑祥に見つかっちゃってんだよ」

「ぐっ。だ、だがお前まで一緒にノコノコ見つかってどーする!!」

「偵察は終わり。瞑祥が時間がねぇって言ってたな。瞑祥は何企んでるわけ？」

阮小五はしばらくうつむいていたが、ややあって重い口を開いた。

「鴛洵様は討伐隊をかき集めて東華郡府に集結させている。州軍は使えないから、恐らく地方郡で有志を募っての少数精鋭になるはずだ」

今の茶州州牧は茶家と〝殺刃賊〟の言いなりだ。だから阮小五は州府を出た。州軍も茶家も当てにならない。間諜を出すのは瞑祥の得手だ。そんな州府の内情はとっくに見抜いているだろう。

「瞑祥は東華郡府に戦力が集まる前に、襲撃部隊を周辺の村や街に向かわせ、いっせいに襲う腹づもりだ。そうすれば東華郡府も救援に分散せざるを得ない」

鎮圧できたとしても兵力は減り、再集結させるまでに時間がかかる。まして東華郡は長年〝殺刃賊〟の度重なる略奪と無道な蹂躙で疲弊しきっている。

「で、あちこちの救援に割いて手薄になった東華郡府に大幹部たちが突撃ってことか。そこをつかれたらひとたまりもないな。てことは、アニキが漏らした偽情報は、日時？」

「……そうだ。十日後と……伝えた」

「それが明日襲撃かぁ……そら痛いな」

まだ東華郡府は兵力をそろえるどころか備えもろくにできていないはずだ。

「……なぁアニキ、茶州の郡府で、頼りになる水軍っている？」

「水軍？　いや、情けないが〝殺刃賊〟の水軍がいちばん鍛錬が行き届いている」

梁山は水沢地でもあり、無数の湖沼を利して船を名馬のごとくすいすい操り、時に兵糧や援護部隊を届け、時に逃げる仲間を拾ってあっという間に消え去る。梁山を攻略できないのも、水路を巧みに使う彼らに敵わないからだ。

それを聞いた燕青はふーんと呟いた。それなら、なんとかなるかもしれない。

「アニキ、俺のお師匠用意するから、今すぐ鴛洵じっちゃんのとこに行って」

「は？　何を用意するって？　いや待てお前を残して行くわけにいかん！　梁山には大幹部を始め、手下一千人がいるんだぞ。一人残ってどうするというんだ！」

「俺がここで大幹部を引き留める。東華郡府には一人もいかせねー。二日、持ちこたえる。水陸全部の関塞を開けて待ってる」

阮小五はヤカンの如く沸騰した。

「馬鹿をいえ！　できるわけあるか！　鴛洵様がお前みたいな子供に死ねと言うわけがない！」

鋭い、と燕青は思った。鴛洵にはやばくなったらすぐ逃げろと口を酸っぱくして言われていた。やっぱアニキは頭脳派だった。

「何とかする。それに……声がするんだ」

燕青を呼んでいる。ここに燕青を待っているやつがいる。

だから燕青は残る。

「お師匠、アニキを頼む」

「何言って──三郎──ぐえっ」

南老師がうしろからぼこんと阮小五を殴って気絶させ、小麦袋みたいに肩に担ぎ上げた。

燕青はにかっと笑いかける。

「行って、お師匠」

……今までたくさんの人間が南老師に願いごとをしたがった。善いことも悪いことも。

なのに燕青だけが何も願わない。

すべての願いは自分で勝ち得なければ意味がないと、十三歳の燕青はどうやって知ったのだろう。

だから止めることもできぬ。南老師は嫌だったけれど、呟いた。

「……お前の運命に会いに行け」

一人になると、戸口で物音がした。振り返れば、清苑が立っていた。

「おっ、子分、ごくろー。兵糧庫燃やしてくれて助かったぜ。手間も省けた」

「本っっ気で一千人相手にするつもりか」

「ちょー馬鹿にしてんなお前」

「馬鹿にしてるんじゃなく、底抜けの大馬鹿だと言ってるんだ」

「まあ聞け子分よ」

「誰が子分だ！」

「要は梁山に散らばる水陸八つの関塞を陥として、大幹部を仕留める。この二つだ」

清苑は目を細めた。……正しい。指揮官さえ仕留めれば戦意は半減する。それに根城の守りを司る八関塞が陥ちるとなれば、村落の襲撃どころではない。先遣の襲撃部隊も途中で引き返さざるを得ないだろう。そうすれば、鎮圧軍も反転して追撃できる。

「それに、鴛洵じっちゃんもアニキの情報鵜呑みにはしないと思うんだよな」

「鴛洵？　茶鴛洵がきているのか……」

清苑は沈思した。清苑が王都で捕縛された時、茶鴛洵は帰郷して不在だった。あれから半年以上が過ぎている。帰途にふた月かかったとしても、茶鴛洵なら残り四か月あれば――。

どのみち、燕青一人では無理だ。

「……私は手伝わないぞ」

「ああ。お前は逃げて生きろ」

清苑の顔が険しくなった。

「なんて言うかばかやろー。マジ人手も時間もねーから手伝ってくれ子分！」

清苑はがくっとした。

「お前ユーガな食っちゃ寝生活満喫したろ!? 笛まで吹いてよ。少しは俺様に恩義を感じて働け。いー加減ブタになるぞ」

ブタ!? ムカッ腹を立てつつ、腹回りがちょっと気になった。初めて燕青が自分に頼みごとをしたので、清苑の気分は直った。

とはいえ、清苑は根っからの天の邪鬼であった。

「ふん。腐った粥で誰が恩義なんか感じるか。もっと腰を低くして頼め」

「お願いしまーす。よし行くぞ相棒」

「相棒……!?」

燕青は清苑の腕をつかみ、寨を走る。物見台に出られる梯子をおろした。寨の外が騒がしくなっていた。——追っ手だ。

梯子の上に、夏の昊が見えた。

燕青といると、いつも青い昊が見える。手が届きそうなほど近くに。清苑が付き合う理由などない。けれど燕青はそんなことなど思いもしないように、磊落に笑った。

「行こうぜ」

一緒に。

その一言で、清苑は手を取った。

## 六

「北、東、南の兵糧庫も炎上!!　消火に当たってますが、火薬に油、硫黄や焔硝をばらまきやがって追っつきません!!」

消火にてんやわんやしている間に、今度は軍用の小舟が舟底を破られて次々水没した。中型の舟は油壺をくくった火箭が襲い、一箭でも当たれば一気に広範囲に炎上した。

清苑は燕青の弓の腕前に舌を巻いた。清苑も弓には自信があったが、それ以上の百発百中の名手だった。清苑はしぶしぶ（心の中で）完敗を認めた。

それに、馬鹿だ馬鹿だとは言ったが、燕青は馬鹿とはほど遠かった。無駄な労力は一切使わず、最短時間で最高の成果を上げていく。それを燕青は頭で考えるのでなく、本能でやっているようだった。清苑は今まで理詰めでぐちゃぐちゃ考えてきた自分がまるきり馬鹿みたいに思えた。

二人は武器庫からかっぱらった火薬や油を存分に使って、まず移動手段と補給を潰しにかかった。夜になれば秣に混ぜた薬が効き、馬がバタバタ倒れ始めた。舟と馬が使えなくなれば、移動も連絡も補給もできない。東華郡府を襲撃どころではない。

矢継ぎ早にもたらされる報告に、瞑祥は目の前が真っ赤になるかと思った。阮小五も発見できず、今やたった二人のガキに〝殺刃賊〟が翻弄されている。

（――浪燕青‼）

まさか生きていたとは。

『ふーん。あんたが今度の絵師？　……なんか、絵師に見えないけど。ホントに絵師なの？　その手のマメ、筆のせいじゃなくない？　兄上の手と違うもん』

……よりによってお頭がその子供を見逃がしたと知った時は、嫌な予感がした。

覚えている。浪家は誰一人、命乞いも嘆願もしなかった。両親兄弟姉妹すべて武器をとり、下男下女を逃がすために時間を稼いだ。清廉潔白と評判の素封家の、無様な命乞いを期待して瞑祥が吟味した獲物だったが、ついに踏みにじることができなかった一家。

（――八年の月日が経って！）

「副頭目‼　どうしたら――」

瞑祥は〝智多星〟の許へ行くべきかと思ったが、やめた。

「大幹部は八関塞それぞれに詰めて守りを固めろ。使える馬をかき集め、騎兵部隊を出して麓の村を襲撃、ありったけ馬と食糧を調達してこい。先行させた襲撃部隊に馬と物資を輸送させろ。それがきたら、ガキどもに構わず予定通り東華郡府を襲って好きなだけぶんどればいい。――支障はない」

手下が指示を伝えに駆け去ったあと、瞑祥はお頭のねぐらに向かった。

中央要塞に室はしつらえてあるが、晁蓋は滅多にそこにいない。梁山の頂近くの洞窟をねぐらとし、切り立った崖の先端で、酒を飲むのが彼の気に入りだった。

山頂の崖に近づくにつれ、濃い酒の匂いが漂ってくる。瞑祥の好きな匂いだ。晁蓋は火も灯さず夜の闇に溶けこみ、まるで影そのもののようだった。崖下ではいまだ消しきれぬ付け火があちこちで燃えている様がうかがえた。

「よぉ瞑祥、下がずいぶん騒がしいな」

まるでひとごとのように、その声には面白がる響きしかない。

「お頭、浪燕青という子供に覚えは」

「左目の下に傷があるか？」

「……あります。一文字の」

晁蓋は弾けるように笑い出した。

「――そうか。本当にきやがったか。二年早えーじゃねぇか」

瞑祥はお頭の、『あと二年はやる』といった言葉を思い出した。まさか。

「……あのガキを、待ってたんですか」

「違う。俺は俺を待ってたんだ」

「……？」

「あのガキは家族の死体が血溜まりにプカプカ浮いてる場所で、俺の剣から逃げた。四肢をへし折って、魔の銀狼山に捨ててきた。生きてるわけがねぇ。だが、もし生きて俺の前に戻ってきたら、そいつはもう人間じゃねぇ。化け物よ。俺と同じな」

晁蓋は昏い愉悦を浮かべた。

「瞑祥、命が惜しけりゃ逃げとけ。今日で〝殺刃賊〟は終わりだ。あのガキは一人で一千人だってぶち殺して、俺のとこまでくるぜ。俺はずっと待ってたんだよ。俺と同じ化け物になって目の前に現れる『俺』をな。もうくそ弱えー相手はウンザリだ」

瞑祥の、ずっとわだかまっていた凝りが氷解していく。

晁蓋が〝殺刃賊〟に無関心なのは別に不思議でもなんでもなかった。晁蓋は人殺しのために生まれたような男だ。風が吹けば火をつけ、風がなければ鉈で頭をかち割る。金や恨みでなしに、殺したいから殺す男だ。天災みたいなものだ。晁蓋と会って死ぬのは単に運不運の問題でしかない。

金にも仲間にも興味はない。〝殺刃賊〟が巨大になり、刃向かう輩もいなくなり、瞑祥はなぜ晁蓋が「つまんねぇ」と呟いて出奔しないのかずっと不思議だった。

「……お頭」

「なんだ」

「浪燕青を殺したらどうするつもりです」

「またどっかぶらぶらするさ」

瞑祥は破顔した。今までのくさくさした気分が残らず吹っ飛んだ。なら、瞑祥も〝殺刃賊〟などどうでもいい。

「……茶家の若様に追加の馬と物資を頼みに行こうと思ってましたが、やめますよ。馬二匹ひいて、先にそこらでぶらぶらしてます」

「なんだ、また俺にくっついてくるつもりか」

「いいでしょう。お頭はばかですからね、私くらいのが一人いないと」

「お前はわからんやつだな。もしかして俺よりばかなんじゃねーのか」

「心外な。……でもまあ、お頭にならら殺されてもいいとは思ってますよ。お頭、ばかだから何も考えずに殺すでしょう」

「殺すのに何考えることがあるってんだ」

「脳みそがありゃ普通は何か考えますよ。雷に当たりゃ天を恨みますが、お頭に殺されたら運が悪かったで終わりです」

お頭の虐殺は神の気まぐれに似ていた。神は神でも死神だが。不条理で無慈悲で無意味。貴賤も善悪も関係ない。だから惹かれるのかもしれなかった。瞑祥より恵まれて幸福な者も、お頭にかかれば死に様は同じ。すべての不公平を公平にする。それならいい。そう思える。

「お頭、殺しの腕だけは芸術的に美しいですし。その唯一の取り柄があるから、お頭がばかですかんぴんでどうしようもなくても、ついてってあげるんですよ」

瞑祥はずけずけ言った。まるで出会った頃に戻ったようだった。〝殺刃賊〟が潰れようが、またこんな風にお頭と気ままに話せる旅が始まるのなら、それでいい。

「一樽、酒でも買ってぶらぶらしてますよ。冗談でも〝智多星〟とか一緒に連れてこないでくださいよ。足手まといですから」

瞑祥は返事も聞かなかった。お頭が死ぬわけがない。疑いもしなかった。

……けれどこれが、瞑祥と晁蓋の最後の別れとなった。

瞑祥が去り、晁蓋はぐび、と瓶子をあおった。一度だけ、瞑祥のことを考えた。

力でも名でも恐怖でもなく、『晁蓋』にくっついてきたヘンなヤツ。晁蓋を恐れているのに、傍にいたがるのも本当だった。そんなおかしなのは瞑祥だけだったし、珍しかったから好きにさせていた。この頃やけにぶすくれて〝闇夜〟と連絡を取っていたが、それももうどうでもいいらしい。〝殺刃賊〟が欲しいならくれてやるつもりだったが、また自分についてくるという。

だが、晁蓋が瞑祥と会うのはこれきりだ。

晁蓋は飽いていた。殺しにかもしれないし、生きることにかもしれなかった。どちらにせよ、瞑祥がくっついてきたがった自分とは違うはずだった。だから一緒には行かない。

そんな晁蓋にも、待っている相手がいた。そう、ずっと待っているのだ。

『いつかお前を、絶対、殺してやる』

あの目がもう一度、自分の前に現れるのを。

憎悪と殺意。生死の狭間で殺し合う時だけ感じられる高揚感。全身全霊で晁蓋を殺すためだけにやってくるはずの、もう一人の自分。壊れた子供を。

晁蓋は闇の中でにぃと嗤った。その時は、もうすぐ。

「〝智多星〟、最初で最後の礼だ。お前とあのとき『約束』してよかったぜ」

＊　＊　＊

「後は八関塞の陥落と大幹部の相手か」

砦の機能をあらかた落とすと、燕青と清苑はひとまず山中で腹ごしらえをした。兵糧庫から失敬した食糧で。燕青は端から口に詰めこんでむしゃむしゃ食べた。

(水をゴクゴクじゃなくゴッゴッゴ！　って飲む奴を初めて見た……)

そのうち二人は好物を巡りガーガー鵞鳥のごとく喧嘩をし、分捕り合戦を繰り広げた。

燕青といると、なぜかまずい食事も気にならない。最後に残った梨を燕青が半分に割り、片方を清苑に放り投げた。

「晁蓋、瞑祥、〝智多星〟の三人は絶対逃がせねーな……。こいつらをしょっぴかねーと話になんねー。大幹部もできるかぎりふんじばっておかねぇと」

　梨にかぶりつきながら、燕青は浮かない顔をしていた。昼間もそうで、計略がうまくいっていても、燕青はちっとも嬉しそうではなかった。孤軍奮闘だからではなく、勝敗に関心がないからに見えた。戦うことそのものにも。燕青はずっと『その後』のことを考えている。

　勝敗を目的でなく手段とするのは、武官でなく文官の資質だ。

（……いや、でも底抜けのアホだ。文官に向いてるとはてんで思えん）

　チラリと過ぎった考えを、清苑は打ち消した。燕青がもし文官になったら、上司も配下も天下もきりきり舞いだ。有能な補佐でもいれば話は別だが。

　清苑も梨にかじりつこうとした時、燕青が言った。

「セイ、お前はここまでだ。手伝ってくれてマジ助かった。後は俺がやる」

「……は？」

「大幹部どもは俺一人で相手しに行く。お前はくんな」

「……梨に中って天才的な馬鹿になったのか？　食う前でよかった」

「真面目に聞けよゴロー！」

「誰がゴローだ!!」

「聞けよ。――お前、まだ剣をもつな」

　燕青は真顔だった。全然似合わない。

清苑は燕青と仕合った日を最後に、剣をとっていない。子分になった清苑に短命二郎アニキが恐る恐る剣を支給したが、それも燕青がどっかに隠してそれきりだ。

「これは俺の喧嘩だ。それにいまお前が剣をとったら、手加減なしで殺すために殺す。だからダメだ。殺すためじゃなく、何かを守るときまで、剣は抜くな。お前はまだ間に合う」

清苑の心臓が乱れる。急に、鉛の足枷がずんと戻ってきた気がした。饐えた血の臭いと腐臭をかぐ。胸に下げた笛がひどく重くなる。……これは、誰の笛だった？

「……間に合う？　手遅れだ」

「手遅れじゃねぇよ」

「手遅れだ!!　もう散々殺すために殺してきた！　今更なんだという！」

「――こんのアホタレ!!」

燕青は額と額をぶつけるようにして、清苑の胸倉を引き寄せた。

「あん時お前は自分を守るために戦ったんだ!!　相手が誰でも戦わなけりゃお前が死んでた。山でクマと遭遇して生きるか死ぬかって時に、手加減なんかしてられっか。――まだわかんねーのかよ。お前はそこまでしても生きたかったんだ！　何でかは自分の胸に訊け。でも何のためだろうが、殺すためじゃなく、生きるためにしたことなら。それなら俺は認める。他の誰が否定しようが、俺だけはお前の傍にいてやる」

鼻先が触れ合うほど間近に、燕青の黒檀の双眸があった。それは清苑の知らない距離だった。ここまで誰かが踏みこんできたこともなければ、自ら近寄ることもなかった。

弟さえ分け入らなかった氷の大地を、燕青はたった一歩で踏破してみせた。

清苑は目を逸らした。心を凍らせることで守ってきたすべてのものが、音を立てて崩れ落ちていきそうだった。それを何より恐れた。

「知ったような口をきくな……！」

燕青の太陽はすべて溶かしてしまう。だが清苑は氷そのものだった。溶ければ、消えてなくなるしかない。何も残らない。清苑には何もないのだ。

名も誇りも守りたかったものも手放した。母を見殺しにしたあの雪の日に。

「お前に何がわかる。お前とは違うんだ」

奈落の底、千里の闇の中にいてさえ、昊の居場所を見つけるお前とは違う。

山の下から蹄が響いてくる。いくつもの松明の炎と掛け声が麓の方角へ向かっていく。残った馬をかき集め、村に夜襲をかけて物資を工面するつもりと見えた。

燕青は無言で清苑を放し、棍をとった。

「……俺はお前が羨ましかったんだぜ。そこまでしても生きたいほど、大事な何かがまだあるお前がさ。本当に大事なもんは、消えてなくなったりしねぇんだよ。だから――思い出せよ」

……燕青が夜の闇に消えたあとも、清苑は長い間まじろぎもしなかった。

やがて、のろのろと歩きだした。

行かねばならない場所があった。

取り戻さねばならないものがあった。梁山へ連れてこられ、初めて目を覚ました日、清苑の掌から忽然と消えていたものがある。

朧な記憶の中、誰かが言った。

『生き延びなさい』

……なんのために？

ずっと、訊きたいと思っていた。そこにあるはずだった。

忘れたふりをしていた大事なものと、目を背けつづけた問いの答えが。

どこにもいない男、〝智多星〟のもとに。


燕青は夜の帷を風のように駆け抜けた。

（殺さないで、どこまでやれるか）

できてもできなくても、やるしかなかった。

『強くて優しい子になってね』

胸がしくりと痛んだ。……ごめんな小姉上。

俺はきっと、その願いをきけない。でも最後まで努力するよ。

だから――一人だけ見逃して。

（晁蓋）

燕青の漆黒の瞳が瞋恚に燃え上がる。あの男のためだけにあった八年。

壊れてしまった自分のどこか。二度と戻らない。そのかわり全部が終わったら。

壊れた俺が誰かを殺してしまわないように眠るから。一人だけ見逃して。

『一緒に行こう』

いつかセイに告げた約束も、振り捨てて。

木の間を飛ぶようにすり抜け、谷間の山道をくだっていく松明の火と手下たちを確かめるや、ド真ん中に突入した。すばやく目算する。総勢五十人。

（大幹部は――三人!!）

松明の炎が燕青の顔を照らす。

「〃小棍王〃だ!!　いたぞ―――っ!!」

さあ、終わりの始まりだ。

「長兄伯夷、次兄は叔斉。俺はその弟、浪季札が三男、浪燕青。この名に覚えがあるやつはぶん殴る。なくてもぶん殴る。そろって年貢の納め時だ。覚悟しやがれ!!」

＊　＊　＊

〃小棍王〃の快進撃は凄まじかった。村への夜襲を阻止したばかりか、朝までに八つのうち三つの関塞が炎上陥落した。

瞬く間に三関塞が落ちたのを知った大幹部たちは、戦慄(せんりつ)した。内通者が州軍を手引きして進軍してくるという真偽不明の噂も広がり、夜の間に脱走者が続出した。さがしても瞑祥はどこにもおらず、失態が恐ろしくて晁蓋の許(もと)へなど行く気にもなれない。大幹部らは瞑祥を毛嫌いしていたが、他に大幹部をとりまとめられる者もいなかった。いや――一人いた。

「おい、〝智多星〟だ。〝智多星〟の指示を仰いで立て直せ!!」

手がけた戦(いくさ)は全戦全勝。たとえ出てこられなくても、〝智多星〟なら何とかしてくれるはずだった。

すぐに〝智多星〟に向けて伝令が飛んだ。

それを待っていた清苑は、伝令の跡をそっとつけた。

〝智多星〟は独り碁をやめた。……足音が、階段の途中でぷつりと途切れたので。

彼の居場所を知らない誰かが、彼に会うために手下をつけ、階段の途中で始末した。となれば、相手は限られる。

居室の扉が開いた。

〝智多星〟は安堵(あんど)した。

「……よかった。傷は癒(い)えたようですね」

〝智多星〟はやってきた清苑を前に、淡雪のように微笑んだ。

# 七

室には無数の蠟燭の火が赤々と燃えていた。清苑は食い入るように〝智多星〟を見た。

微かに記憶に残る顔。あの声の主を。

「待っていました。これをとりにいらしたのでしょう。……間に合ってよかった」

やわらかで、優しげな声だった。その声が似合う思慮深い面差し。

〝智多星〟は袂をさぐり、小さなお手玉をひとつ、清苑に差し出した。血と泥で赤黒く汚れていたが、清苑がかつて父からもらい、劉輝と分けたお手玉だった。

清苑は紙のように青ざめて立ち尽くした。〝智多星〟を凝視する。若い。まだ二十代半ばほどにしか見えない。それに――。

（この声）

互いに正反対の口調だったから、重ならなかった。

清苑は頭を振った。覚えず呻いた。

口が勝手に動いた。呆然とした自分の声が、遠くから聞こえてくる。

「……あなたの名は、セイ……叔斉？」

〝智多星〟は微笑んだ。

まるで自分以外忘れ去られたはずの名を、百年ぶりに呼ばれたかのように。

「……ええ、そうです」

燕青と同じ声で。

同じ黒檀の双眸で。同じ唇の形で。

〝智多星〟は燕青の兄であることをその身で証した。

――ただ一つだけ違っていたのは。

……彼には、膝から下がなかった。

あるはずの両の足が、斧で叩き斬られたかのように、切断されていた。

逃げることさえ許されない奈落の底。

奈落の底の賢者。


いつ近づいたのか自分でもわからないまま、清苑はくずおれるように彼の前で膝をついていた。うつむいた清苑の頭を、か細い腕がそっと撫でた。

「……よく……頑張りましたね。つらかったでしょう」

優しい優しい声だった。燕青と同じ色の声。

清苑は涙を流した。

『生き延びなさい……たとえ奈落の底でも』

会ったら、殴ってやろうと思っていた。よくもそんなことを言った。

——お前は知っているのか。真っ暗闇で、醜悪などぶの底。永遠のような奈落を。

生きる意味も、進む道も、自分自身さえなくして、なのに何のために生きろという。

……そう、詰ろうと思っていた。

けれど言えなかった。言えるはずがない。

清苑より遥かに長く、気の遠くなるような月日を奈落の底で過ごした人。

両足を断たれ、窓もない室に閉じ込められ、太陽も空も夏の風も感じることなく。

そこまでされても、〝智多星〟として〝殺刃賊〟のために働いた。

「……どうして……？」

わからなかった。なぜそこまでして生きられる。

〝智多星〟は答えるかわりに、清苑の掌にお手玉を置いた。清苑にお手玉を握らせ、手はそっと離れた。

「……行きなさい。この手玉の持ち主のもとへ。今でなくても、いつかでいい。あなたは何も失っていない。瞑祥が奪えるものなど何もないのです。何一つ。生きなさい。あなたが自分より大事に思う人がいるなら、それだけで生きる理由になる。それは、その人のためでもあるのです。いつかあなたに会うことを、ずっと待っている誰かのために」

〝智多星〟が治療をしている間も、少年は手玉を握りしめて放さなかった。どんなに残酷な運命が待ち受けていても、この手玉があれば、生きてくれると思った。だから抜き取った。きっと取り戻しにくる。彼に残る小さな希望を……。

清苑はお手玉を両手で握りしめた。歯を食いしばっても、雨のように涙が落ちていく。嗚咽が漏れる。そんな風に泣いたことは一度もなかった。

泣き声が、耳について離れない。もうずっと、泣き顔しか浮かばないのだ。

『……さ、さびしい、のです』

なんのために？　もう一度会いたい。死にたくない。生きていたい。——生きていたかった。罪なき者を殺しても。もう一度、劉輝に会いたかった。

たとえその資格さえなくても、それだけが清苑を生かした。

〝智多星〟は黙って、あやすように清苑の頭を撫でてくれた。

ひとしきり涙を流したころ、〝智多星〟が清苑をそっと揺すった。

「……さあ、もう行けますね。今なら梁山はからです。晁蓋に会わねば逃げられるでしょう」

清苑の涙が止まった。

「……梁山はから？」

「……大幹部たちはみな東華郡府へと指示したはずですが」

清苑はためらい、ぼそぼそと伝えた。

「燕青が今一人で足止めしてます……」

「——ばかですかあの子は！」

ない足で立とうとして〝智多星〟は体勢を崩した。碁石が散らばる。清苑は慌てて〝智多星〟を抱き留めた。〝智多星〟は清苑に懇願した。

「行きなさい。燕青の首根っこを引っつかんででもここから逃げて――生きるんです」

清苑が口を開くより先に、〝智多星〟は言った。

「私は行けません。……わかるでしょう」

逃げるための足が、彼にはない。

抱えて逃げればいいと清苑は訴えようとした。察したように、彼は頭を振った。

「逃げることはできません。私にはやるべきことが残っています。私に構わず行ってください。『約束』とはいえ、私は罪を犯しすぎました。でも、燕青が生きていてくれたから……後悔はしない。もう望むことはありません。すべて背負っていける」

（約束？）

出し抜けに、清苑は閃いた。

燕青は、家族全員死んだと信じている。もとより晁蓋の手口は皆殺しで例外はない。なのに浪家で二人生き残り、そのことを燕青は知らない。

――二人。

もしや。

「燕青を見逃すのとひきかえに……？」

燕青の知らない場所で、知らない時に。

燕青を守るために、彼が晁蓋となにがしかの『取引』をかわしたとしたら。

〝智多星〟は答える。

「いいえ。自分のためですよ」

水を飲むように、綺麗(きれい)な綺麗な嘘をついた。

「さあ、行ってください」

彼の意志に押され負け、清苑はよろめきながら立ち上がった。

〝智多星〟は少しためらい、最後に訊(き)いた。

「燕青は、どんな風に育ちましたか?」

どんな風に?

燕青は馬鹿でアホでむちゃくちゃで、いつでもどこでも青空を連れてくる。何度でも清苑に手を差し伸べた。そう、それはまるで――。

「……強くて、優しい、奴です。〝浪子〟燕青そのままの」

初めて〝智多星〟のかたい殻がくずれた。

燕青。その名は両親でなく、兄姉四人で額を寄せ合って一緒につけた名だった。

伯夷と叔斉。娥皇と女英。そんな古代の聖賢でなく、誰からも好かれる名にしようと。

強く優しく、決して弱き者を見捨てない。人を愛し、愛される民話の英雄。

〝浪子〟燕青のようにと願って。

彼の顔がくしゃくしゃになった。泣いているようにも、笑っているようにも見えた。

『あなたが自分より大事に思う人がいるなら、それだけで生きる理由になる』

その言葉のままに生き、すべての綺麗事を真実に変えてみせた。

それが、清苑が彼を目にした、最後だった。


清苑は、近くの繁みがガサリと音を立てるまで自分が呆然と雑木林をさまよい歩いていたことに気づかなかった。

木々の向こうに炎と黒煙が幾筋もたちのぼっている。燕青はあそこで賊徒を相手どっているに違いなかった。夏の太陽がじりじりと照りつけ、燕青の体力を徐々に奪いとっていく。やがて襲撃部隊も戻ってくる。

……燕青は、死ぬかもしれない。ぼんやり思った。

清苑の説得など一蹴し、燕青はここで鴛洵を待つだろう。

『それじゃダメだろ』

必要なのは、正義を行い不正を糾し、絶対的な力で賊を叩き潰し、守りにきてくれる国の力。それを示さぬ限り凶賊はいつまでもはびこり、人々は怯えつづける。

そうと知っているから燕青は晁蓋の許に行かず、瞑祥を前にしても殺さなかった。今もたった一人で時間を稼ぎ、踏み留まっている。

それは〝智多星〟とよく似ていた。決して自分のために生きることをしない。

まがいものの清苑とは違う、どぶの底でも輝く本物の高貴。

援軍はくるだろう。〝殺刃賊〟は茶鴛洵を知らない。おそらく〝智多星〟を除いては。

……だが、その時まで燕青はもたない。

一人では。

『行こうぜ』

清苑はボロボロの手玉を懐に押し込んで、駆けだした。

後ろで繋みが再び音を立てたことも、そこからそっと人影が忍び出たことも、清苑が気づくことはなかった。

# 八

太陽の光と、汗で視界がぼやけた隙に、燕青の手から棍が叩き落とされた。

顎の先まで汗が滴り、目に染みてろくに開けていられない。

「棍がなけりゃあ一ひねりよ!!」

ここぞとばかり、手下たちがよってたかって群がった。

燕青は腕で汗をぬぐった。

「……誰が一ひねりだとぉ?」

身を低く沈める。

「アホタレどもめ。俺から重りを外して無敵状態にしやがって。俺とお師匠が一番得意なのはなぁ、この世でもっとも古式ゆかしい全身格闘技!!」

疾風のごとく敵の懐に飛び込むや否や、空の彼方に蹴り飛ばした。

「またの名を『男同士の必需品』!!」

「つまり喧嘩だろう」

燕青に向かって何か飛んできたのでつかみとると、竹筒だった。中には水がなみなみと入っている。燕青はタダの動物に戻り、中の水を三口で飲み干した。それから驚いた。

「うおっ!? セイ!? あっ水じゃん!」

「遅い。そして順番が色々間違っている」

悪名高い〝小旋風〟と気づき、賊らは蜘蛛の子を散らすように慌てて逃げた。清苑は燕青の棍を拾いながら、束の間〝智多星〟のことを話すべきか迷った。

（……今は、まだダメだ。片がつかないことには……）

賊徒どもをゾロゾロ引き連れていくわけにもいかない。

「……手を貸してやる。早く終わらせろ。汗臭いのは嫌いだ」

「いや待て確かにちょっと窮地っぽいが！　お前に剣をもたせるわけにゃ」

「剣は使わん。ならいいだろう」

「なんだ、お前も古式ゆかしく拳で語り合うんか？」

「ばかめ。そんなむさ苦しい技を使うくらいなら地味な補給部隊のがマシだ」

えっそうなの？　燕青はガーンとした。俺とお師匠の十八番（おはこ）なのに。

「お前の棍を借りる。棒術は武芸の基本だからな。久々だが何とかなるだろう」

燕青は目を丸くした。

それから、破顔した。自然に背中合わせになる。清苑が誰かに背を預けたのはこの時が初めてだった。なのにまるでずっとそうしてきたようだ。

燕青も清苑も、不思議なくらい負ける気がしなかった。

「よーし。――んじゃ行こうぜ」


――二人一緒になっただけで、戦局がぐんと楽になった。燕青は風のように縦横無尽に動き回り、一撃で相手を戦闘不能にしていった。射程の短さは清苑が棍で援護した。まるでもう一人の自分がいるように互いの呼吸が合う。

大幹部に狙いを定め、雑魚を蹴散らし、八つの関塞（せきしょ）の内、六つまでを陥（お）とした。

残る関塞は陸の二つ。清苑は頭上を見た。太陽はのろくさしていた。襲撃部隊はまだ戻ってこないが、鴛洵の軍もくる気配はなかった。

清苑は〝智多星〟のことが気がかりだった。

「燕青、二手にわかれるぞ。その方が速い」

「……おかしい。瞑祥がでてこねぇ」

「残り二つの砦のどっちかにいるんだろう」

セイにしちゃ、ずいぶん上の空でいい加減な答えだとは思ったものの、燕青も、いつもとは違っていた。

梁山の頂を仰ぎ見る。心臓がドクンと打つ。晁蓋と〝智多星〟の居場所はわからずじまいだったが、燕青は晁蓋はあそこにいると確信していた。高みから見物し、嗤いながら燕青を待っている。自分のところまでくるのを。

燕青も同じだった。

――誰にも、邪魔はさせねぇ。

瞑祥と〝智多星〟を確保すべきだと頭の片隅ではわかっていたが、昂ぶりが冷静さを押しのけた。

「……よし、わかった。二手にわかれようぜ。俺は山の上の関塞に行く」

「じゃあ私は山の下に行く。後でな」

二人は正反対にわかれた。

……のちに燕青は何度も悔やむ。なぜ、セイと一緒にいなかったのか。

なぜセイに、あの笛を渡してしまったのかと。

＊　＊　＊

清苑とわかれた燕青は、梁山の頂近くにある関塞を陥とした。手下はとっくに逃げだしていたと見え、大幹部と十人ほどの手下が残っているにすぎなかった。

大幹部を縛り上げたあと、燕青は簡単に関塞を見て回った。

急にうまく呼吸ができなくなった。燕青は緩慢に、頂へ通じる門を見た。

(……くる)

あの鬼のような男が。

太陽が世界を灼いていた。地面には捨てていかれた武器や何かの金具や旗、松明の燃え残りなどが至るところに散らばっている。剣が一本あった。

……決めていたことがある。

あの男と相対する時は、拳も棍も使わない。ぶん殴る必要なんかない。

──殺す以外の目的なんかあるか。

吸いつくように、柄が掌におさまる。

世界から音が消えた。

燕青の両眼から一切の感情がそぎ落ち、昏い闇が覆いつくしていく。

足音がした。

この八年、燕青を支配し続けた男。

山頂へ通じる門が開き、山のように大柄な男が現れる。

家族の顔を忘れても、その顔だけは片時も忘れなかった。

黒々とした影のような男。

「──約束通りきたぜ、晁蓋。お前に忘れられてたまるかよ。俺も、家族も」

記憶の中の男は、記憶と同じ表情で、ニィと口角をつり上げた。嬉しげに。

山の下の関塞に向かった清苑は苦戦を強いられていた。燕青の援護がなくなった途端、体力不足が露呈した。慣れない棍でもあったし、山の上から手下がひきもきらず合流する。元々清苑に一対多数で長く戦える頑強さはない。それでもじりじりと人数を削っていった。

賊が途切れた。ぽっかりと静かになり、息をつく。ほんの僅か、気がゆるんだ。

後ろの繁みが音を立てた。

振り返っても、誰もいない──ように見えた。

清苑の脇腹に、鈍い衝撃がきた。

「………？」

清苑は視線を下げた。小さな黒い頭が、清苑の腰あたりにあった。彼にとってひどく馴染みのある背丈。彼の末の弟もそれくらいだったから。

（子供……？）

ほんの五、六歳くらいの少年だった。

「父ちゃんを返せ、ひとごろし!!」

少年の胸に、粗末な紐のついた小さな笛が下がっていた。清苑の胸にある笛と、そっくり同じ。

子供は歯を食いしばり、清苑の脇腹から短刀を引き抜くと、もう一度刺した。

深い怨みと憎しみのこもった眼差しで清苑を睨んだ。

清苑は避けなかった。……避けられなかった。

「夜になると笛が聞こえたから、父ちゃん生きてると思ったのに！　助けようと思ってきたのに、何でお前がもってるんだ。もってるんだよぅ！　父ちゃん返せ」

『生きるためにしたことなら。それなら俺は認める』

……いいや、燕青。許されない。

晁蓋がかつて燕青にしたことを、清苑はこの子にしたのだ。父親を殺し、幼い心を壊し、憎しみで塗りつぶした。

賊徒が斬りかかってきた。清苑が渾身の力で打ち払うと、刺された脇腹に激痛が走った。血が噴き出す。

いつのまにか、周りを賊徒に囲まれていた。

子供は我に返ったように恐怖で顔を引きつらせ、へたりこんだ。

津波のようにまた残党が集まってくる。子供は怯えてうずくまったままだ。

棍では、守れない。

清苑はそばに突き立っている大刀を見た。

『剣は抜くな』

抜かないと、約束した。

〝殺刃賊〟が、雄叫びを上げて襲いかかる。子供がひっと悲鳴を上げた。

子供の泣き声に突き動かされるように、清苑の手が運命を選ぶ。

（燕青）

束の間、清苑の顔がもろく歪んだ。

『一緒に行こう』

……お前とは、行けない。

（行けない）

清苑は棍をかなぐり捨て、大刀を引き抜いた。

身がざわりと粟立った。

みるまにあのどぶの底に舞い戻る。いや、最初から抜け出てなどいなかった。

けれど燕青が昊を見せてくれたから、同じ場所にいると錯覚をした。

一緒に行けるかもしれないと夢を見た。

最初の一閃で二人を絶命させた時。

奈落の残り香を嗅いだ気がした。

『燕青』

セイに呼ばれた気がして、燕青は振り返った。……セイ？
ぶぅんと不吉な唸（うな）りをあげて二挺（ちょう）の板斧（まさかり）が襲った。燕青は弾（はじ）かれるように飛び退（すさ）り、すんでで避（よ）けた。寒気がした。

（――っ強（つえ）ぇ！）

力も速さも桁違（けたちが）いだ。八年前は剣だったが、板斧に鞍替（くらが）えしたらしい。獣のようにただ殺すだけの強さ。燕青と同じ。が、晁蓋は武器を問わず骨身に染みこんでいるようだった。武器がないなら殴り殺しゃいいと思う男だ。

全部の箍（たが）がもとからぶっ飛んだ、生まれながらの殺人鬼。

「俺に会いにきたんだろ？　よそ見すんなよ。俺はお前をずっと待ってたんだぜ」

燕青にも同じ狂気があるから、理解できてしまった。

「お前……生きにくかったろ、ずっと」

燕青は剣だが、晁蓋は生きてるだけで人を殺す。どこにも溶け込めるわけがない。間違って人に生まれてしまったようなものだ。だが同情はしなかった。人であるなら、誘惑に抗（あらが）うこともできる。善悪の区別も罪深さの意味もわかっていながら、この男は歯牙にもかけず、欲望と本能のまま生きて、ついに人であることをやめたのだ。

燕青は深呼吸し、剣を構え直した。影のような大男を真正面から睨（ね）め据える。

晁蓋は嬉しそうに笑う。

――そう、この目だ。

もうずいぶん長い間、瞑祥と〝智多星〟以外、晁蓋の目を見て話すやつはいなかった。

ねぐらを訪ねる者もない。誰も晁蓋を見ず、話さず、顔を見れば逃げていく。

大勢の手下がいるのに、晁蓋は一人だった。

生きている感じがしなかった。自分がこの世に存在していることを確かめる相手がほしかった。本気で晁蓋と生死のやりとりができる相手が。

殺す瞬間の相手の目に、自分の姿が映るときだけ、晁蓋は生きていると実感できる。

待った甲斐があった。晁蓋は満足した。

「――さあ、殺し合おうや」


それは時間にすれば、ほんの僅かでしかなかった。

晁蓋が板斧を振り下ろす。燕青は剣で真上に撥ね上げ、そのまま剣を手放した。両の拳を握りこみ、間髪を容れず襲いくるもう一挺をかわし、晁蓋の手の甲に拳を叩きこんだ。骨の砕け散る音がして、板斧が片方落ちる。構わず晁蓋は燕青が最初に撥ね上げたもう一挺を振り下ろした。それも横ざまに避け、地面を蹴って、返す刀で残りの板斧も叩き落とした。

晁蓋の両手がぽっかりと空いた。

武器の失せた手は瞬時に拳に握られ、ズンと鉄球のように打ち下ろされる。一撃で燕青の頭蓋を叩き割れる巌のような拳をかわすと、燕青も一足で晁蓋の懐に踏み込んだ。拳を叩きこむ。晁蓋はこらえた。が、背中まで凄まじい衝撃が突き抜け、内臓を押し潰した。立っていられるわけがないのに、晁蓋はたたらを踏んでしぶとく踏み留まった。

だが、膝が落ちた。もう動けはしない。

晁蓋の口から血があふれた。妙な色をしていた。

燕青が宙に手放した剣が元のところへとやっと落ちてくる。燕青は見もせず、やすやすと柄をつかみとった。

野太い哄笑が響いた。口から血を流し、晁蓋は心底愉快そうに嗤い続けた。

「……イイ腕だ。本当にイイ腕になりやがったぜ、小僧。この八年、毎日毎日俺を殺すことだけ考えてきたろ？」

まるでそうであってほしいと思っているかのようだった。

燕青は無言のまま、剣を構えた。

このとき燕青の頭からは、セイのことも消え去っていた。

暑い夏。真っ赤に染まった視界。みるまに八年前に舞い戻っていく。その心も。

「貴様は俺と同じだよ。それだけ強くなりゃあ、もう人間とは呼べねぇ。まともな暮らしにゃ二度と戻れねぇ。誰かに殺されるまで、殺しつづけるだけだ」

晁蓋とこの子供は同類だ。群れずに、ただ交代するだけの仲間。殺し合い、一方の強い者が生き残り、また淘汰される。死ぬまで世界に一人きり。

最期の時だけ、一人でなくなる。それは嬉しかった。きっとこの時のために生きてきたのだと晁蓋は思う。

この子供も自分と同じ。そうでなければならない。でなければ不公平だ。

普通に生きられるはずがない。そんなのはむかつくから、晁蓋は呪いをかけた。

自分と同じになるように。

「貴様は俺の運命を辿るんだ。お前が俺を殺しにきたように、他の化け物がお前を殺すまで。――それがお前の人生だ」

燕青は一撃で晁蓋の首を飛ばした。晁蓋は最期まで嗤い続けていた。

燕青は血まみれの剣を見下ろした。

殺すしかない男だった。それは確かだ。なのに言い訳じみて聞こえた。

……知っている。燕青は結局、誰のためでもなく自分のためにこの男を殺したのだ。

燕青は剣を投げ捨てようとした。

（……？）

指が柄に吸いついて離れない。ゾッとした。晁蓋の哄笑が聞こえた。

『貴様は俺の運命を辿るんだ』

視界が、また朱く染まり始める。晁蓋を倒したのに、何も変わらない。何も。

剣が独りでに動く。獲物を求めるように。燕青は絶叫した。

「お師匠!!　約束！　嫌だ。あいつと同じにはならない。絶対ならない。殴っても殺してもいいから、俺を止めて――‼」

阮小五を連れていった南老師が、こんなところにくるはずもなかった。なのに、燕青は本当に後ろからポカリと殴られていた。

燕青の肩越しに南老師の手がのび、右手の指を一本ずつ柄から剝がされ、剣が落ちた。

南老師はよしよしと燕青を撫でた。

「……もうするな。お前にゃ似合わん。お前は晁蓋じゃないから、全然似合わん」

燕青は涙と鼻水が出そうになった。たった一つだけ、燕青は晁蓋に感謝した。

捨てられたのが銀狼山で、銀次郎とお師匠のとこでよかった。よかったよ。

「男なら！　刃物でなく拳で生きろエンセー！」

「おー！　じゃねぇだろ俺！　――セイ‼」

燕青は正気に返るや蒼くなった。

「やべぇ。こんなことしてる場合じゃねー！　ゴメンお師匠！　俺行かなきゃ――」

お師匠の姿は跡形もない。

燕青は呆気にとられた。

お師匠はタダ者ではないと薄々思っていたが――やっぱりそうだ。

「お師匠は『不思議の山のお師匠』だったんだ！」

それで片をつけ、燕青はセイがいる関塞へまっしぐらに疾走した。

# 九

燕青は梁山を駆けおりた。

関塞が近づいても、辺りはひどく静かだった。何の声も物音もしない。

(……？　なんだ……この感じ)

嫌な予感が増していく。よどんだ夏の熱気を風が吹き払った。山の下から運ばれてきた鼻をつく臭いに、燕青は思わず吐き気をもよおした。――血と死の臭い。

たどりついた先にあったのは、夥しい血と、累々たる死体の山だった。

セイは座っていた。剣を抱いて。

死と静寂のただ中で。

「――セイ!!」

微かに、セイが身じろいだ。

駆け寄った。セイは満身創痍だった。傷だらけで、ぐっしょりと血に濡れそぼち、そこには、セイの血もたっぷりふくんでいた。意識があるのが不思議なくらいだ。脇腹の傷の出血がひどい。

「セイ――、こんなになるまでなんで戦ったんだ。なんで逃げなかった！」

セイは瞬きをした。燕青を見て、安堵したように抱いていた剣を手放した。

近くの繁みで、幼い子供が顔をのぞかせながら、震えていた。

「子供ぉ⁉　なんでこんなとこに」

「──化け物‼」

子供はわめいた。

「そいつ、人間じゃない。化け物だよ。こんなやつ人間なわけない。父ちゃんはその化け物に殺されたんだ！　笛返せ」

燕青は子供の胸もとの小さな笛に気がついた。

子供は手に血のついた短刀を握りしめている。

セイの脇腹の傷は、ちょうど子供の目の高さ。

何があったかわかり、その子供をぶち殺しそうになった。目が眩むほど激怒した。

「──誰がお前を守ったかもわかんねぇのかこのクソガキ‼　こいつはお前に刺されても最後までお前を守ったんだ！　こんな──こんなになるまで……‼」

燕青は子供をぶん殴る代わりに、セイを胸に抱き寄せた。抱きしめて、雨のように涙を流した。誰より自分をぶん殴りたかった。

「ごめんセイ……ごめん、ごめんな。遅れてごめん。一人にしてごめん。自分のことしか考えなかった。お前を守ってやれなかった」

顔をくしゃくしゃにしながら、燕青は言った。

「──一緒に行こう、セイ」

清苑はその言葉を聞いた。

「俺とお師匠と一緒に。お前が俺を嫌いでもいいよ。俺超心広いから全然気にしねーし。だから行こう。お前を放って梅太郎の下で寝てられるか」

頭の中に響くように燕青の声がする。

燕青の傍はひどく居心地が良かった。そこでは清苑は戦わなくていい。傷つくこともない。燕青の肩越しにやっぱり青い昊が見えた。

そんな戯言を本気で信じそうになるほど、雲一つない夏の蒼穹。

「死ぬなよ。そんで元気になったら、一緒に会いに行こう。お前が自分より大事にしてる奴に。自分のために生きたくないなら、そいつのために生きればいい」

清苑は髪の先を揺らし、溜息のように笑った。〝智多星〟と同じことを言う。

「……全部……終わったのか……？」

「終わったよ。もうどうでもいい。今すぐお師匠んとこに連れていくからしゃべるな」

清苑はとぎれとぎれに言葉を繋いだ。燕青には行くべき場所がある。

「……南老師のところより先に……中央要塞に連れていけ」

「はあ⁉ 中央要塞ぃ⁉ 何でだよ。お前ポックリ死にかけてんだぞ。道草してられっか」

「あそこなら……止血剤と包帯があるだろう」

コロリと燕青は気を変えた。

「そうか！ 止血止血！ 放火しまくったから、無事なのあそこだけか。よし行こう」

燕青は清苑を背に担いだ。清苑は気力をかき集めて彼のもつ笛を子供に差し出した。子供は顔を歪めていた。自分が父の死に泣いたように、清苑のために泣いて悲しむ者がいたとは思わなかったように。……ムリもない。この子にとって清苑は父の仇で、目前で百人からの盗賊を虐殺した鬼でしかない。それでも、子供はもう『化け物』とは言わなかった。

劉輝と同じ年頃の子供。

守れたことに、安堵した。

「……殺されてやれなくて、悪かった」

子供は唇を噛み、清苑から笛をむしりとった。燕青はムカッ腹が立ってボコりたくなったが、すんでで思いとどまった。燕青にもわかっていた。

この子供の怒りも憎しみも殺意も、清苑が受けるべきものであることを。

けれど、燕青にだって別の権利がある。

「おいコラ小僧、ここで隠れておとなしく待ってろ。あとで迎えにくる。セイが命がけで守ったんだ。俺もお前を守ってやる。けどな、お前がまたぞろこいつを刺したくなったら、俺はダチとしてこいつを守るからな。お前のためにもだ」

燕青が清苑を背負って子供に背を向けたときだった。

「……ほんとは知ってた。父ちゃんあんなに笛うまくない。でも笛を聞いてる間は、生きてるって思えた。捜さないで聞いてるだけでよかったのに、会ったから」

父ちゃんじゃない奴が笛をもっているのをこの目で見てしまったから。

どうしようもなかった。気づけば傍にあった短刀を握っていた。

「ごめん……ごめんなさい。しなないで」

清苑の耳にもその声は届いた。

燕青は引き返し、堰を切ったようにわぁわぁ泣き始めた子供の頭を乱暴に撫でた。

子供の手から短刀を引き抜いた。

「……繁みで隠れて待ってろ。絶対置いてかねーから」

そう言い残し、燕青は清苑を負ぶって中央要塞に向かった。

途中で根城からもくもくと黒煙が立ちのぼりはじめた。

「おいこら。根城が燃えてるじゃんか。どこのバカタレが火ぃつけたんだ⁉」

清苑にはわかった。

『やるべきことが残っています』

炎。黒煙。中央要塞から火の手をあげて官軍を呼ぶ狼煙とし、誰の目にも明らかな梁山と〝殺刃賊〟の陥落を示す。それがあの人の最後の仕事。

(だがあのひとにはもう)

炎から逃げられる足がない。

――もろともに。

燕青は背から清苑を下ろした。

「ここにいろ。まだ倉庫まで火が回ってねぇから、多分薬と包帯残ってる」

燕青はもっていた短刀を見下ろした。白刃を見れば、胸がざわざわした。

剣も、復讐も、全部奥底に沈めてしまおう。

もう一人の狂った自分ごと、深く深く。

「……セイ、超死にかけてるとこ悪い。俺の左頬の傷、上から消してくれ。俺は……晁蓋と同じにはならない。絶対ならねぇ。だからもう、二度と剣はもたない」

清苑は燕青を見返した。珍しく、ひどく落ちこんでいるようだった。

前に燕青は自分は壊れてると呟いた。

月明かりの下で見たように思った血まみれの剣。その腕をずっとおさえていた燕青。

（晁蓋と同じだと？）

どこまで馬鹿なんだ。ぜんぜん違う。

ぜんぜん違う。

清苑は短刀をつかむと、手首の力だけで一閃させた。頬の一文字が十文字にかわる。どばーっと血が出た。あまりの遠慮のなさに燕青はカンカンに怒った。

「てめ、マジ手加減しなかったな!!　メチャメチャ深く入ったぞ。超痛ぇー!!　うっかり俺の目ン玉まで落っこちたらどーしてくれる！」

「フン……私がそんなへまするか……」

「元気じゃねーか瀕死のくせに!!　——元気で待ってろ、すぐ戻ってくる」

「あっ。こ、こら……ちょっと待て」

清苑は慌てて引き止めた。こいつは本当に倉庫に行って薬と包帯だけもってとんぼ返りしかねない。

「晃蓋の室にいけ……寝台の下に……隠し扉がある。と……暝祥から聞いたことがある」

燕青は乗り気になった。そりゃ怪しい。晃蓋は全然自分の室を使わなかったから、暝祥がこれ幸いと悪事の証拠品をためこんでいたのかも。実際、暝祥は誰もいない晃蓋の室に足を運ぶことがあった。

「おーし。じゃあついでに行ってなんかあるか見てくらぁ」

後も見ずに燕青が中央要塞に駆けていく。

……一人になり、清苑は昊を見上げた。

抜けるような青い昊だった。静かになった山で、ピーロロロ…と鳶が高く遠く鳴く。

『一緒に行こう』

……行けない。

お前の傍は、居心地がよすぎる。自分の罪深さまで忘れてしまうほど。

『ひとごろし』

清苑は堕ちるところまで堕ちていた。一筋の光も差しこまぬ暗闇に首までつかっていた。

燕青は何度も何度も肯定してくれたけど、自分の罪は自分が知っている。

……子供の父親は、丸腰だった。清苑はそれを承知で斬った。そんな風に、多勢この手で殺めた。暝祥が奪ったのではない。自分で何もかも捨てたのだ。

名も誇りも、人間らしい心も、幸せになれるかもしれなかったすべての可能性も、……燕青と一緒に行く資格も。

清苑はこの時、今までの自分がいかに身勝手で冷たく傲慢だったか、才に驕り、平気で誰かを傷つけることができる人でなしだったか、思い知った。

……だから藍家も見捨てた。誰も清苑を助けなかった。人を疑い、見下し、赦し慈しむ心をもたぬ者が、どうして王にふさわしいといえる。

このどぶの底こそが、真実清苑にふさわしい場所だったのだ。

(燕青)

自分とは正反対の太陽のようなやつ。

何度も何度も、懲りずに清苑をすくいあげに戻ってきた。

それはまるで、枯れかけた鉢植えにせっせと水をやるように。

『一緒に行こう。お前が笑えるとこ』

ばかみたいにあたたかな言葉を残して。

清苑は震える指で地面をかき、膝に力をこめて立ち上がった。

一度だけ、燕青の向かった中央要塞を振り返り。

そして、清苑は姿を消した。

＊　＊　＊

〝智多星〟は、階段の方から聞こえるやたらにぎやかな叫び声に、面食らった。

「おおおおおー!? ぎゃーやべー勢いつきすぎて止まれねー！」

〝智多星〟はハッとした。この、声は。

（伯夷兄上）

自分と兄は、声が似てるとよく言われた。

……だが、兄はもういない。あの日、〝智多星〟――浪叔斉が準試首席及第の報告のため、遅れて家に帰った時には、すでに血の海に沈められていた。

ならば、この声は――。

（燕青）

誰かが文字通り室に転がりこんできたかと思うと、頭から碁盤に突っこんで止まった。

叔斉は絶句した。

弟に間違いないと確信した。しかし五歳の時とまるで行動が変わってない。

むくっと少年が起きあがった。頭を一振りすると、碁石が散らばった。

「痛ぇ!! ったく踏んだり蹴ったりじゃん。なんで碁盤がこんなとこに――」

人の気配に気づいたのか、少年が振り返る。

叔斉は微笑んだ。

(大きくなった)

泣きそうになった。


最初、燕青は首をひねった。どこかで見たことがある顔をしている。しげしげと眺め、気づく。そうだ、顔を洗う時に見る自分の顔に似てるのだ。

(んん？　でももっと似てる誰かを知ってるような——)

燕青の脳裏に何枚かの絵が閃(ひらめ)いた。

家族が増えるごとに評判の絵師を呼んで絵を描かせていた父。回廊にはじゅんじゅんに絵が飾ってあり、燕青は毎日外に遊びに行くたびに見ていた。——その中の。

(まさか)

生きている、はずがない。

一人残らず、晁蓋の手にかかってバラバラに切り刻まれたはずだ。

……そう、あちこちでバラバラにされていたから、燕青は全員の顔を確かめたわけではなかった。一度銀狼山を下り、家に行ってみたときには邸(やしき)は取り壊されており、亡骸(なきがら)は街の人によって集められて埋葬され、墓がたてられていた。

その人が微笑む。穏やかで優しく、あの絵の表情(かお)のままに。

「燕青」と呼んだ。

銀狼山にいるときから、誰かが燕青を呼んでいるような気がしていた。

〝殺刃賊〟にきてからも、そのひそやかな呼び声はやむことはなかった。梢を揺らし、夜風の合間を縫って。燕青を待っている誰かがいる。

……晁蓋でも、セイでもなかった。

『燕青』

兄の両足がからっぽなのに気づき。

燕青の顔がもろく歪んだ。呼吸が浅くなる。

兄弟で一番頭の良かった兄。

誰にも姿を見せない参謀〝智多星〟。

なぜかとは訊かなかった。兄弟で一番心優しく、一番正義感の強かった次兄。

小兄上が〝智多星〟になった理由。

「……小兄上」

燕青は呟いた。

「俺のために、ここにきたんだな」

それ以外で、兄がここで生きている理由など、あるはずがなかった。

叔斉はうろたえた。なぜ、と訊かれると思っていた。なのに燕青は叔斉が何もいわぬうちに、真実を言い当てた。

動揺した。

＊　＊　＊

「ちが……違います。私は私のために、晁蓋と取引をしてここにきたのです」

「どんな？」

燕青はひどく悲しげだった。

「〝殺刃賊〟のために計画を立てる。まるで最初から答えがわかっているように。一度でも手を抜けば殺す、と。だから私は」

「うん。……でもそれ、抜けてる言葉があるだろ。正しくは『一度でも手を抜けば【弟を】殺す』……違う？」

叔斉は今度こそ言葉を失った。

「小兄上……あの日、帰ったのいつ？」

「…………」

「何かの試験の結果が出る日じゃなかった？　それで、小兄上も約束の時間に遅れたんだ」

「……ちが……」

「そしたら全部終わってて、晃蓋が一人待ってた。もしかしてあいつ、こういったんじゃねぇ？『よーやく一人、帰ってきたか』」

燕青が帰宅した時、晃蓋はこう話しかけた。

『……よーやく、最後の一人のお帰りか』

「……それで小兄上は、俺がまたどっかで遊び呆けて帰ってないことに気づいたんだ。そんなちゃらんぽらん、家族で俺だけだもん」

皆殺しの晃蓋。例外はない。それゆえ自分がかわりに死ぬから弟を見逃してほしいなんて普通の懇願は意味がない。

叔斉の耳に、かつて自分が叫んだ言葉が蘇ってきた。晃蓋にいたぶられ、両足を切断された。それでも燕青が生きているとわかった以上は死ねなかった。弟を守れるのはもう自分しかいない。何とひきかえにしてもいい。

『私が〝殺刃賊〟で働く。お前のために大きな獲物を引っかける。絶対逃げない。手抜きもしない。自殺もしない。だから』

――だからどうか燕青だけは。

魔物と取引をしたあの瞬間、叔斉は自らこの奈落に降りていったのだ。

自分はいい。百も承知でしたことだ。けれど燕青に知られるわけにはいかなかった。

叔斉は笑おうとして、少し、失敗した。

「……何を馬鹿な……私はお前が生きているかどうかさえ、わからなかったのに。だいたい、晁蓋がそんな取引を守るかどうかさえ怪しい」

燕青も、あの時の晁蓋は燕青が死のうが生きようがどっちでもよかったろうと思う。

「うん、小兄上はわからなかった。晁蓋が俺を助けるかどうか」

多分、……その時にはもう足がなくて。だから、確かめられなかった。

燕青の目に浮かぶようだった。

あの血の邸のどこかの一室で、両足を切られ、仰向けになりながら、俺が帰ってくる扉の音を聞いた。そして俺が晁蓋に手足を折られて絶叫するのを。

……きっと涙を流して、祈りながら聞いたんだ。

「晁蓋は気まぐれを起こして、その約束をのんだ」

兄はその言葉を信じるしかなかった。

「……だから小兄上は〝智多星〟になった」

弟が本当に生きているかどうかわからない。確かなのは、叔斉が一度でも約束を破ったら、どこかで生きているかもしれない燕青を、今度こそ晁蓋が殺しに行くということ。

蜘蛛の糸のようにたよりない希望でも、兄には捨てられなかった。だから一度も手を抜かずに立案した。〝智多星〟として八年を生きた。

ただ燕青のためだけに。

誰よりも正義感が強くて優しかったこの兄は、……自分自身を捨てたのだ。

叔斉は遂に取り繕うことをあきらめた。

鴛洵が動けば〝殺刃賊〟は終わる。その時のために前々から言葉を弄してひそかに中央要塞に火薬を仕掛けさせた。罪を償い、〝殺刃賊〟の幕を引くために機を待っていたのに、まさかこんなギリギリで弟の名を見つけるとは思わなかった。弟が自分を見つけてしまうとは思わなかった。

叔斉の表情がほろほろと崩れた。

「……うん。そして、お前は生きててくれた。嬉しかった。嬉しかったんだよ。もう晁蓋の約束を守らなくていい。だからもう、いい？　もういいかな、燕青……君のために生きなくても」

もう、生きなくていいかと。燕青に願う。

燕青の胸が張り裂けそうになる。

『小兄上は弱いから、僕が守らないとさ。あくとく官吏は、悪いテシタがたくさんいるから、小兄上、きっと捕まっちゃうもん。だから僕はたたかうカンリになって、小兄上を助けるんだ』

……守れなかった。

どぶの底に降りても兄は燕青を守りつづけてくれたのに、燕青は毎日毎日晁蓋に復讐することしか考えられなかった。兄の残してくれた可能性を、自分で台無しにして。

官吏になり、茶州を変えることを願っていた兄にとって、呼吸をするのさえつらい八年のはずだった。燕青が生きているかどうかもわからないまま、ただ燕青のために生きた。

そしてもういいかと訊く。もう……生きているのがつらいのだと。

燕青だって同じことを思った。晁蓋を殺したら、梅太郎の下で眠ろうと思った。とても疲れて、もうずっと疲れ果てて。何もかも終わったら、眠れない日々に別れを告げて、ゆっくり休みたいと思った。誰も殺さなくてすむ場所で。

──でも兄の苦しみはそれ以上で、燕青なんかと比べものになるわけがない。

燕青は顔をくしゃくしゃにして、兄の前に膝(ひざ)をついた。

足のなくなってしまった兄は、燕青よりも小さくなってしまった。そのほっそりと小さな体を抱きしめて、燕青は泣いた。

叔斉は目をつむり、弟をそっと抱き返した。

もう幾久しく感じていない、夏の太陽のにおいと、青い昊(そら)が見えた。

「さよなら……燕青」

燕青はしゃくり上げながら、何度も息を吸った。その言葉を言うために。

「……疲れただろ。もういいよ、もう眠っていい。……おやすみなさい、小兄上」

叔斉は微笑み、おやすみ、と返した。

……真昼の星が、弧を描いて落ちていった。

終

――ふた月後。

季節は、夏から秋に移り変わっていた。

銀狼山を誰かがのぼってくる。燕青は藁の山に寝っ転がったまま昊を見ていた。

逆さまに、顔が映った。

「……あれ、鴛洵じっちゃん。一人でこれるなんて、よっぽど銀次郎と山に好かれたんだなー。それか、お師匠みたいな不思議の山の人が近くにいて、匂いが移ってるとか」

不思議の山の人？　鴛洵はなんとなく友人の霄が浮かんだ。……あいつかな。

「南老師まで、しょんぼりしてたぞ。弟子がずっとしょぼくれたままだと」

「うん……。あーあ、……じっちゃんの言うこときいとけばよかった」

梁山に駆けつけた鴛洵は、燕青を見るなり、鬼のような形相で拳固を食らわせた。

『危なくなったら逃げろといったろう！　なぜ私を信じないで勝手に動いた!!』

鴛洵が小勢に見せかけて集結させていたのは、阮小五が言うには『ありえないほど最強軍』だったという。宋隼凱も黒燿世も白雷炎も司馬龍も、そのほか諸々も『超超超すごすぎる』人ばかりらしい。梁山の湖沼や川岸に怒濤の如く大船団が押し寄せるのを見た時は燕青も仰天した。鴛洵が『水軍のアテはある』と自信ありげだったから、別働隊がいるのだろうと踏んでいたが――。

（ここまで派手に連れてくるかフツー！）

全員、茶鴛洵の手紙一本で集まった個人的なツテだという。

　彼らが数か月かけて東華郡府の軍を組織し、徹底的に鍛え直した。周辺の村や街で襲撃が失敗し続けたのは、何のことはない、軍が強くなっただけだったのだ。突如天災の如く大挙してやってきた鬼将軍どもの地獄のしごきに耐え抜いた軍は、もう無敵だった。

　当然、阮小五の他にも多くの密偵を放って梁山を探らせていたし、瞑祥の計略も事前につかみ、万全の態勢で迎撃の準備を整えていた。鴛洵が銀狼山にきたのも、そもそもは後方支援と瞑祥の注意を逸らすためであったし、燕青にもそれを重々言い含めていた。

　なのに燕青は自分の力を過信し、鴛洵を信じないで勝手に動き、ついに兄も友達も守れず、なくしたのだった。

「燕青、あの時は殴って悪かった。すべての情報を伝えなかった私が悪かった」

　他の部隊の指揮で飛び回っていた鴛洵が、ようやく阮小五と会えたのは朝だった。燕青が一人残ったと聞き、血相を変えて全軍引き連れて向かったときには、……何もかも終わっていた。鴛洵は勿論、宋隼凱も、司馬龍も、黒燿世も白雷炎も、酸鼻を極める光景に絶句した。そこここに転がる、山のような死体と、充満するうめき声。

　たった一日で、梁山は陥落していた。

　それから燕青は幽霊のように、辺りをさまよった。梁山も、その周辺も。毎日、毎日。いなくなってしまったという友達をさがして。

「……じっちゃん、何かあいつの話、聞いた？」

「いや……すまない」

燕青の方が参ってしまうと心配した駕洵は、茶州の各関塞に通達を出し、それらしき少年が通ったら報告を上げるよう手配した。だが、ふた月たっても、何の音沙汰もなかった。

（……いや、一件だけあったな）

一関塞から、特徴が似ているとの連絡を受けたが、どうも人違いに思えた。何せ、両親と幼い娘の三人と連れ添っていて、四人家族にしか見えなかったという。とはいえ、少年の特徴は合致していたので、念のため駕洵は駆けつけてみたものの、すでに関塞を通って行方がしれなかった。

燕青をぬか喜びさせたくなかったので、駕洵はこの件は胸にしまっておくことにした。

今回、他にも取りこぼしたものが幾つかある。特に瞑祥を逃したのは誤算だった。

どういうわけかいち早く〝殺刃賊〟に見切りをつけて梁山を出奔したかと思えば、瞑祥は馬を二匹連れて、しばらくそこらをぶらぶらしていたらしい。それも梁山の陥落と晁蓋の晒し首を確かめた直後、どこかへ忽然と消えてしまったという。その報告に、駕洵は二重の意味でほぞをかんだ。

（瞑祥だけが手がかりだったのに）

茶家の誰かが瞑祥と繋がっているのはつかんでいた。そこから〝殺刃賊〟に莫大な金が流れこんでいた。が、どうしても尻尾をつかめなかった。梁山が危うくなれば、必ず瞑祥が連絡をとる。その時が最初で最後の機会と踏んで、泳がせていたのがアダとなった。

正直、今の茶家にこれほど巧妙に証拠と尻尾を隠せる人間がいるとは思わなかった。いや、鴛洵が知っている身内ではムリだ。だがまだ鴛洵が能力を知らぬ者なら。

そう、たとえば。

(……子供)

鴛洵は一人、心当たりがあった。もしそうなら、……茶家はとんでもない化け物を飼っていることになる。

急に鴛洵が黙りこくってしまったのを、燕青は別の意味にとった。

「鴛洵じっちゃん、そんな顔すんなって。いいんだ。お師匠がさ、『死体がないなら生きとるわ!』って。だよな。俺もそう信じる。あいつといつか、どっかでまた会えるって」

鴛洵は目を和ませて燕青の頭を撫で、頷いた。

「で、今日は何の用事?」

「ああ。燕青、これから官吏を目指して勉強をしてみないか。文官のな」

「文官?」

『役人を変えなきゃ話にならない』という言葉を聞いてから、鴛洵は決めていた。

「やる気があれば、育てる。時々私が帰った時に勉強を見よう。どうだ?」

燕青は考えるより先に頷いた。文官になれば、鴛洵のように大きな力で、たくさんのものを守れる。今度こそ、何も傷つけずに……。

「うん、やる。俺やる」

ずっと昔、小兄上と約束した。

たたかう官吏になって、兄上を助ける、と。ずいぶん遠回りをしたけれど、帰ろう。あの場所へ。

「俺、バカだけど頑張るよ」

「いや、バカでも大丈夫なように補佐をつける。今のままで充分いい州牧になれる。うっかり理詰め型になるなよ。そんなのはゴロゴロいる。貴重なのは野生の本能だ」

「…………。…………州牧？　……州官だろ？　ていうか俺ドコとドコとドコに突っこめばいいの。どこもかしこも超失礼じゃん」

　鴛洵はゲフンゲフンと咳払(せきばら)いをしてごまかした。

「……まあとにかくあと数年で——そうあと数年で、イロイロ詰めこめるだけ詰めこもうな。私が貴陽にいる時は、茶本家にいる私の妻か息子に勉強を見てもらいなさい。言付けておく」

「へー。じっちゃんの奥さん！　どんな人？　女らしくて優しくてお淑(しと)やかなお姫様？」

「……。いいか燕青、まかり間違ってもそんな期待はするな。何も期待しないで行け」

　鴛洵にここまで言い切られるとは、いったいどんな奥さんなのか。

「てゆーかさ、いーの？　奥さんほったらかしてさー。ウワキされちゃうんじゃないの」

「は？　ありえんな。ばかばかしい。私以外にそんな物好きいるわけない」

「あー思い出すなー。姉上もさー『男は自分が浮気しても浮気されないと信じてるバカよ。仕事の一言が免罪符と思ってるんだから。女がいつまでも待ってると思ったら大間違いよ！』って叫んで恋人と別れてたよ」

鴛洵は沈黙した。ダラダラ冷や汗を流し続けた。何やら思い当たる節があるらしい。

「……………………ほ、本当か？」

「うん。んですぐ次の恋人つくった」

「……今日は、帰る。また今度な」

「またね。帰り道、花とか摘んでっていいから」

後刻、花を摘んで帰ってきた夫に、妻の英姫は「狐か狸が鴛洵に化けよったな!! しゃらくさい。愛する夫を見間違えると思うたか。叩き出してくれるわ！」と本当に家から叩き出した。鴛洵は衝撃を受けた。浮気はしてないが家を空けすぎた――そう後悔するのはまた別の話になる。

鴛洵が帰った後、南老師が燕青のもとにやってきた。まだ心配そうな顔をしている。

「燕青、阮小五んとこ遊びにいくゾー」

「また？」

「あいつはアホだが、メシはうまい」

確かにアニキこと阮小五は、頭がいいはずなのにおっちょこちょいだ。今は東華郡府で官吏として奮戦中。そしてメシもうまい。

「あと、金を借りよう。いいのーあれ」

燕青はギクリとした。……阮小五に連れられて食材を仕入れに街にお使いに行ってから、お師匠は『お店』が大のお気に入りになった。ニコニコ人が話しかけてくれるかららしい。そりゃ誰だって金をくれる人にはニコニコする。だがお店で買い物するには金がいる。お師匠は『借金』を覚えた。

「……な、なあお師匠、金は借りたら返すもんなんだぜ？　リンゴみてーに、もいで埋めりゃ木が生えて、またわらわらなったりしないんだよ。わかってる？」

「ばかめが。それくらいわかっとるわ。『金のなる木』になるんじゃろ」

「なんねーよ！　ありゃタダの木だよ！」

「銀狼山に植樹できんかのー」

こうして借金は雪だるま式に増え、十年後には弟子ともども借金漬けになるのであった。

燕青は秋の昊(そら)を見上げた。銀狼山も、ちょっぴり寂しい秋風が吹くようになった。

「お師匠、……いつか会えるかなぁ」

南老師は答えなかった。

秋の昊は、白っぽくて天が近い。

幾度も季節が移ろい、また会う日まで。

同じ昊を、見ているといいと思った。

*　*　*

……彼は昊を眺めていた。

いつのまにか、季節は移ろっていた。

袖を、紅葉のような手が引っ張った。

「なに見てるの？」

「…………」

「起きられるようになってよかったね」

ひと言も口をきいてくれない少年にも、秀麗はしょげたりしなかった。一緒にいても、一度もしゃべらず、顔もお人形さんみたいに動かない。でもお人形ではないのだから、きっといつかお話ししてくれて、ニコッとしてくれるに違いない。その日が楽しみだったから、秀麗は今日もめげることなく、元気にウロウロまつわりついていた。

返事がなくても気にせず、秀麗は一緒の方向を見上げて、自分で答えを見つけた。

「お空をみてるのね」

秀麗は、にこぉっとした。

「お空が好きなのね。お兄ちゃんがお舟でながれてきたときもね、お空を見てたのよ。お手玉ひとつにぎって、お空を向いて、ずっと、ずーっと見てたの。覚えてる？」

微かに、少年の前髪が揺れた。

……水塞にたどりつき、何とか一艘の小舟を出した。そこで力尽きた。漕ぎ手もないのに、舟はゆらゆらと、不思議と沈みもせず、ぶつかりもせず、波間を漂った。

何度も目覚め、何度も気絶した。目覚めれば、いつもそこには青い昊があった。

死んでもいいと思っていたのに。

……昊を見ると、死ねなかった。

何度目かに目覚めた時、彼の視界には三人の家族がいた。死なせてください。そういったように思う。自分では死ねないから、死なせてほしい。

死なせてほしい。

「ほーお。残念じゃったのう。わらわはの、人の嫌がることが大好きなのじゃ。バッチリ治してやるゆえ、覚悟しておくのじゃな」と奥方らしき女性は言った。

言葉通り、手厚い看護を受けてしまった。逃げようとしても、なぜかあのとっぽい主人を抜けず、毎回連れ戻された。そうして少しずつ旅をした。北へ。

かつて彼がこの世にあるはずがないと嘲笑していたものが、当然のように周りにあった。あたたかな幸福や、穏やかな善意に満ちた毎日は、こんなつつましやかな世界の片隅に、何気ない顔をして転がっていたのだった。

けれどそのあたたかさは、彼の心までとかすことはできなかった。

（……体が治ったら）

出て行こう。ここは自分のような人間がいていい場所ではなかった。

旅籠の窓辺でボンヤリと昊を眺めていた彼は、ふと、外で昊を見たいと思った。さして深く考えることもなく、彼は窓からひらりと飛び降りた。腰ほどの高さしかなかったのに、着地したら、完治していない傷がいっせいに悲鳴を上げた。体中ギシギシと凝り固まり、いっそ油でも差したくなるほど。

彼は体の悲鳴を無視し、足を引きずって数歩、宿の軒下から出た。

颪は冷たさをはらみ、見上げた青い昊は、冬へ移ろうとしていた。

もう、寒い冬がこようとしている。

そのとき、うしろでべしゃっと何かが落ちる音がした。振り向くと、秀麗が彼のあとにつづいて窓から出ようとしたのか、窓の外に毬のように転がっていた。彼はぎょっとした。

引き返そうとしたが、体が言うことをきかずによろけた。

泣いてしまうと思ったのに、ずず、と鼻をすする音がしただけで、秀麗は猛然と彼のもとに転がってきた。文字通り転がってきた。彼の膝にしがみつく。布地を通して、高い体温が伝わってきた。彼の弟と同じ、なつかしいぬくもり。

「あたしは強いこだもん。泣かないもん。泣いてたら、そのすきにお兄ちゃんどっかいっちゃうもん。だから泣かないもん」

秀麗は死んでも放さないとばかりに、彼にしがみついた。

「いっちゃダメなんだもん。お兄ちゃんまだ幽霊みたいな顔してるもん。ひとこともしゃべってないもん。いっかいも笑ってないもん。だからダメなんだもん」

なぜかここでわぁわぁ泣き出した。

すぐに夫婦も二人のもとへやってきた。奥方が彼の頰を思い切りつねる。

「秀麗のいうとおりじゃ。おぬしはいちばん大事なものがてんで治っておらぬ。治るまで責任もって面倒を見てやる。それが主治医の義務というものじゃ」

その心が治るまで。

邵可も頷いた。紅家の跡目をめぐるゴタゴタで茶州に向かうのが遅れ、その間に第二公子の足取りが消えた。方々を捜し回り、小舟の上で見つけた時は夏が終わっていた。そのことを邵可は悔やんでいた。

「……ぼちぼち名前をつけようか。そしたら、うちの家族になるしかない」

「それはよい考えじゃ。持ち物に名前を書くと自分のものになるのがこの渡世」

盗っ人みたいなトンデモ理屈をさらりと言い、奥様は考えた。

確か、元の名が清苑で、亡き母御の愛称が鈴蘭の君だったか？

「そーじゃのぉ。ではセイ――」

彼はピクリと反応した。セイ。

「せいらん、はどうじゃ。うむ。静蘭。静かな蘭。我ながらバッチリじゃ」

邵可は慌てふためいて妻を小声で叱り飛ばした。

（何いってんだ君は！　元の名とほっとんど変わってないじゃないか。セイエンとセイランなんて一音しか違わないだろうが。もっと考えてつけろ!!　何がバッチリだ）

薔君はムッとした。

「うるさいわ！　いいからそなたは名字を考えろ」

「え？　私が？　名字？　考えるの？　名字……し、し……茈…静蘭、とか。どうかな！」

今度は薔君が夫の胸倉をつかんだ。

（ばかはおぬしじゃアホタレ!!　元の紫を堂々とパクリおってからに！　紫清苑と茈静蘭なんてどこが違うんじゃ！　将来出仕でもしたら一発でばれるではないか！）

（き、君が急に振るからだ！）

（なにおぅ、このトンチキ男が！）

二人は小声でぎゃーすか喧嘩したのち、そろって仕方がないと開き直った。

覆水盆にかえらず。

薔君は咳払いし、晴れやかな顔で少年に手を差し伸べた。笑顔でごまかせ。

「決めたぞ。そなたの名は、茈静蘭じゃ」

＊　＊　＊

……茶州の片隅の寒村に、ある日一人の若者が官吏として赴任してきた。その官吏がやってきてから、村には穏やかな平和がつづいている。横暴な搾取はなくなり、盗賊もこなくなった。なぜなら彼のかたわらには、大きな銀色の狼がいて、いつも軽々と賊を追い払ったので。

彼は見回りにいつもその銀色の狼にのってやってきた。彼には足がなかったので。

最初は狼を怖がっていた村人も、子供たちがもふもふの毛皮にじゃれて遊んでも好きにさせているのを見るうちに、近寄るようになった。

若く有能な官吏の足代わりをする狼を、村人は官吏が呼ぶままに『銀次郎』と呼んだ。

彼はある日、銀次郎に訊いた。

「よいのですか？　燕青にいわれるままに私のお守りをずっとしていても」

銀次郎は知らんぷりで眠ったふりを決めこむ。まったく、一度もしゃべらないのに、なぜか彼は銀次郎が言葉を解せると確信しているようだった。

……銀次郎は燕青と約束をした。

幸せだったことを覚えている、と。

だから銀次郎は彼を守ろう。燕青がその太陽の星で天命を変え、守った彼を。

燕青の幸福のすべてだった人間を。

長い長い時を生きる銀次郎にとっては、ほんの数十年、小さな村で人間の足代わりをすることくらい、ささいなことだ。

「銀次郎、聞いて下さい。ひどいのですよ。眠ってもいいというから、おやすみといったら、私を殴って気絶させて、スタコラずらかったのです。けなげな兄を殴るなんて！」

『おやすみっつったから寝せてやったんじゃん。ぐっすり眠ったからもう充分だろ』

などといった。なんてばかで、……なんて優しい嘘をつくのだろう。

生きていてほしいと。

『〝智多星〟はもう晒し首になってる。誰も顔知らないから、それでいいんだ。大事なのは、〝智多星〟が誰かじゃなくて〝智多星〟が死んだことだ。〝智多星〟は死んだんだ。浪叔斉も、ずっと昔、晁蓋にバラバラにされて、死んだ。だから……あんたは俺の兄じゃない』

燕青は最後の一言をいうとき、ちょっと顔をくしゃっとさせた。

『だから、あんたは生きてていいんだ。もう誰でもないんだから』

そんなことは許されない。誰も知らずとも。

『……私が、私の罪を知っています』

『じゃ、俺が裁くよ。こーゆーのどう。有罪。判決文、罰としてこれから文官としてあちこちで復興に地道に尽力。障害手当として足代わりに銀次郎一匹支給』

銀次郎？　なんだろう。彼は首を捻った。

『ダメです。そんなのは罪の対価には到底足りません。贖罪になどならない』

『じゃあ——生涯、俺と二度と会わない』

つと、彼は燕青を見返した。燕青の目の縁が、赤かった。

『俺と二度と会わない。それなら、生きる？　生きてもいいと思える？』

……燕青が生きていると知っていても、二度と会わないこと。生涯一度も。

『わかりました。受けます』

『即答か！　値切れよ！　たとえばホラ、十年経ったら会ってもいいとか、病気になったら会ってもいいとかさ！　今なら特別五割引で値切り交渉絶賛受付中』

彼は微笑み、燕青の頬に手を伸ばした。

燕青は観念するように目をつむった。

『燕青。私が生きてもいいと思えるには、それだけの罰が必要なのです。だから、会いません。一生。あなたがここから一歩外に出た瞬間から、もう二度と』

『……潔すぎるよ』

『でも、わかってたでしょう？』

わかっていた。それが燕青の知っている兄だったから。どんなに考えても、燕青にはこれ以外思い浮かばなかった。

……そして、その日一晩一緒に過ごしたあと、燕青は出て行った。

一度だけ足を止めたが、決して振り返らずに。

そうして二人は別れたのだ。


「でもね、銀次郎、あの子のことだから」

いつか。遠い未来のどこかで。

『生涯、俺と二度と会わない……こともないかもしれない、だったんだぜ』とかいって、会いにくるかもしれない。

……彼は時々そんな夢を見て、幸せな夢に浸るのだ。
どこまでも遠く渡る青い昊(そら)を見上げて。

本書は、平成二十二年四月、角川ビーンズ文庫より刊行された
『彩雲国物語　蒼き迷宮の巫女』を加筆修正したものです。
「空の青、風の呼ぶ声」は平成二十一年五月に角川ビーンズ文庫から刊行された『彩雲国物語　黄粱の夢』より収録しました。

# 彩雲国物語

## 十六、蒼き迷宮の巫女

雪乃紗衣

令和５年　３月25日　初版発行
令和６年　９月20日　再版発行

発行者●山下直久

発行●株式会社KADOKAWA
〒102-8177　東京都千代田区富士見2-13-3
電話　0570-002-301（ナビダイヤル）

角川文庫 23578

印刷所●株式会社KADOKAWA
製本所●株式会社KADOKAWA

表紙画●和田三造


ISBN 978-4-04-113211-1　C0193

◆◇◇

# 角川文庫発刊に際して

角川源義

第二次世界大戦の敗北は、軍事力の敗北であった以上に、私たちの若い文化力の敗退であった。私たちの文化が戦争に対して如何に無力であり、単なるあだ花に過ぎなかったかを、私たちは身を以て体験し痛感した。西洋近代文化の摂取にとって、明治以後八十年の歳月は決して短かすぎたとは言えない。にもかかわらず、近代文化の伝統を確立し、自由な批判と柔軟な良識に富む文化層として自らを形成することに私たちは失敗して来た。そしてこれは、各層への文化の普及滲透を任務とする出版人の責任でもあった。

一九四五年以来、私たちは再び振出しに戻り、第一歩から踏み出すことを余儀なくされた。これは大きな不幸ではあるが、反面、これまでの混沌・未熟・歪曲の中にあった我が国の文化に秩序と確たる基礎を齎らすためには絶好の機会でもある。角川書店は、このような祖国の文化的危機にあたり、微力をも顧みず再建の礎石たるべき抱負と決意とをもって出発したが、ここに創立以来の念願を果すべく角川文庫を発刊する。これまで刊行されたあらゆる全集叢書文庫類の長所と短所とを検討し、古今東西の不朽の典籍を、良心的編集のもとに、廉価に、そして書架にふさわしい美本として、多くのひとびとに提供しようとする。しかし私たちは徒らに百科全書的な知識のジレッタントを作ることを目的とせず、あくまで祖国の文化に秩序と再建への道を示し、この文庫を角川書店の栄ある事業として、今後永久に継続発展せしめ、学芸と教養との殿堂として大成せんことを期したい。多くの読書子の愛情ある忠言と支持とによって、この希望と抱負とを完遂せしめられんことを願う。

一九四九年五月三日

# 角川文庫ベストセラー

## 彩雲国物語
四、想いは遙かなる茶都へ
雪乃紗衣

杜影月とともに茶州州牧に任ぜられた紅秀麗。新米官吏としては破格の出世だが、赴任先の茶州は荒れている地。隠密の旅にて茶州を目指すが、そんなにうまく事が運ぶはずもなく？ 急展開のシリーズ第4弾！

## 彩雲国物語
五、漆黒の月の宴
雪乃紗衣

州牧に任ぜられた紅秀麗一行は州都・琥璉入りを目指す。だが新州牧の介入を面白く思わない豪族・茶家は妨害工作を仕掛けてくる。秀麗の背後に魔の手は確実に迫っていき!? 衝撃のシリーズ第5弾!!

## 彩雲国物語
六、欠けゆく白銀の砂時計
雪乃紗衣

新年の朝賀という大役を引き受けた女性州牧の紅秀麗は、王都・貴陽へと向かう。久しぶりに再会した国王・紫劉輝は、かつてとは違った印象で——。恋も仕事も波瀾万丈、超人気の極彩色ファンタジー第6弾。

## 彩雲国物語
七、心は藍よりも深く
雪乃紗衣

久々の王都で茶州を救うための案件を形にするため、大忙しの紅秀麗。しかしそんなとき、茶州で奇病が流行っていることを知る。他にも衝撃の事実を知り、いてもたってもいられない秀麗は——。

## 彩雲国物語
八、光降る碧の大地
雪乃紗衣

紅秀麗は奇病の流行を抑え、姿を消したもう一人の州牧・影月を捜すため、急遽茶州へ戻ることに。しかし、秀麗が奇病の原因だという「邪仙教」の教えが広まっており——。超人気ファンタジー「影月編」完結！